Y. 428.
2.

I0642506

Y. 3932.

Y. 4016.
1242

CREMENTINE

REINE

DE SANGA,

HISTOIRE INDIENNE.

TOME PREMIER.

Y2

6948

CREMENTINE

REINE

DE SANGA;

HISTOIRE INDIENNE,

Par Madame DE GOMEZ.

TOME PREMIER.

A PARIS,

Chez PIERRE PRAULT, à l'entrée du
Quay de Gêvres, au Paradis.

M. DCC. XXVII.

Avec Approbation & Privilege du Roy.

A TRESHAUT
ET PUISSANT SEIGNEUR,
MESSIRE
JEAN-FREDERIC
PHELYPEAUX,
COMTE
DE MAUREPAS,

Conseiller du Roy en ses Conseils,
Secretaire d'Etat, & des Com-
mandemens de SA MAJESTE',
Commendeur de ses Ordres.

ONSEIGNEUR,

LES bontés dont Votre

EPISTRE.

Grandeur m'a honorée, m'en-
hardissent à lui dédier cet Ouvrage, comme un Tribut que
tous les Gens de Lettres doivent
à ses Lumieres. Pour qui puis-je
mieux retracer les belles Actions
& les rares Vertus dont cette
Histoire est remplie, que pour
vous, MONSEIGNEUR? de
qui l'Esprit, la Prudence & la
Sagesse, vous rendent si digne
de tant de Grands Ministres vos
Illustres Ayeux, & qui, dans
un âge que les Hommes ont
toujours consacré aux plaisirs,
remplissez tous vos momens des
Travaux les plus sérieux. Ne
craignez pas, MONSEIGNEUR,
que je porte plus loin cet Eloge;

EPISTRE.

la *Verité guide ma Plume*, mais votre modestie l'arrête. Daignez recevoir son hommage, & lui pardonner d'avoir osé vous découvrir ici une partie de mon admiration, & du profond respect avec lequel je suis,

MONSEIGNEUR,

DE VOTRE GRANDEUR,

La très-humble & très-obéïssante Servante,
DE GOMEZ.

PREFACE.

QUOIQUE plusieurs Auteurs àyent écrit sur la Conquête des Indes, par les Portugais ; comme ils n'ont détaillé que les actions des Européens, passant legerement sur celles des autres Peuples, sans se soucier d'apprendre à la Posterité, que la Providence Divine a mis dans chaque Nation, des marques évidentes de sa Grandeur: J'ai crû qu'une Histoire par-

PREFACE.

ticuliere, où la plûpart des autres se trouvent enchaînées, instruiroit agréablement le Lecteur de mille faits que la paresse des Ecrivans a laissé dans l'oubli.

Peut-être même, est-ce un effet de l'injuste mépris que font les Européens, des Peuples reculés, s'imaginant que passé leur Continent, on ne trouve point assez de valeur, d'esprit, & de grandes actions, pour meriter d'être rapportées. Erreur grossiere, enfantée par l'amour propre, & dont l'experience & la verité auroient dû faire revenir depuis tant de siecles qu'on a

PREFACE.

pénetré dans les climats les plus barbares, où l'on a vû des Hommes qui, pour avoir été si long-tems inconnus, n'en étoient pas moins dignes de notre eſtime. Mon Heroïne ſervira de preuve à ce que j'avance ; ſes Actions éclatantes ne ſont point parvenuës juſques à nous, & cependant elles ne méritent pas moins d'y parvenir & d'en être admirées. Les vices & les vertus, ſont de tous les Païs ; les differens effets qu'ils produiſent, ont toujours formé des Evenemens, dont l'horreur ou la beauté doivent être racontés & reçûs avec plaiſir,

PREFACE.

foit par fimple curiofité , foit
pour les imiter , ou pour s'en
écarter.

Pour moi , j'avouërai que
je n'ai pû me défendre d'une
fatisfaction interieure , en
voyant dans une Nation fi
differente de la mienne , une
Perfonne de mon fexe , digne
de l'admiration des Hommes.
J'en ai même tiré une efpece
de vanité , croyant que puifque dans des Païs fi lointains ,
& parmi des Peuples qui ne
font point éclairés de nos favorables préjugés , il fe trouvoit de tels Heros , il en devoit naître des milliers dans
ma Nation , qui naturelle-

PREFACE.

ment belliqueuſe, joint à ſes nobles inclinations les lumieres de la veritable Religion.

Mon ſujet n'eſt point inventé ; ce n'eſt point un Roman que je donne au Public, c'eſt une Hiſtoire dont les faits , les incidens , & toutes les parties en general ſont veritables. Quoique pluſieurs Traductions Françoiſes faſſent mention de *Crementine Reine de Sanga* , c'eſt avec ſi peu d'ordre , que jai été obligée de ſaire une recherche exacte des Auteurs qui ont écrit de ce tems là , tant Arabes que Portugais ; ce qui m'a fourni de quoi former le corps de mon Hiſtoire, en raſſemblant les faits dont ils parlent ſeparément. Quelques-uns d'entr'eux ont écrit du prodigieux Armement de Badur Roy de Cambaye, contre mon Heroïne, comme *Portozoro*, *Soza*, *Manrique*, & d'autres : l'Arabe *Abacaro* en parle auſſi très-amplement dans un Manuſcrit traduit par le Sieur *Petis de la Croix*, qui eſt entre les mains d'un Sçavant qui fait honneur à la Republique des Lettres, & qui a bien voulu me le communiquer.

Cependant les uns & les autres en parlent avec ſi peu

PREFACE.

de justesse & de précision, que je n'aurois pû en tirer les lumieres necessaires à mon dessein, sans le secours des Memoires d'un Gentilhomme François, natif de la Province de Languedoc, qui se trouvant Esclave dans ces Contrées, a fait une juste Relation de toutes les Guerres que je décris, où il a joint les Portraits & les caracteres des Princes dont je parle, avec le Plan des Villes & des lieux où ces grands Evenemens se sont passés, & où il en détaille les causes & les motifs, tant comme témoin oculaire, que comme s'étant fait instruire

PREFACE.

par ceux du Païs ; & cela avec
un esprit & une connoissance
qui méritent bien que j'ap-
prenne au Lecteur par quel
accident ce Gentilhomme
s'est trouvé à portée de sçavoir ces choses ; d'autant plus,
qu'ayant servi le Roy de
Cambaye contre mon He-
roïne, j'ai été obligée d'en
parler plusieurs fois dans le
cours de cette Histoire.

Georges de Virgile, Gen-
tilhomme Languedocien, é-
toit Chef des Ingenieurs, Of-
ficier General, & Geographe
des Camps & Armées de
François Premier, Roy de
France ; ce Monarque sça-

PREFACE.

chant les fecours immenfes que les Efpagnols & les Portugais retiroient des Etabliffemens qu'ils avoient faits dans les Indes Orientales & Occidentales, voulut joüir auffi du même avantage. Il fit équipper deux bons Vaiffeaux, montés de trois cens cinquante hommes chacun, fans compter les Matelots & le refte de l'Equipage, munis d'Artillerie, & de Marchandifes propres pour ces Peuples, dont il donna le Commandement general à Georges de Virgile, ayant fous lui pour Capitaines Jacques Duval & Gregoire du Tremblay.

Virgile

PREFACE.

Virgile ayant les ordres
fecrets de François Premier,
de faire Alliance avec quelque Roy des Indes Orientales, d'y former un Etabliffe-
ment, & d'y laiffer des Troupes en Garnifon, partit de la
Rochelle avec ces deux Vaiffeaux, arriva heureufement
aux Indes, & fit fa premiere
defcente, fans oppofition, fur
les Côtes de Coromandel. Là
ils trafiquerent avec les Habitans du Païs, & firent plan-
ter, pour marque de leur prife de poffeffion, une Pierre
fort haute, fur laquelle Virgile grava lui-même les Armes de France.

PREFACE.

Mais en partant de ce lieu, que nous connoiffons aujour-d'hui fous le nom de *Pondichery*, il s'éleva une tempête fi furieufe, que l'un de fes deux Vaiffeaux après avoir été ballotté pendant huit jours, fut englouti dans les flots, fans que l'Equipage du fecond lui pût donner du fe-cours. Celui fur lequel étoit Virgile, qui s'appelloit *le Dobryego*, nom bizarre, fut échoüer fur les Côtes du Gol-fe de Cambaye ; tout y périt, à la referve de Virgile & de foixante Matelots ou Soldats, qui furent faits Efclaves, & menés à la Ville de Cambaye, où ils furent vendus à differens Marchands de cette Capitale.

Pour Virgile, son heureux destin le fit tomber entre les mains du Satrape Bogad, Gouverneur de la Ville & Province de Cambaye, qui, ayant l'esprit bon & le cœur humain, le traita avec douceur. Le premier soin de Virgile, fut d'apprendre la Langue du Païs, où en très-peu de tems il fit de si grands progrès, que Bogad en fut surpris. Lorsqu'il put se faire entendre, il ne negligea rien de ce qui pouvoit le rendre agréable à son Maître, qui

b ij

connut bientôt tout son mé-
rite.

Le Satrape faisoit bâtir un
Palais sur les bords du Golfe,
il y menoit souvent Virgile,
qui lui fit remarquer plusieurs défauts, non seulement
dans les Desseins des Architectes, mais aussi dans l'execution. Le Satrape qui étoit
homme de goût, comprit
bien qu'il avoit raison, & lui
témoigna son chagrin de ne
sçavoir comment y remedier.
Virgile qui vit son embarras,
tira un plan des lieux, & lui
presenta un Dessein pour é-
lever un Palais superbe à l'Eu-
ropéenne, avec des Jardins,

des Eaux jailliſſantes , des
Fontaines & des Caſcades en
abondance, en s'offrant de le
faire executer.

Bogad charmé de ce qu'il
voyoit, accepta l'offre ſur le
champ, & ayant congedié les
Architectes Indiens, chargea
ſon Eſclave de la conduite de
cet ouvrage, dans lequel il
réüſſit ſi parfaitement, que ce
Palais, qui ſubſiſte encore aujourd'hui, a été regardé comme le chef-d'œuvre des Indes.
Le Roy de Cambaye fut bien-
tôt informé de la magnificence de cet Edifice; & cu-
rieux d'en ſçavoir la verité,
il envoya ſur les lieux Coza

PREFACE.

Zaffer, Renegat Napolitain, qui étant né dans la Ville d'Ottrente, & homme de grand genie, connut encore mieux que Bogad, tout le prix de cet Ouvrage.

Comme dans cette visite, Virgile fut toujours à ses côtés, lui faisant remarquer les plus beaux endroits, cela donna occasion à Zaffer de le questionner sur les Fortifications, dans lesquelles l'Esclave lui parut si sçavant, qu'il prit amitié pour lui, & lui promit de lui rendre service auprès de Badur : en effet, cet homme qui étoit d'une ambition démesurée, & qui

PREFACE.

ne s'étoit refugié auprès du
Roy de Cambaye, que dans
la crainte que l'Empereur
Turc, au service duquel il
étoit, ne lui fît voler la tête,
pour avoir levé le Siége de
la Ville d'Aden, voulant se
maintenir dans la faveur de
Badur, dont il retiroit des
biens immenses, lui fit un
recit fidele de ce qu'il avoit
vû, & lui ventant le sçavoir
de l'Esclave Chrétien, lui fit
si bien connoître de quelle
utilité il lui seroit, dans les
Guerres qu'il alloit entreprendre, tant pour les Siéges
des Places, que pour les Cam-
pemens de ses Troupes, que

PREFACE.

ce Prince donna ordre à Bogad de lui envoyer promptement son Esclave.

Le Satrape qui sçavoit
qu'on ne refusoit pas impu-
nément ce Prince Barbare,
obéït à l'instant, & Virgile
vint à la Cour de Badur, qui
lui ayant demandé qui il
étoit, il lui apprit sans dégui-
sement. Sa qualité d'Ingenieur, fit un plaisir extrême
à ce Monarque, qui étant
excité par Zaffer, dit à Virgile qu'il l'affranchissoit dès
ce moment, à condition qu'il
ne sortiroit point de ses Etats
qu'il ne l'eût servi dans toutes ses Expeditions Militaires.

Virgile

PREFACE.

Virgile voyant qu'il n'y avoit pas d'autres moyens de recouvrer sa liberté, & que cela n'interessoit ni sa Religion, ni le Roy de France son Maître, accepta le parti, & rendit effectivement de si grands services à ce Monarque, qu'il le chargea d'honneurs & de presens ; mais ce Prince étant mort, comme on le verra dans le cours de cette Histoire , Virgile se trouvant en état de joüir de la liberté qu'il lui avoit donnée, ne songea plus qu'à revoir sa Patrie & son Maître. Pour cet effet, il s'embarqua sur un Vaisseau Arabe qui étoit dans le Port de Malafar, qui s'en retournoit à Suez, où il arriva heureusement.

De-là il passa au Grand Caire, & s'y embarqua sur un Vaisseau Genois, qui le porta à Constantinople, où il trouva Monsieur de la Foreft, Ambassadeur de France, à qui il fit part de ses Avantures, & revint ensuite rendre compte au Roy, du naufrage de ses Vaisseaux, de son Esclavage, & de tout ce qu'il avoit fait & vû dans le cours de sa captivité. Il rendit depuis des services si importans à François Premier, qu'il le combla de ses bienfaits.

PREFACE.

Et voulant que les bontés dont il l'honoroit, paſſaſſent à la poſterité, il lui permit par une Patente, de porter en chef dans ſes Armes trois Fleurs-de-Lys d'or. Ses deſcendans qui ſe ſont diſperſés, tant dans le Bas-Languedoc, lieu de leur origine, que dans les Provinces de Normandie, de Picardie & Nivernois, conſervent avec ſoin ces glorieuſes marques de diſtinction, & tous portent d'Or à trois Pals de gueules, au chef d'aſur, chargé de trois Fleurs-de Lys d'or.

Et c'eſt par le moyen d'un Gentilhomme Languedocien,

PREFACE.

defcendant de Georges de
Virgile, & poffeffeur de la
Patente & de fes Memoires,
qui me les a confiés, que j'ai
tiré l'Hiftoire de Crementine
Reine de Sanga ; ce qui m'a
été d'autant plus utile, que
j'ai trouvé des contradictions
perpetuelles entre les anciens
Geographes & les modernes,
& qui m'auroit extrêmement
embarraffé fans ce fecours.
Il y a fi peu de précifion, &
des differences fi confiderables entre les derniers, fur
les fituations & fur les noms,
que j'ai cru ne pouvoir mieux
faire, que de fuivre les Hiftoriens, & ceux qui ont fait

PREFACE.

les Memoires fur les lieux, plûtôt que de fuivre des opinions qui s'accordent fi mal. Il y a même des fautes de Chronologie dans les Hiftoriens Portugais, que j'ai rétablies par le fecours de mes Memoires, n'ayant rien voulu negliger de tout ce qui pouvoit rendre cette Hiftoire agréable au Public, me flattant que les incidents & les faits dont elle eft remplie, la lui feront recevoir avec plaifir.

APPROBATION.

J'AY lû par l'ordre de Monseigneur le Garde des Sceaux, un Manuscrit, sous le Titre de *Crementine Reine de Sanga*, *Histoire Indienne*, où je n'ai rien trouvé qui puisse en empêcher l'impression. A Paris ce vingt-cinquiéme Janvier 1727. BLANCHARD.

PRIVILEGE DU ROY.

LOUIS, par la grace de Dieu, Roy de France & de Navarre: A nos Amez & Feaux Conseillers les Gens tenans nos Cours de Parlement, Maîtres des Requestes ordinaires de nostre Hostel, Grand Conseil, Prevost de Paris, Baillifs, Seneschaux, leurs Lieutenans Civils & autres nos Justiciers qu'il appartiendra, SALUT. Notre bien amée LA DAME DE GOMEZ, Nous ayant fait remontrer qu'elle souhaiteroit faire imprimer & donner au Public un Ouvrage, qui a pour Titre, *Anecdotes Persanes*, *Crementine Reine de Sanga*, *& autres Oeuvres de ladite Dame de Gomez*; s'il Nous plaisoit lui accorder nos Lettres de Privilege sur ce necessaires; offrant pour cet effet de le faire imprimer en bon papier & beaux caracteres, suivant la feuille imprimée & attachée pour modele sous le Contrescel des Presentes: A ces Causes, Voulant traiter favorablement ladite Exposante, Nous lui avons permis & permettons par ces Presentes de faire imprimer ledit Ouvrage cy-dessus specifié, en un ou plusieurs Volumes, conjointement ou separément, & autant de fois que bon lui semblera, sur papier & caracteres conformes à ladite feüille imprimée & attachée sous notredit Contre-scel, & de le vendre, faire vendre & debiter par tout notre Royaume pendant le tems de *huit* années consecutives, à compter du jour de la date desdites Presentes; Faisons deffenses à toutes sortes de Personnes de quelque qualité & condition qu'elles soient d'en introduire d'Impression étrangere dans aucun Lieu de notre obéïssance;

somme auſſi à tous Libraires, Imprimeurs & autres,
d'imprimer, faire imprimer, vendre, faire vendre,
debiter ni contrefaire ledit Ouvrage cy-deſſus expoſé
en tout ni en partie, ni d'en faire aucuns extraits, ſous
quelque pretexte que ce ſoit, d'augmentation ou cor-
rection, changement de Titre ou autrement, ſans la
permiſſion expreſſe, & par écrit de ladite Expoſante, ou
de ceux qui auront droit d'elle; à peine de confiſcation
des Exemplaires contrefaits, de Quinze cens livres d'a-
mende contre chacun des Contrevenans, dont un Tiers
à Nous, un Tiers a l'Hotel-Dieu de Paris, l'autre Tiers
à ladite Expoſante, & de tous depens, dommages &
interêts; à la charge que ces Preſentes ſeront enregiſ-
trées tout au long ſur le Regiſtre de la Communauté
des Libraires & Imprimeurs de Paris, dans trois mois
de la datte d'icelles, que l'Impreſſion dudit Ouvrage ſera
faite dans notre Royaume & non ailleurs; & que l'Im-
petrant ſe conformera en tout aux Reglemens de la
Librairie, & notamment à celui du dixiéme Avril 1725.
Et qu'avant que de l'expoſer en Vente, le Manuſcrit
ou Imprimé qui aura ſervi de copie à l'Impreſſion dudit
Ouvrage, ſera remis dans le même état où l'Approbation y aura eſté donnée, ès mains de notre trés-
cher & feal Chevalier Garde des Sceaux de France,
le Sieur Fleuriau d'Armenonville, Commandeur de nos
Ordres, & qu'il en ſera enſuite remis deux Exemplaires dans notre Bibliotheque publique, un dans celle de
notre Château du Louvre, & un dans celle de notredit
trés cher & feal Chevalier Garde des Sceaux de France,
le Sieur Fleuriau d'Armenonville, Commandeur de
nos Ordres; le tout à peine de nullité des Preſentes; Du contenu deſquelles vous Mandons & Enjoi-
gnons de faire jouïr l'Expoſante ou ſes ayans cauſe
pleinement & paiſiblement, ſans ſouffrir qu'il leur ſoit
fait aucun trouble ou empêchement. VOULONS que la
Copie deſdites Preſentes, qui ſera imprimée tout au
long au commencement ou à la fin dudit Ouvrage, ſoit
tenuë pour dûëment ſignifiée, & qu'aux Copies colla-
tionnées par l'un de nos amez & feaux Conſeillers &
Secretaires, foi ſoit ajoutée comme à l'Original; Com-
mandons au premier notre Huiſſier ou Sergent de faire

pour l'execution d'icelles, tous Actes requis & neceffaires fans demander autre permiffion, & nonobftant Clameur de Haro, Charte Normande & Lettres à ce contraires. CAR tel eft notre plaifir. Donné à Paris le vingt-troifiéme jour du mois de Janvier, l'an de grace mil fept cent vingt-fept; Et de notre Regne le douziéme. Par le Roy en fonConfeil.

DE SAINT HILAIRE.

Regiftré, enfemble la Ceffion, fur le Regiftre VI. de la Chambre Royale des Libraires & Imprimeurs de Paris, No. 618. fol.496. conformément aux anciens Reglemens, confirmés par celui du 28. Fevrier 1723. A Paris le huit Avril 1727.

Signé, BRUNET, Syndic.

CREMENTINE

Bonnart del. Scotin.

CREMENTINE
REINE DE SANGA.

HISTOIRE INDIENNE.

BIBLIOTHEQUE

LEs Royaumes de Dé-
can, de Cambaye & de
Sanga, ſont les princi-
paux Théatres , où ſe
ſont paſſés les Evenemens de cette Hiſtoire. Celui de Cambaye,
eſt partie en preſqu'Iſle , entre
les Golphes de l'Inde & de Cambaye, & partie en Terre-ferme,
s'avançant vers le Royaume de
Décan : Ses Villes principales,
ſont Amadab ou Madaban, Cam-

Tom. I.   A

baye, Sucerte, Baroch & Dio.

Celle de Cambaye, est située au bout du Golphe, de qui elle tire son Nom, ainsi que tout le Royaume, à l'Embouchure de la Riviere de Carary ; elle est au cent vingt - cinquiéme degré de longitude, & au douziéme de latitude Septentrionale : elle est si considerable, qu'on la nomme le Caire des Indes ; elle a de bonnes murailles, revétues de pierres de taille ; elle a douze Portes, grand nombre de Palais & de belles Maisons ; elles est riche & très-Marchande.

Le Royaume de Sanga, est au Nord de celui de Cambaye, sa Ville Capitale, appellée Citor, qui signifie dans la Langue du Pays, la petite ombre du Monde, est au cent - quinziéme degré de longitude, & au dix-huitiéme de latitude : elle étoit du tems de cette Histoire, la plus riche & la plus superbe de l'Orient, par la beauté de ses Palais & la magnificence de ses Places & de ses Remparts.

Le Royaume de Décan, étoit dans ce même tems, un des plus puissans de ceux de la presqu'Isle occidentale. Idalcan qui tenoit les rênes de cet Empire, au commencement du seiziéme Siecle, étoit un Prince vaillant & belliqueux, qui, dans l'ambition de s'agrandir, tenoit sans cesse ses Sujets en haleine : Les Guerres continuelles qu'il étoit obligé de soutenir contre Crisnara, Roi de Narsingue, avoient rendu sa Cour plus guerriere que galante : les Jeux & les plaisirs ausquels la Noblesse & les Soldats s'abandonnoient dans le repos, n'avoient point d'autre Image que celle de la Guerre.

A ij

La Princesse Crementine, Fille unique d'Idalcan , qui naquit & fut élevée dans ce tems de combats & de trouble , sembla succer avec le lait, l'humeur belliqueuse de ses Sujets : la nature qui l'avoit formée pour être l'Heroïne de son Pays , l'avoit douée d'une force , qui n'est pas ordinaire à celles de son Sexe ; d'un courage invincible , d'une prudence consommée , d'une vertu solide , & de toutes les graces du corps & de l'esprit : cette Princesse joignoit à la beauté la plus reguliere , une taille haute & majestueuse, que l'amour des armes qu'elle avoit apporté en naissant, n'avoit pas peu contribué à rendre fine & déliée , par le continuel exercice qu'elle en faisoit.

Idalcan qui ne respiroit que les combats , fut charmé que la Princesse sa Fille , eût des incli-

nations si conformes à ses desirs;
Crementine devint en peu de
tems si sçavante dans le Métier
des Armes, qu'elle se rendit bien-
tôt aussi redoutable par sa valeur que par ses charmes; d'autant plus à craindre, que cette
passion guerriere n'avoit rien de
feroce & de dur; la douceur,
la bonté & la magnanimité, é-
toient les vertus, dont elle sçavoit moderer sa fierté dans les
combats, & son ardeur dans la
victoire : elle aimoit la gloire,
mais elle détestoit la cruauté, &
lorsque son âge lui permit de suivre le Roi son Pere dans ses expeditions militaires, on la vit
souvent arrêter la fureur & le
carnage où le Soldat se laissoit
emporter, & l'obliger à se contenter d'avoir vaincu, sans pousser plus loin le desir de vaincre.
Idalcan rendoit sans cesse graces

A iij

au Ciel, de lui avoir donné une
Fille si parfaite ; sa tendresse pour
elle, le fit consentir à se relâcher
de la Coutume severe des Peuples
de l'Orient, qui défend aux Femmes de se laisser voir, les obligeant d'être voilées & toûjours
enfermées : comme l'inclination
Martial de la Princesse, ne s'ac-
commodoit pas avec une Loy si
rigide, elle obtint du Roi son Pere, qu'elle, & les Dames de sa
Cour, en seroient exemptes, &
cette permission qu'il lui accorda
sans peine, rendit les Femmes de
la suite de la Princesse, plus avi-
des de gloire, que sensibles à la liberté.

Quoique le bruit de ses grandes qualités, eussent fait desirer
son alliance à plusieurs Rois de
l'Orient, Idalcan n'avoit pas voulu la contraindre à faire un
choix, voyant qu'elle ne trou-

voit dans aucun Prince, ce qu'il falloit pour être digne de lui plaire. Cette Princesse touchoit à sa vingt-deuxiéme année, & s'étoit déja distinguée dans plusieurs occasions, lorsque le Roi de Décan son Pere, apprit que le Roi de Narsingue venoit de lui enlever la Ville de Raciolo, la plus importante du Royaume de Décan : cette nouvelle rallumant dans son ame, la haine qu'il portoit à ce puissant Ennemi, il appella à son secours, tous les Princes ses Alliés, qui par leur Traité, étoient obligés de venir en Personne, à la tête de leurs Troupes, pour défendre ses Estats, ou pour attaquer ses Ennemis.

Dans le nombre de ceux qui s'empresserent à garder la foi de leur Traité, Zamora Roi de Sanga, & Badur, Roi de Cambaye, étoient les plus considera-

bles ; mais Zamora l'étoit autant
par ses qualités personnelles, que
Badur le paroissoit par l'étenduë
de ses Estats. Zamora n'avoit que
vingt-quatre ans ; il étoit fait
pour plaire & pour charmer, le
Ciel ne lui ayant rien refusé de
ce qui est necessaire à un grand
Prince, pour être l'amour de son
Peuple., & l'admiration des autres Nations: il n'y avoit que deux
ans, que par la mort du Roi son
Pere, il avoit herité du Royaume de Sanga, & les rênes de
l'Empire parurent entre ses
mains, ce qu'elles doivent être
dans celles des Monarques, à qui
l'âge & l'experience ont appris
le grand Art de regner.

Il étoit sage, humain, genereux, prudent, vaillant, & déterminé, selon le tems & les occasions ; ses vertus étoient accompagnées d'une noble franchise &

d'une probité inviolable : il joignoit à tout cela , le don de l'Eloquence ; mais certain d'obtenir
ce qu'il fouhaitoit auffi-tôt qu'il
parloit , il ne demandoit jamais
rien qui ne fût jufte & raifonnable.

Il s'étoit fignalé par mille actions de valeur & de prudence,
du vivant du Roi fon Pere : fes
Ennemis avoient déja fenti la force de fon bras, & fes Sujets con-
noiffoient même , avant qu'il re-
gnât , combien il étoit digne de
regner : la Renommée avoit inftruit ce jeune Monarque , des
grandes qualités de la Princeffe
de Décan ; fon cœur n'avoit pû
fe défendre contre les récits
qu'on lui en faifoit chaque jour ;
il brûloit en fecret du defir de
la voir & de lui plaire ; mais
comme l'amour fe déguifoit encore à fes yeux fous les traits de

la politique, & qu'il croyoit n'a-
voir en vûë qu'une alliance a-
vantageuse, la raison qui le guidoit en tout, le faisoit hesiter à
quitter ses Estats, pour satisfaire
sa curiosité, s'imaginant bien que
ses Sujets lui proposeroient d'envoyer des Ambassadeurs pour
traiter de ce Mariage, plûtôt que
de s'exposer lui-même à un refus.

Il étoit dans cette perplexité,
lorsqu'il reçut les Envoyés du Roi
de Décan, pour lui demander le
Secours auquel il étoit obligé :
cette nouvelle lui donna une joye
si vive, qu'elle lui fit penétrer une
partie des sentimens, qui jusques-
là, s'étoient cachés dans son ame ;
il connut qu'il aimoit, & fortifié
dans son amour, par tout ce que
les Envoyés d'Idalcan lui dirent
de la Princesse, il s'abandonna à
son penchant, résolu de tout ten-

ter, pour parvenir au bonheur
de lui plaire.

Il eut bientôt assemblé ses Troupes, & s'étant mis à leur tête, il
arriva au Camp d'Idalcan, prefque auffi-tôt que ses Envoyés :
le Roi de Décan, inftruit de fon
arrivée, fut au-devant de lui
avec la Princeffe fa Fille, fuivis
des plus Grands de fa Cour: Crementine n'avoit jamais paru fi
belle; elle montoit un Cheval
blanc comme la neige, fuperbement enharnaché, qu'elle ma-
nioit d'une grace admirable; elle
étoit couverte d'Armes brillantes, qui étoient alors en ufage
dans une partie de l'Orient, à
l'imitation des Portugais, qui a-
voient déja penétré bien avant
dans les Indes : ces longs cheveux noirs & bouclés, étoient
attachés par plufieurs rangs de
Perles, fa tête n'étoit couverte

que d'un Casque leger, orné d'un
Panache de plumes blanches &
couleur de feu ; qui donnoient
un nouvel éclat à celui qui sortoit
de ses yeux.

A sa gauche, marchoient à pied
deux jeunes Hommes magnifiquement vêtus, dont l'un portoit
son Arc , & l'autre son Sabre :
le Roi de Décan étoit à sa droite , monté sur un Courcier fier
& superbe, & le reste de sa Cour,
suivoit à Cheval, chacun selon son
rang & ses Emplois auprès du
Roi : ce Prince jettoit de tems
en tems, des regards pleins de
satisfaction sur la Princesse sa Fille , ne pouvant lui refuser son
admiration , tout son Pere qu'il
étoit.

Sa Cour applaudissoit à ses
sentimens, par un murmure de
loüanges respectueuses , bien
moins par politique, que par la

force de la verité ; la Princeſſe,
qui malgré ſon air Martial, avoit
une pudeur majeſtueuſe, répanduë ſur toute ſa Perſonne, ne té-
moignoit qu'une joyé ſage & modeſte , de ſe voir l'adoration du
Roi ſon Pere & de ſes Sujets ; ce
fut en cet état qu'ils s'avancerent
au devant de Zamora , qui ne
doutant point des honneurs que
le Roi de Décan lui rendroit ,
avoit hâté ſa marche, pour le
rencontrer à l'entrée de ſon
Camp.

Cet aimable Monarque étoit à
la tête de ſon Armée, mille fois
plus remarquable par les graces
de ſa Perſonne , que par la magnificence de ſon habillement :
il portoit ce jour-là une Veſte
d'une étoffe verte & or, toute couverte en broderie, de rubis & de
perles , ſon Turban d'une gaze
argent & couleur de feu , laiſſoit

à peine appercevoir de quoi il
pouvoit être, par la prodigieuse
quantité de diamans dont il é-
toit orné ; il montoit un Cheval
bai brun , plus fier de sa royale
charge, que du riche & brillant
harnois dont il étoit paré ; mais
tous ces ornemens empruntés ,
frappoient bien moins les yeux,
que la beauté mâle de ce Prince ;
sa taille haute & aisée, son port
majestueux, ses yeux remplis de
feu, sa phisionomie noble & spi-
rituelle , son air sage , atrayant
& doux ; attiroient seuls l'attention & les cœurs : si ceux de Décan , chantoient les loüanges de
Crementine ; ceux de Sanga ce-
lebroient celles de Zamora : son
Armée leste & brillante , le suivoit en bon ordre ; le son des
Instrumens guerriers , qui marquoient sa marche , ayant averti
le Roi de Décan de son arrivée,

ce Monarque s'avança, & Zamora l'ayant apperçu, fit faire halte à ses Troupes, & tandis que les Instrumens du Camp, répondoient à ceux de l'Armée de Sanga, les deux Rois se détacherent de leur suite, & s'approcherent l'un de l'autre : Zamora voulut descendre de Cheval ; mais Idalcan l'en ayant empêché, le reçut avec tendresse, & le remercia de la promptitude avec laquelle il venoit à son secours.

Pendant ces complimens, la Princesse approchoit lentement, suivie de toute sa Cour : Zamora qui la cherchoit des yeux, ne l'eut pas plûtôt apperçuë, qu'il supplia le Roi de Décan, de lui permettre de mettre pied à terre ; mais Idalcan ne le voulutpas absolument : ils s'avancerent l'un & l'autre vers la Princesse.

Tout ce que la Renommée

avoit publié de fa beauté, étant
fort au-deſſous de ce qu'elle é-
toit, Zamora en fut éblouï ; &
cette éloquence dont il ſçavoit ſi
bien profiter dans l'occaſion, l'a-
bandonna à l'aſpect de Crementine : la Princeſſe, qui de ſon côté, ne s'attendoit pas à voir un
homme ſi fort au-deſſus des autres, ne put ſe garantir de la
même ſurpriſe ; tandis qu'ils s'e-
xaminoient avec un ſilence plus
éloquent que les diſcours les
mieux arrangés, il s'éleva mille cris confus d'admiration du
côté du Camp & de celui de l'Armée ; on n'entendoit retentir dans
l'Armée de Zamora, que le nom
de Crementine ; & que celui de
Zamora, dans celle d'Idalcan.

Ces mouvemens imprevus, leur
ayant donné le tems de ſe remettre, le Roi de Sanga fut le premier qui rompit le ſilence : Vous
ne

ne devez point être surprise, Madame, lui dit-il, du trouble où je suis tombé ; écoutez les cris de mes Soldats, ils justifient tous les sentimens que vous venez de m'inspirer.

Ecoutez ceux des nôtres, lui répondit la Princesse en rougissant, ils vous apprennent combien vous êtes digne de l'étonnement où je vous ay paruë : Zamora, ne répondit à ce discours obligeant qu'en se baissant jusques sur l'arçon de la selle ; & le Roi de Décan, qui jettoit incessamment les yeux & sur l'un & sur l'autre , s'apperçut bien-tôt de l'impression que cette première vûë avoit fait dans leurs ames ; mais le tems n'étant pas favorable à l'envie qu'il ressentoit de leur en marquer sa joye, il la dissimula , & s'étant mêlé à leur onversation : Vous voyez, Sei-

gneur, dit-il à Zamora, quelle satisfaction votre presence apporte
dans mon Camp ; c'est un présa-
ge assuré de la Victoire que nous
remporterons sur nos Ennemis.
Alors, lui ayant encore témoi-
gné sa reconnoissance sur son e-
xactitude , il prit cette occasion
pour lui faire entendre que cette
marche précipitée devoit avoir
fatigué ses Troupes, & qu'ayant
besoin de repos, il falloit prendre la route du Camp ; ainsi chacun ayant repris son rang, Zamora fit défiler l'Armée , dont la
marche assurée & fiere, faisoit
assez connoître sa valeur & son intrepidité.

Le bruit des instrumens Guerriers qu'on entendoit de part &
d'autres , la magnificence des
vêtemens , l'air content des deux
Rois , la beauté de la Princesse ,
les cris & les acclamations du

Camp, formoient un spectacle
qui inspiroit à la fois l'amour &
la terreur. Lorsque le Roi de Décan eut tout ordonné pour le
logement & le quartier des Troupes de Zamora, il conduisit ce
Prince dans la Tente Royale, dont
la vaste étenduë lui faisoit plûtôt
meriter le nom de Palais superbe-
be, que celui de Tente; ce fut dans
un de ces plus magnifiques Pavillons qu'Idalcan fit conduire Zamora: ce jeune Monarque ne fit
point de difficulté de se retirer
pour quelque moment, son ame
étoit remplie d'un feu, que toute sa prudence avoit peine à cacher; ainsi le Roi de Décan ne
l'eut pas plûtôt laissé en liberté,
que rappellant tous les charmes
de Crementine, il n'y en eut aucun, qui ne la lui montrât digne
de toute son adoration.

La Princesse n'étoit pas moins a-

B ij

gitée; la vûë de Zamora lui avoit
inſpiré des ſentimens, qui malgré leur nouveauté pour elle,
n'en furent pas moins reconnus
pour les avant-coureurs d'une
forte tendreſſe; ſa vertu l'empêcha de s'en allarmer; exempte
des foibleſſes de ſon ſexe, elle ne
s'attacha point à combattre ſon
inclination naiſſante, mais ſeulement à mettre tous ſes ſoins à
connoître ſi le Roi de Sanga en
étoit auſſi digne qu'il le paroiſſoit;
aſſurée de vaincre ſon penchant,
ſi les vertus de ce Prince ne répondoient pas aux grâces de ſa
Perſonne, elle prit la réſolution
d'examiner tous ſes mouvemens,
& de regler ſur eux l'eſtime qu'elle en devoit faire. Le ſeul Roi
de Décan jugeoit ſans trouble
& ſans agitation des ſentimens
de ces deux illuſtres Amans; il
avoit trop bien étudié leurs re-

gards, leurs difcours, & leur embarras ; pour n'avoir pas penetré
jufqu'au moindre replis de leurs
cœurs ; fa tendreffe pour Crementine , & l'adroite politique
dont il faifoit profeffion , lui firent voir avec plaifir cette paffion
naiffante ; mais fes interêts demandant qu'il la laiffât cimenter
avant que de fe declarer , il agit
avec la liberté d'un Prince , qui
n'eft occupé que de fa vengeance.

Ainfi tous les Princes fes alliés,
l'étant venus joindre, à la referve
de Badur Roi de Cambaye , &
leurs forces raffemblées , ayant
compofé une Armée formidable,
il ne fongea plus qu'à attaquer
le Roi de Narfingue , qui après
la prife de Raciolo , s'avançoit à
grandes journées dans les vaftes
Plaines de Décan. Cependant ,
le Roi de Cambaye ayant appris
que celui de Sanga étoit déja

parti à la tête de ſes Troupes ; voulut l'imiter, & ſatisfaire aux Traités qui étoient entre lui & le Roi de Décan ; il ſe mit à la tête de ſon Armée, eſperant ſe trouver à celle d'Idalcan, avant qu'il eût pris la reſolution de combattre.

Mais comme la gloire de garder ſa foi, n'étoit pas le ſeul motif qui guidoit les actions de ce Prince, & que ſon interêt particulier l'emportoit toujours ſur ſes devoirs les plus ſacrés, il marcha ſi lentement dans la crainte de fatiguer ſes Troupes, qu'il apprit en chemin que le Roi de Décan avoit attaqué celui de Narſingue; que l'Armée de ce dernier avoit été preſque détruite, & qu'Idalcan ſans perdre de tems avoit marché vers Raciolo ; qu'il avoit repris cette importante Ville, & y étoit entré triomphant. Cette

nouvelle troubla Badur, il se re-
pentit de sa lenteur , & balança
longtems s'il s'en retourneroit ,
ou s'il poursuivroit sa route ; son
Conseil étoit d'avis qu'il reprît
celle de Cambaye, mais comme
il ne prenoit souvent son parti
que sur ses seules idées, il congedia son Armée, & se reservant une
nombreuse escorte , il suivit son
premier dessein, devoré du plus
mortel chagrin.

Mais il redoubla plus fortement
encore , lorsqu'il apprit que le
Roi de Décan devoit cette grande
Victoire à la valeur de Crementine & de Zamora , qui avoient
fait l'un & l'autre, des actions dignes d'une gloire immortelle : la
jalousie de Badur fut jusques à
l'excès à ces récits fidels de la défaite de Crisnara ; une secrette
haine l'animoit contre Zamora ,
il ne pouvoit souffrir les loüan-

ges qu'on donnoit à ce Prince, &
l'ambitieux defir d'envahir fes Eftats qui le dévoroit depuis fi long-
tems, ne lui faifoit voir qu'avec
douleur la gloire dont ce jeune
Monarque étoit couvert : la fuperbe Ville de Citor Capitale du
Royaume de Sanga, étoit l'objet de l'envie de Badur, & de fa
haine pour Zamora.

Ce Prince ne l'ignoroit pas ; mais
il avoit fi bien menagé les chofes,
que Badur n'avoit pû trouver encore de raifons plaufibles pour
lui declarer la Guerre, d'autant
plus qu'il fçavoit que Zamora, é-
toit eftimé des Princes fes voifins,
au point de fe declarer pour lui,
en cas qu'on le voulût attaquer,
les vices du Roi de Cambaye
leur étant auffi connus, que les
vertus de celui de Sanga.

En effet, Badur étoit un Prince dont les bonnes qualités étoient

fi

ſi fort obſcurcie par le nombre
de ſes défauts, qu'on pouvoit le
regarder comme n'ayant rien
qui meritât l'eſtime de pas un
Homme ; il étoit tyran , rigou-
reux , prodigue de ſon bien , inſa-
tiable de celui d'autrui , cruel ,
barbare, impie & diſſimulé. Son
caprice lui avoit fait enrichir pluſieurs gens indignes des faveurs
d'un Roi ; & la calomnie lui avoit
fait ruiner un nombre infini d'in-
nocens : La vie de ſes Sujets ne lui
coûtoit rien ; il faiſoit mourir ſur
le moindre ſoupçon , amis & ennemis : auſſi , ſe ſentant coupable
de tant de crimes , il avoit pour
ſuſpects, les hommes, les lieux &
même les momens, juſqu'au point
d'être obligé de s'apprêter lui même à manger. Il n'eſt donc pas
ſurprenant qu'un Prince tel que
Badur , fût jaloux de la gloire de
Zamora , puiſque c'eſt le propre

Tom. I.   C

des hommes vicieux, de porter
envie aux vertueux, sans en avoir
de les imiter.

Ce fut avec ses sentimens, que
le Roi de Cambaye se résolut de
joindre Idalcan. Cependant, la
Renommée n'avoit fait qu'ébau-
cher les actions éclatantes de Crementine & de Zamora ; cette
vaillante Princesse qui commandoit l'aîle droite de l'Armée du
Roi son Pere, avoit enfoncé la
gauche des Ennemis, l'avoit fait
plier & mise en déroute ; & sans
s'amuser à poursuivre les fuyards,
elle avoit enfoncé le Centre avec
tant de prudence & de vigueur,
que soutenuë de l'intrepide Zamora, qui s'opposoit à tous les
coups qu'on lui portoit, elle avoit
contraint le Roi de Narsingue à
se sauver, après l'avoir longtems
poursuivi.

Malgré l'ardeur du combat,

l'illuftre Crementine ne perdit
aucune des actions du Roi de Sanga, elle le vit cent fois expofer fa
vie pour garantir la fienne ; & ce
jeune Heros , eut fouvent la fatisfaction de lui voir jetter les
yeux de fon côté, pour être prête
à le fecourir.

Ces mutuelles attentions, dans
des inftans fi peu favorables à
l'amour, ne laifferent pas d'en al-
lumer les flammes ; & l'on peut
dire que chaque action éclatante
de l'un & de l'autre , furent autant de traits qui percerent leurs
ames : tout parut favorifer Zamora dans cette gande journée,
le Roi de Decan s'étant trop a-
vancé, fe vit envelopper & prêt
à perdre la vie par les Troupes de
Crifnara, lorfque le vaillant Roi
de Sanga accourant à fon fecours, le dégagea, & fit voler la
tête d'un foldat, qui levoit le bras

pour le percer. Quelle eût été la rage de Badur, si les yeux avoient été témoins de tant de marques de courage & de valeur ! puis-qu'il avoit toutes les peines du monde à la cacher , au simple récit qu'on lui en fit sur sa route. Ce Prince arriva enfin dans le tems que le Roi de Décan venoit de faire un Traité avec celui de Narsingue , par lequel Crisnara s'obligeoit de payer un Tribut an-nuel au Roi de Décan : Badur, trouva ce Monarque campé à la vuë de Raciolo , dans laquelle il n'avoit pas voulu séjourner , ne jugeant pas à propos de quitter l'Armée, qui par la proximité de cette Ville , recevoit tous les ra-fraîchissemens qui lui étoient ne-cessaires.

Idalcan , le reçut royalement , & dissimulant son ressentiment pour ne mêler aucun trouble à la

joye de ses Sujets, il le remercia
de l'honneur qu'il lui faisoit, &
lui communiqua le Traité qu'il a-
voit conclu avec le Roi de Narsingue, dans lequel il avoit com-
pris tous ses Alliés. Badur parut
content de cette reception, & des
honneurs qu'Idalcan lui fit rendre : mais cela ne l'empêcha pas
d'être exposé aux railleries pi-
quantes du Soldat victorieux ; il
eut même beaucoup à souffrir ,
en voyant les respects & les défe-
rences de l'Armée pour le Roi de
Sanga.

Cette éclatante Victoire ayant
jetté la joye dans les cœurs , le
Roi de Décan donna plusieurs
Fêtes, où la Princesse parut avec
tant d'avantage , que Badur qui
jusques là , n'avoit connu que
l'ambition, ne put garantir son a-
me des attaques de l'amour ; sa
passion fut aussi vehemente que

prompte; il devint à la fois, amoureux, jaloux, foupçonneux & in-
quiet : ces mouvemens impetueux, lui firent bientôt reconnoître Zamora pour fon rival ;
fa haine en augmenta, & cherchant à penetrer dans le cœur de
la Princeffe, il y vit une fi parfaite eftime pour le Roi de Sanga, qu'il refolut de rompre cette
innocente intelligence, en demandant Crementine en mariage au Roi de Décan, ne doutant
point que cette alliance ne flatât
ce Monarque, & qu'il ne le pré-
ferât à Zamora, dont les Eftats
n'étoient pas à beaucoup près fi
confiderables que les fiens.

Cette penfée ne fut pas plûtôt
conçuë, qu'elle fut executée : ce
Prince violent dans tous fes projets, fe donna à peine le tems d'inftruire Crementine de fes fentimens, il le fit cependant, mais a-

vec une audace qui ne fit qu'augmenter le mépris qu'elle avóit
pour lui : Princeſſe, lui dit-il devant toute ſa Cour, votre valeur
vous avoit acquis mon admiration, votre beauté vient d'y joindre l'amour, & je crois que le
Royaume de Cambaye eſt le ſeul
tribut qui ſoit digne de tant de
charmes : j'eſpere que vous ne me
refuſerez pas la gloire de le partager avec moi, en acceptant ma
foi ; je vais offrir l'un & l'autre,
au Roi de Décan, heureux ! ſi votre cœur ſe trouve d'accord avec
ſes volontés, & la quitta ſans attendre ſa réponſe.

Cette orgüeilleuſe declaration,
indigna tous ceux qui s'y trouverent preſens, la Princeſſe en parut irritée, & le reſpectueux Zamora put à peine contenir la juſte
colere dont il ſe ſentit animé ; il
alloit en donner des marques

lorſqu'il jetta les yeux ſur Crementine , & voyant ſur ſon viſage tout ce que le mépris & l'indignation ont de plus éclatant , il
rappella ſa prudence ordinaire ,
& ſe dit à lui-même , que ce n'é-
toit pas par les effets de ſon emportement qu'il devoit inſtruire
la Princeſſe & ſon Pere des ſecrets
de ſon ame ; & que puiſque ſon
reſpect lui avoit fait cacher ſon
amour avec tant de ſoin , il ne
devoit pas le declarer par une
violence qui pourroit lui faire du
tort.

La Princeſſe qui connut ce
qui ſe paſſoit dans ſon cœur , ne
balança point à y remettre la tranquillité ; & voyant que toute ſa
Cour blâmoit hautement Badur :
le Roi de Cambaye dit-elle , en
regardant Zamora , ignore ſans
doute que la Vertu ſeule a droit
de triompher de Crementine , &

que fans elle, les plus brillantes
Couronnes n'attirent que fes mépris : les vôtres répondit Zamora,
vous mettent fi fort au deffus de
tous les Rois de la Terre , qu'il
n'en eft point que je ne trouve te-
meraire d'ofer prétendre à la
gloire de vous plaire ; comme cette converfation étoit generale ,
chacun prit la liberté de dire fon
fentiment , & perfonne ne crut
Idalcan capable d'accepter l'offre
de Badur.

Il s'étoit retiré cependant dans
le deffein de l'aller trouver : lorfqu'il vit ce Prince accompagné
d'une foule de courtifans qui for-
toit de fon Pavillon pour paffer
à celui de la Princeffe, le Roi de
Cambaye l'aborda avec un vifage riant , & le regardant d'un air
fatisfait : je viens Seigneur, lui
dit-il , vous faire hommage du
Royaume de Cambaye, en vous

priant d'en faire le partage de la
Princeſſe Crementine , avec le
don de mon cœur & de ma foi.

Le Roi de Décan qui ne s'attendoit nullement à cette demande ,
ne put s'empêcher d'en marquer
ſa ſurpriſe ; il vit avec un étonnement ſans égal , que Badur oſât
lui propoſer une ſemblable alliance , lui qui étoit le ſeul entre tous
les Princes ſes alliés , de qui il eût
ſujet de ſe plaindre , croyant qu'il
eût dû ſe contenter du ſilence
qu'il avoit obſervé ſur ſon retardement , ſans pouſſer plus loin ſa
temerité ; il fit pourtant un effort
ſur lui-même , & s'étant remis
de ſon trouble : pardonnez Seigneur , lui dit-il , ſi l'honneur
imprévu que vous me faites m'a
d'abord étonné ; je connois tout
le prix de ce que vous offrez
à la Princeſſe ma Fille , je voudrois qu'il dépendît de moi de

vous rendre à l'inftant une réponfe telle que vous le defirez.
Mais, Seigneur, continua-t-il,
Crementine eft devenuë le plus
ferme appui de cet Empire; mes
Sujets n'ont des yeux que pour
elle, mes Soldats n'ont d'efpoir
que dans fa valeur, & je ne puis
difpofer de fa main, fans leur a-
veu; victime de leur amour & de
leur admiration, elle ne peut faire choix d'un Epoux qu'ils ne
l'ayent approuvé; ainfi donc, per-
mettez que je propofe votre demande au Confeil, j'en ferai voir
tous les avantages, & je ne doute
point qu'il ne vous foit favorable.

Quoique Badur ne fût pas fatisfait de ce retardement, il fei-
gnit de l'être, & remercia le Roi
de Décan avec la même liberté
que s'il eût été fûr du fuffrage du
Confeil : il fuivit Idalcan chez la
Princeffe, & ils y entrerent l'un

& l'autre, que l'on s'entretenoit encore de la hardieſſe de Badur : Il ne parut pas plûtôt, que malgré la preſence du Roi, il s'éleva un bruit ſourd qui fit juger à Idalcan, qu'il devoit s'être paſſé quelque choſe d'extraordinaire avant ſon arrivée ; & cherchant à s'en inſtruire, après avoir ſalué Zamora & les autres Princes qui étoient preſens, il prit la Princeſſe par la main & la conduiſant dans ſon Cabinet, il s'aſſit avec elle ſur un Sofa, & voulant penetrer ſes ſentimens, il affecta de la regarder longtems ſans parler.

Crementine qui avoit fremi de crainte, en le voyant entrer avec le Roi de Cambaye, n'héſita point à rompre le ſilence. Quel trouble vous agite, Seigneur, lui dit-elle, en le regardant tendrement? Serai-je aſſez malheureuſe pour en être la cauſe, & pour que Ba-

dur ait fait approuver ses desseins?
& continuant sans attendre qu'il
parlât, elle lui apprit la déclara-
tion de ce Monarque, n'oubliant
rien pour lui en faire connoître
la temerité : ensuite, elle étala à
ses yeux, l'énormité des vices de
ce Prince, en lui marquant combien elle seroit à plaindre , s'il
consentoit à cette union ; & se
jettant à ses pieds, elle le conjura de ne la pas priver si-tôt de
l'honneur de l'accompagner dans
ses Conquêtes. Idalcan ne put tenir à cette touchante action : la
Princesse lui parut si belle dans
cette posture supliante, que tout
son sang en fut ému ; il la releva
promptement, & l'embrassant a-
vec tendresse : Non , lui dit-il ,
Princesse, vous m'êtes trop chere
pour vous livrer à Badur : J'ai
voulu voir le fond de votre ame;
mais ce Prince ne merite pas d'en

troubler la tranquillité.

Alors, lui racontant ce qui s'é-
toit passé entr'eux, & l'instrui-
sant de ce qu'il avoit resolu, il la
rassura entierement, puis la regardant attentivement : mais, lui
dit-il, ma chere Crementine,
tous mes Alliés vous sont-ils aussi
odieux que le Roi de Cambaye ?
& n'en est-il point parmi eux dont
vous ayiez trouvé les vertus plus à
craindre que les vices de Badur ?

La Princesse ne put s'empêcher de rougir à ce discours : Seigneur, lui dit-elle, la Vertu ne
m'a jamais inspiré que de l'estime : c'en est assez, lui répondit le
Roi de Décan, je ne veux pas
vous contraindre à m'en dire davantage, j'éxige seulement de
vous de ne point haïr le Roi de
Sanga ; & sans vouloir attendre
sa réponse, il la ramena dans le
grand Pavillon.

Cette converſation avoit paru d'une longueur extrême à Zámora ; la joye que Badur affeçtoit, le déſeſperoit, & il eut beſoin de toute ſa ſageſſe pour ne pas éclater : quelque ſoin qu'il eût apporté à cacher à la Princeſſe la violence de ſon amour, toute la Cour du Roi de Décan s'en étoit apperçûë , & le trouvoit ſi digne d'elle , que chacun faiſoit des vœux ſecrets pour qu'elle n'eût point d'autre Epoux : les Chefs & les Soldats de l'Armée de Zamora, aimoient trop ardemment leur Maître, pour ne pas approuver ſes ſentimens ; & les Açtions qu'ils avoient vû faire à Crementine, la leur avoit renduë ſi recommendable, que tous la deſiroient pour Reine.

Zamora ne pouvoit ignorer cette heureuſe prévention des cœurs en ſa faveur, puiſqu'il en

avoit chaque jour, des marques
éclatantes, foit dans la difference
ce qu'on mettoit entre Badur &
lui, foit dans les attentions & les
complaifances de Crementine &
d'Idalcan ; mais la crainte infe-
parable du veritable amour, lui
faifoit apprehender d'avoir trop
tardé à fe déclarer.

Les Princes, les Satrapes, &
les Guerriers qui étoient dans la
Tente de la Princeffe, s'empref-
foient à l'envi de diffiper la triftef-
fe mortelle dans laquelle il étoit
tombé ; & l'on peut dire que Badur étoit feul au milieu d'une brillante & nombreufe Cour. Lors
qu'Idalcan & Crementine parurent, chacun voulut penetrer le
motif, & le refultat de leur entretien ; mais le Roi de Décan dif-
fimula fi bien, & la Princeffe parut d'un air fi libre,qu'on n'en put
rien juger : Idalcan ordonna le
Confeil

Conseil pour lendemain matin ;
& la Princesse proposa pour la même
heure à Zamora, une partie de
Chasse, où elle invita les Dames
les plus considerables de sa Cour.
Le Roi de Sanga, toûjours soumis
à ses ordres, l'accepta avec joye,
tout fut commandé pour la rendre
agréable, & chacun voulant y paroître aussi magnifique qu'adroit,
on se retira pour s'y preparer.

Zamora ne fut pas plûtôt de
retour dans sa Tente, que le General Cremen , Guerrier, que
l'âge , la valeur & la prudence, rendoient recommandable au
Roi de Décan , fit demander à
lui parler en secret de la part du
Roi son Maître : celui de Sanga,
sçachant combien cet illustre In-
dien étoit cher à Idalçan, & qu'il
possedoit toute sa confiance , le
fit entrer aussi-tôt, & lui demandant avec empressement, de quoi

il s'agiſſoit, le Guerrier lui dit
qu'il venoit par ordre d'Idalcan, pour l'inſtruire du motif du
Conſeil qui ſe devoit tenir le lendemain, & pour le prier d'excu-
ſer s'y il n'y étoit point admis :
alors il lui redit la converſation
du Roi de Cambaye avec Idalcan,
& la réponſe qu'il lui avoit faite ;
& qu'étant ſûr que le Conſeil s'op-
poſeroit fortement à la demande
de Badur, & qu'un refus en ſeroit
le reſultat, voulant ôter à ce Monarque tout ſujet de ſoupçon, il
n'avoit pas jugé à propos de l'expoſer aux reſſentimens d'un Prince injuſte & violent, & contre lequel il étoit ſi juſtement irrité.

Zamora fut extrêmement ſenſible à cette marque de confiance du Roi de Décan ; il pria le
General Cremen, dans les termes les plus vifs, de lui en témoigner ſa reconnoiſſance ; mais,

continua-t'il en foupirant, fi le
Confeil alloit approuver l'Alliance du Roi de Cambaye, il fe tut en
achevant ces mots ; & Cremen,
qui avoit ordre de pouffer l'entretien auffi loin qu'il le pourroit,
le regardant avec refpect : Seigneur, lui dit-il, fi Badur avoit
les vertus & les grandes qualités
du Roi de Sanga, je ne répondrois
pas du Confeil. Ces paroles ayant
mis Zamora dans une efpece de
liberté, il ne put refifter à l'envie de foulager fon cœur, dans le
fein d'un homme auffi fage.

Brave Cremen, lui dit-il, vous
me flatez peut-être, mais j'ai befoin de confeil ; je demande le
vôtre, ne me le refufez pas ; &
dans l'inftant il lui peignit fon
amour, fon refpect & fon admiration pour Crementine, avec
tant d'éloquence & de feu, il lui
fit voir des fentimens fi grands,

D ij

ſi nobles, & ſi vertueux, que ce
Guerrier charmé de l'entendre,
tomba à ſes pieds tranſporté de
joye : Ah ! Seigneur, lui dit-il,
j'oſe vous répondre du conſentement de tout l'Empire : le Roi
vous honore, ſes Sujets vous re-
verent, tous les cœurs ſont pour
vous : Vous ſeul êtes digne de
l'illuſtre Crementine, ne craignez rien, parlez & ſoyez ſûr de
tout obtenir.

Ce tranſport calma Zamora,
il fit relever Cremen, l'embraſſa,
& l'ayant remercié de l'eſpoir
qu'il venoit d'inſinuer dans ſon
cœur, il le pria de preſſentir Idalcan ſur les ſentinens qu'il venoit
de lui découvrir, & de l'aſſurer
qu'il n'oublieroit jamais l'honneur
qu'il venoit de lui faire : Cremen
le lui promit, & le quitta ſi rempli d'admiration, que ne la pouvant contenir dans ſon ame, il

courut en rendre compte au Roi
de Décan : ce Monarque prit un
plaisir extrême au récit de ce fameux Guerrier, & lui avoüa qu'il
se trouvoit heureux de pouvoir
s'unir à Zamora , par des liens
plus forts & plus durables que
ceux des Traités , où la politique seule avoit part ; & comme
le General Cremen étoit un des
membres du Conseil , il ne douta
point que toutes les voix ne fus-
sent d'accord avec la sienne.

Cette nuit fut la plus tranquille , qu'eût passé Zamora , depuis
son départ de Sanga : Cremen lui
avoit paru trop sincere, pour qu'il
pût douter un moment de son
bonheur, si la Princesse y consentoit. Il resolut de profiter de
la Chasse , pour se declarer & sçavoir son sort. Crementine de son
côté , se rappellant les paroles
d'Idalcan, y trouvoit un aveu ta-

cite à fes fentimens, qui lui fit
efperer qu'elle feroit bien-tôt Reine de Sanga.

Le feul Badur fut exempt de
tous ces plaifirs, fon efprit foupçonneux le forçant à fe rendre
juftice, il ne fe reprefenta qu'un
refus honteux, & que les cruels
effets de la vengeance qu'il en
prendroit. La nuit s'écoula, le
jour parût, & l'heure du Confeil
& de la Chaffe s'étant faite entendre, chacun fe rengea à fes
differens devoirs: Badur ne fortit point de fa Tente, voulant
être à portée d'apprendre quel
feroit fon deftin.

Mais Zamora fortit de la fienne fuperbement vêtu, fuivi des
Principaux de fon Armée, &
des Satrapes de Décan, qui s'é-
toient rendus près de lui, tous
magnifiquement habillé s, & montés fur les plus beaux Chevaux

richement harnachés : jamais
Zamora n'avoit paru plus digne
de plaire ; le doux espoir dont il
étoit flatté, donnoit à toutes ses
actions un tour de galanterie, qui
relevoit ses graces naturelles ; il
paroissoit à la fois, doux, fier, majestueux, & plein de bonté : sa
taille haute, fine & degagée, qui
le rendoit l'Homme de l'Orient le
mieux fait, & sur tout, un air de
Grandeur qui lui étoit particulier,
le faisoient prendre pour le Roi
de toute la Terre. Ce fut avec ces
charmes, & dans cet équipage,
qu'il se rendit au Pavillon de Crementine, qui n'étant pas moins di-
ligente que lui, sortoit de sa Tente dans le même moment, entourée de toutes les Dames qui s'é-
toient renduës auprès d'Elle, ainsi que les Hommes avoient fait
auprès du Roi de Sanga. La Princesse & les Femmes de sa suite

étoient en habits uniformes, ga-
lants & legers, le carquois fur
l'épaule & l'arc à la main.

Crementine & Zamora s'avancerent l'un vers l'autre, fe falue-
rent, & s'étant regardés avec une
admiration reciproque, pouffe-
rent leurs Chevaux du côté où la
Chaffe étoit ordonnée. Après a-
voir donné à cet exercice tout le
tèms neceffaire pour faire voir
leur force & leur adreffe, la Princeffe jugea à propos de prendre
quelques momens de relâche: Zamora faifit ce tems comme le plus
favorable pour fon deffein, & s'é-
lançant de cheval pour lui aider
à defcendre du fien, tandis que fa
fuite en faifoit autant à celle de
Crementine. Le Roi de Cambaye, lui dit-il, n'a fans doute
pas trouvé le Roi de Décan favorable à fes Vœux, puifqu'il a pre-
feré la folitude à l'honneur de
vous

vous fuivre : du moins, continua-
t'il, en la regardant avec des yeux
remplis de refpect & d'amour,
j'en juge ainfi par moi-même,
puifque fi j'avois eu le malheur
de vous déplaire, je ne trouve-
rois point d'antres affez profonds
pour cacher mon défefpoir & ma
douleur.

Vous n'avez pas fujet, Seigneur, lui répondit-elle avec
douceur, de vous reprefenter des
objets fi funeftes, je ne vois rien
en vous, qui ne foit digne de mon
eftime; je fuis même plus enga-
gée qu'une autre à vous en donner des marques éclatantes, vous
étant redevable de la vie du Roi
mon Pere.

Ah! s'écria Zamora, je facrifierois la mienne avec joye, &
pour vous & pour lui; mais Princeffe, le Roi de Cambaye vous a
déplu, en vous declarant fon a-

Tom. I. E

mour, & vous cherchez à l'en
punir. Quels fuplices n'ordonne-
rez-vous donc pas au malheureux
Zamora? lui, dont l'ardente paffion ne peut plus fe renfermer
dans les bornes du filence, & qui,
malgré fa crainte . . . .

Seigneur , interrompit Crementine en rougiffant , laiffons
la crainte à des ames moins gene-
reufes que les nôtres , je fçai vos
fentimens, & je vous permets de
penetrer les miens : voyez le Roi
de Décan, & foyez fûr, continua-
t'elle en foûriant , qu'il n'affem-
blera pas le Confeil pour vous
rendre fa reponfe. La Princeffe
prononça ces paroles avec une
majefté fi remplie de pudeur, &
cependant fi tendre, que le Roi
de Sanga , tranfporté de joye &
d'amour, ne put s'empêcher de
mettre un genouïl en terre pour
lui en rendre graces.

Leur suite qui s'étoit apperçûë que leur entretien étoit plus
interessant que de coûtume, s'é-
toit tenuë éloignée par respect ;
& comme il n'y en avoit pas un,
qui n'eût donné son sang pour
les rendre heureux, ils gardoient
un profond silence : en jettant sur
eux de tems en tems leurs regards,
ils virent l'action de Zamora, &
que Crementine lui tendoit la
main pour l'obliger à se relever :
au même instant, cette Princesse
leur ayant fait signe de s'approcher, toute cette belle Troupe se
réünit.

L'air brillant de la Princesse,
& la satisfaction du Roi de Sanga, leur faisant juger de leurs secrets contentemens, ils en repri-
rent une ardeur nouvelle ; on re-
monta à cheval, & l'on recom-
mença la Chasse, avec une aisan-
ce & une liberté qui faisoit bien

E ij

connoître, que lorfque les Princes
font aimés, leurs Peuples fuivent
avec un zele fincere leurs moindres mouvemens.

Mais tandis que la Chaffe étoit
fi favorable à Zamora, le Confeil du Roi de Décan décidoit
du fort de Badur , d'une façon
bien differente : Cette nombreu-
& fage Affemblée , ne fut pas
plûtôt en état d'entendre Idalcan , que ce Monarque leur expofa la demande du Roi de Cambaye ; il y dépeignit la richeffe &
l'étenduë de cet Empire , & mêlant adroitement les vices de Badur , dans la defcription de la
grandeur de fa puiffance , & la
repugnance de la Princeffe pour
cette Alliance; il finit en leur demandant leurs avis. A peine eut-
il ceffé de parler , que chacun,
fans fuivre fon rang , fe declara
contre cet Hymen , & que tou-

tes les voix fe réünirent , pour
fupplier le Roi, de ne pas livrer
la Princeffe à un Monarque, dont
les crimes étoient connus de tout
l'Orient ; & qu'ils prenoient la
liberté de s'y oppofer , comme
étant les principaux membres de
fes Eftats.

Idalcan, charmé de cette décifion, les affura qu'il ne les avoit
affemblés que pour fe confor-
mer à leurs fentimens ; qu'il avoit
bien prévu qu'ils ne feroient pas
favorables au Roi de Cambaye,
connoiffant leur zele & leur attention au bonheur de leur Princeffe ; mais qu'étant dans les intentions de lui donner un Epoux,
il avoit jetté les yeux fur Zamora, Roi de Sanga , dont les
Eftats n'étoient pas, à la verité, auffi grands que ceux de Badur, mais de qui la valeur & les
vertus lui paroiffoient préfera-
E iij

bles, aux plus puiſſans Empires.

A ces mots , les viſages re-
prirent un air tranquille , un
reſpectueux ſilence ſucceda au
murmure ; & le Chef du Conſeil n'appercevant dans les yeux
de l'Aſſemblée , qu'un conſentement general , ſe leva, & s'é-
tant profondément humilié devant Idalcan : Seigneur , lui
dit-il , c'eſt pour tout le Conſeil , que je demande pardon à
Votre Majeſté, de l'emportement
qu'il a fait paroître au nom du
Roi de Cambaye ; mais, Seigneur,
vous avez accoutumé vos Sujets
à ne ſuivre que les mouvemens
de l'ardeur de leur zele, ſans a-
voir égard à d'autres interêts :
l'honneur que vous leur faites ,
en les conſultant ſur le choix
d'un Epoux pour notre illuſtre
Princeſſe , éxige d'eux une entiere ſincerité ; cependant ils n'i-

gnorent point que vous êtes le
Maître d'en difpofer ; & c'eft pour
répondre à l'excès de gloire dont
vous les comblez, en voulant
prendre leurs avis, qu'ils ofent
affurer Votre Majefté, qu'entre tous les Princes de l'Orient,
ils n'en trouvent point, qui foit
plus digne de l'augufte Crementine, que le Roi de Sanga, qui
par fon merite éclatant, s'eft at-
tiré l'eftime & l'admiration de
tous fes Alliés, & qui eft d'autant
plus cher à vos Sujets, que fon
bras redoutable vient de leur
conferver un Roi dont la domination fait leur felicité.

Le Roi de Décan répondit à ce
difcours avec bonté, & le Chef
du Confeil ayant repris fa place,
on ne délibera plus que fur le
pretexte qu'on devoit prendre,
pour refufer le Roi de Cambaye,
& l'on n'en trouva point de plus

plaufible que la Loi de l'Eſtat ,
qui n'admettoit à l'Empire que
le Fils de la Fille ; & qu'en donnant la Princeſſe à Badur , leur
Fils par conſequent deviendroit
Succeſſeur d'Idalcan : que cette
double Puiſſance étant trop formidable , allarmeroit les Alliés
de l'Eſtat , & attireroit ſur Décan une ſource immortelle de
guerre & de vengeance , par la
jalouſie qu'elle éxciteroit dans les
cœurs de tous les Princes de l'O-
rient ; que le Royaume de Cambaye étoit trop puiſſant par lui-
même , pour en étendre les forces ſi conſiderablement ; & qu'enfin, les interêts de l'Eſtat étoient
entierementoppoſés à cette union.

Cet avis ayant été generalement approuvé, le Roi de Décan
deputa le Chef du Conſeil, avec
quatre Satrapes , pour en aller
rendre compte à Badur. Ce Prin-

ce étoit trop bon politique, pour
ne pas preſſentir cette réponſe : la
longue durée du Conſeil , & le
peu de ſoin qu'on prenoit de lui
faire la Cour , lui firent aſſez connoître à quoi il devoit s'attendre :
ce fut dans cette penſée, qu'il donna ordre aux ſiens, d'être prêts à
partir auſſi-tôt qu'il le jugeroit à
propos : Il faiſoit à peine ce Commandement , que le Chef du
Conſeil, vint lui en apprendre le
reſultat ; il le fit dans les termes
les plus reſpectueux qu'il put trouver, & pallia le refus d'Idalcan,
de toutes les raiſons propres à
l'adoucir.

Le Roi de Cambaye l'écouta,
tranquillement ; & diſſimulant ſa
rage & ſon reſſentiment , il lui
répondit qu'il étoit trop bon allié
du Roi de Décan , pour ne pas
approuver ſa conduite ; & quoique ſon cœur en fût la victime, il

ne vouloit pas être le motif des Guerres qui pourroient troubler ses Eſtats : l'ayant ainſi congedié, il fit tout preparer pour ſon depart ; après quoi, il ſe rendit dans la Tente d'Idalcan , où la Princeſſe venoit d'arriver avec Zamora & leur ſuite. Badur parut ſans trouble & ſans agitation ; & s'adreſſant au Roi de Décan : Je viens, Seigneur, lui dit-il , prendre congé de vous : mes Sujets ont beſoin de ma preſence ; & puiſque mon malheur a voulu que je vous fuſſe inutile , je vous prie de trouver bon que je me retire.

Idalcan feignant d'être ſurpris d'un départ ſi prompt , le pria de reſter encore quelques jours ; mais Badur le refuſa avec la même diſſimulation , & ſaluant la Princeſſe ſans lui rien dire , il ſortit pour rejoindre les ſiens, & partit. Idalcan dans l'inſtant, monta à cheval, avec une partie de ſa Cour, pour l'accompagner juſques à une certaine diſtance du Camp : le chemin ſe fit avec une égale contrainte de part & d'autre, ne s'entretenant que d'Armes & de Soldats. Lorſqu'ils furent arrivés au lieu de leur ſeparation : Seigneur, dit Badur au Roi de Dʹcan, après l'avoir ſalué, je vous rends graces de la reception que vous m'avez faite, & j'eſpere vous en venir remercier dans une ſeconde viſite avec plus d'éclat.

Le Roi de Décan qui ſentit le trait piquant de ſes paroles, lui répondit ſur le même ton, qu'il feroit ſes effort; pour le recevoir encore pluʒ dignement; & s'étant dit adieu, Badur reprit la route de Cambayc, animé de rage, de haine & de vengeance, contre

les Rois de Sanga & de Décan ;
ce dernier rentra dans son Camp,
plus content du départ de Badur,
qu'allarmé de ses menaces : en entrant dans son Pavillon, il trouva
Zamora, qui l'y attendoit, avec
un petit nombre de Courtisans
zelés ; la Princesse s'étant retirée
dans le sien.

Idalcan ne l'eut pas plûtôt apperçu, que le saluant d'un air ouvert : me pardonnerez-vous, Seigneur, lui dit-il, tous les honneurs
que j'ai été contraint de faire à
votre Ennemi, & un Ennemi, a-
jouta-t'il en soûriant, dont je viens
encore d'augmenter la haine, par
un refus éclatant : Seigneur, lui
répondit Zamora, je n'avois jamais cru que la haine de Badur
fût personnelle ; je ne l'ai attribuée
qu'à son ambition, qui lui a toûjours fait regarder la Ville de Citor, avec des yeux d'envie : mais,

J'ofe vous avoüer, que je me trou-
verois heureux fi fon averfion
avoit un motif plus intereffant
pour mon cœur , & fi mon zele
pour votre Majefté , pouvoit me
rendre Poffeffeur d'un Trefor
que je mets au-deffus de tous les
Royaumes de la Terre.

Ouy , mon cher Zamora , lui
dit Idalcan, pardonnez ce terme
à mon âge & à ma tendreffe ; je
vous regarde comme mon Fils ;
& puis que Crementine eft affez
heureufe pour vous plaire, vous
ne quitterez mon Camp , qu'avec
le nom de fonEpoux. Il n'eft point
de paroles affez expreffives , pour
dépeindre la joye du Roi de Sanga ; toutes fes actions la temoi-
gnerent fi vivement, que le Roi
de Décan ne put méconnoître
l'excès de fon amour: il le conduifit à l'inftant, au Pavillon de la
Princeffe , & lui ayant ordonné

de regarder Zamora comme un
Prince à qui elle alloit être unie
pour jamais, il les laiffa en liberté
de fe dire tout ce que l'amour le
plus tendre peut infpirer à des
ames vertueufes, amour d'autant
plus beau, plus ferme, & plus
durable, qu'il ne devoit point fa
naiffance aux attraits de la molleffe ni du repos.

Cette nouvelle s'étant répen-
duë dans toute la Cour, le Camp
en fut bien-tôt inftruit, & paffant de bouche en bouche, la Ville de Raciolo en fut informée de
même : alors, les feux furent alu-
més de part & d'autre ; le Canon
fe fit entendre de tous côtés ; les
Timbales & les Trompettes,
unies aux cris de joye du Peuple
& des Guerriers, faifoient retentir les lieux les plus éloignés ; &
jamais contentement ne fut plus
univerfel & plus fincere : les

Chefs de l'Armée de Zamora, demanderent avec tant d'ardeur à
venir faluer leur Reine, qu'Idalcan pria le Roi de Sanga, de ne
pas retarder à leur donner cette
fatisfaction. Ils entrerent dans la
Tente de la Princeffe, à qui Zamora les prefenta, en l'inftruifant
de leurs noms & de leurs emplois. Le fage Zibin, Gorverneur
de Citor, le vaillant Gerdal grand
Capitaine Satrape de Sanga , &
l'intrepide Salza , General de la
Cavalerie , furent les premiers
comme les plus confiderables,
qu'il eut le foin de lui faireconnoî-
tre:Le refte eut fon tour felon fon
rang, & tous furent reçus de Crementine , avec tant de bonté &
de majefté , qu'ils benirent cent
fois cet heureux jour.

Ceux de Décan vinrent enfuite feliciter Zamora & prendre
part à fa joye: Idalcan ne voulant

pas differer le bonheur de ces illuftres amans , ordonna dès le
lendemain, les préparatifs de leur
mariage, qui fe fit quelques jours
après au milieu de l'Armée, avec
toute la pompe & la magnificence
poſſible : les Fêtes galantes & militaires y firent briller à la fois
l'amour & la gloire. Crementine
& Zamora parurent également
parfaits dans les unes & dans les
autres ; & jamais la Cour du Roi
de Décan n'avoit été ſi ſuperbe &
ſi belle.

Ces differens plaiſirs y durerent plus de quatre mois , pendant leſquels Idalcan & Zamora
envoyerent leurs Ambaſſadeurs à
la Cour des Princes leurs alliés,
pour leur notifier ce mariage : Badur étant du nombre , aprit par
cette Ambaſſade la certitude de
ſon malheur , dont la nouvelle
s'étoit répanduë bien avant que
l'Am-

l'Ambassadeur arrivât, & qu'il a-
voit eu de la peine à croire : mais
lorsqu'il n'en put douter, son désespoir & sa fureur se manifeste-
rent avec éclat, jurant aux yeux
de toute sa Cour , la perte des
Rois de Décan & de Sanga ; &
voulant se venger à coup sûr, il
reçut leurs Ambassadeurs avec
une joye apparente , leur fit de
magnifiques présens , & les congedia , en les priant d'assurer leurs
Maîtres de l'envie qu'il avoit de
maintenir avec eux une paix durable & l'Alliance qu'ils s'étoient
jurée. Mais ils ne furent pas plûtôt sortis de ses Estats, qu'il donna des ordres secrets pour lever
des Troupes, & faire fondre grand
nombre de Canons de tout calibre , avec un amas prodigieux
d'Armes & de Munitions , dans
toutes ses Places frontieres.

Tout cela ne put s'executer si

fecrettement, que le Roi de Décan n'en fût averti : ce Prince en
ayant fait part au Roi de Sanga,
il ne douta point de l'orage qui
alloit fondre fur lui ; & fe prepa-
rant à la Guerre, il envoya promptement fes ordres dans toute l'é-
tenduë de fon Royaume , pour
fournir fes Places frontieres , &
pour lever des Troupes, tant de
Cavalerie que d'Infanterie : le
Roi de Décan en fit autant ; & la
vaillante Reine de Sanga , qui
étoit groffe & dans l'impoffibili-
té de combattre , craignant que
l'amour du Roi fon Epoux , ne lui
fift negliger le foin de fa défenfe ,
le conjura de partir, pour fe mieux
preparer à refifter à un Ennemi fi
redoutable, l'affurant qu'elle iroit
le joindre auffi-tôt qu'elle feroit
en état de le faire.

Comme on étoit au commen-
cement de l'hyver , & que Badur

ne pouvoit rien entreprendre ,
qu'après cette faison : Crementine efperoit joindre Zamora, avant
que le Roi de Cambaye fe declarât , d'autant plus qu'elle étoit
groffe de cinq mois ; tout ce tems
s'étant écoulé depuis fon mariage ,
Idalcan fe joignit à fa Fille , pour
faire connoître au Roi de Sanga,
la conféquence de fon départ ; &
ce jeune Monarque ne pouvant
refifter à de fi puiffantes raifons,
fe refolut à partir malgré la repugnance extrême qu'il avoit à
quitter Crementine : leurs adieux
furent tendres & touchans ; mais
ils n'eûrent rien de trifte & de funefte : la gloire qui les uniffoit
prefqu'autant que l'amour , ne
leur en laiffant que l'ardeur, fans
y mêler fes foibleffes. Idalcan ac-
compagna Zamora avec un Camp
volant, jufques fur fes Frontieres,
& ne le quitta qu'après l'avoir af-

furé de toute fa tendreffe, & d'un
puiffant fecours au moindre mouvement de fon Ennemi.

Le Roi de Sanga ne negligea
rien, pour fe mettre en état de fe
défendre, il vifita fes Frontieres
du côté de Cambaye, les fit bien
munir, y mit de fortes Garnifons,
& fur tout dans Citor, Ville Capitale de fon Royaume, & le lieu
de fon fejour ordinaire. Comme
il étoit allié de Miramud Empereur du Mogol, defcendu de ce
fameux Timurbec, fi connu en
Europe; fous le nom de Tamer-
lan, il lui envoya des Ambaffadeurs, pour lui faire part de fon
mariage, & lui demander du fecours contre Badur : ce Monarque promit de fatisfaire pleinement aux conditions de fon Traité avec le Roi de Sanga, auffi-
tôt qu'il en auroit befoin.

Tous ces preparatifs fe firent de

part & d'autre, fans que les deux
Rois Ennemis fe donnaffent aucune marque de rupture ; ce qui ne
laiffoit pas que d'étonner Zamora , connoiffant le caractere de
Badur : mais il ceffa bien-tôt d'ê-
tre furpris, en apprennant que ce
Prince alloit être contraint d'employer toutes les forces qu'il avoit
preparées pour l'attaquer contre
des Ennemis, mille fois plus redou-
tables. Les Portugais commen-
çant à ravager fes Eftats , cette
nouvelle fit juger à Zamora que
la Guerre à laquelle il s'attendoit,
n'étoit pas encore prête à fe declarer. Ainfi, le tems des Cou-
ches de la Reine étant arrivé, &
fon retabliffement l'ayant fuivi
de près , il ne s'occupa plus qu'à la
faire venir, avec le Prince qu'elle
avoit mis au jour.

Mais voulant lui donner par
tout, des marques éclatantes de

fon amour, il lui fit preparer une
magnifique entrée dans la Ville de
Citor : les Habitans de cette Capitale mirent tout en ufage , pour
temoigner leur zele à leur Souverain, & l'empreffement qu'ils a-
voient de voir leur illuftre Reine.
Cette Princeffe ayant depêché
un Courrier à Zamora, pour lui
apprendre qu'elle partoit à la tê-
d'un Camp volant des Troupes
de Décan , fous la conduite du
General Cremen , auquel Idalcan
l'avoit confiée avec le jeune Prince ; & pour l'inftruire de fon arrivée, fon amour ne lui permettant
pas de l'attendre dans Citor , il fut
au-devant d'elle fuivi d'une Cour
pompeufe.

Crementine qui n'efperoit le
voir que dans fa Capitale , fut
agréablement furprife : elle lui
en marqua fa reconnoiffance dans
les termes les plus tendres ; le peu

de tems qu'ils avoient été fepa-
rés, n'ayant fait qu'augmenter
leur ardeur mutuelle, ils fe la te-
moignerent reciproquement par
mille actions paffionnées ; mais elles furent encore plus vives du
côté de Zamora, lorſque Crementine lui prefenta le jeune Prince
fon Fils. Le Roi de Sanga ne put
garder à cette vuë le decorum de
la Majefté Royale, il embraffa
cent fois cet aimable fruit de fon
amour ; & tandis qu'il jettoit fur
la Mere des regards tout de flam-
me, fa bouche donnoit au Fils
mille tendres baifers : cet Enfant
dont la beauté furpaffoit tout ce
que l'immagination peut fe former de plus parfait, lui tendoit
fes foibles bras avec amour, pa-
roiffant vouloir s'élancer de ceux
de fa Nourrice dans ceux du Roi
fon Pere.

Cet innocent fpectacle fit long-

tems l'occupation de la Cour qui
avoit fuivi Zamora , & de celle
qui accompagnoit Crementine :
le Roi de Sanga ne voulant pas
fatiguer la Reine & fon Fils , ordonna de camper pour quelques
jours ; & comme ils étoient dans
un lieu propre à cela , & des plus
agréables : la Campagne parut
bien-tôt une Ville commode où
l'on avoit raffemblé les plaifirs &
les jeux ; ainfi les deux Cours
s'étant jointes, il y eut plufieurs
Fêtes, les unes champêtres & les
autres pompeufes, & quantité de
courfe de Chevaux où la Reine
éxcelloit.

Après avoir donné au repos un
tems fuffifant , on fe remit en
marche : le General Cremen, qui
avoit ordre du Roi de Décan , de
refter auprès de Zamora , pour
l'aider de fes confeils dans la guerre de Badur , & qui étoit fortement

ment eftimé du Roi de Sanga,
contribua beaucoup à rendre cette marche agréable à la Reine;
cependant, le Roi de Sanga avoit
difpofé fes Troupes, de façon
que cette Princeffe en voyoit toûjours de nouvelles, dans fa route,
qui faifoient divers Combats pour
la divertir : ces Exercices l'amu-
ferent & lui plûrent infiniment,
tout ce qui avoit rapport au Militaire, étant ce qui l'occupoit le
plus agréablement.

Ils arrivèrent enfin à deux lieuës
de Citor, où les Confeils, les Magiftrats de cette grande Ville,
& les Ambaffadeurs des Princes
alliés, vinrent la voir & la complimenter : fa beauté, fa douceur,
l'efprit & la prudence qu'elle
leur marqua dans fes réponfes,
les remplirent de joye & d'admiration. Zamora l'avoit follicitée
plufieurs fois, de monter dans

Tome I. G

des Chars superbes, qu'il lui a-
voit fait préparer ; mais cette
guerriere Princesse, ne voulut
point s'en servir, & fit tout le
Voyage à cheval, toûjours armée, rangeant les Troupes en
Bataille, ou les faisant défiler,
laissant les Chars pour les Dames
de sa Cour, & pour celles qui
prenoient soin du jeune Prince,
ayant exigé de Zamora la même
grace qu'elle avoit obtenu du
Roi de Décan, pour sa liberté,
& celles des Princesses, & des
Femmes attachées à sa Personne,
par leur Rang ou par leurs Emplois.

Le Roi de Sanga qui l'aimoit
trop ardemment, pour lui rien
refuser, la rendit maîtresse absoluë, d'agir selon sa volonté.
Le jour pris pour son Entrée,
étant arrivé, on la commença
dès le matin. La marche s'ouvrit

par la Garde du Roi , compofée
de quatre mille Hommes à cheval , armés à la Perfane ; ils é-
toient fuivis de cinquante Elephans fuperbement harnachés ,
avec leurs Tours , fur lefquelles
il y avoit deux & quatre Faucon-
neaux & des Soldats qui faifoient des décharges, d'efpace en
efpace.

Après eux , venoient les Chevaux de main, montés par les jeunes Seigneurs des Cours de Décan & de Sanga : enfuite, vingt-
quatre Chars à l'Indiene , magnifiquement parés , où étoient
le jeune Prince & les Dames de la
Cour de la Reine : les Satrapes
& les Confeils , venoient après,
tous montés fur des Chevaux ornés , de ce que l'Orient a de plus
précieux en or , perles & diamans.

Le Roi & la Reine de Sanga,

paroiſſoient au milieu de cette illuſtre Troupe, montés ſur deux
Courciers iſabelle, & de même
taille. Le Peuple ne put contenir
à leur vûë, la joie dont il étoit
tranſporté; mille cris d'allegreſſe,
furent pouſſés juſqu'au Ciel, &
l'on n'entendoit, par tout, que
vive l'invincible Zamora & l'adc-
rable & vaillante Crementine.
Cette marche étoit fermée par le
Camp-Volant du Roi de Décan,
commandé par le General Cremen ; les chemins étoient jon-
chés de Fleurs.

Le Peuple étoit monté ſur les
Arbres, les Côteaux, ou ſur les
Toits des Maiſons : on avoit dreſ-
ſé à l'entrée de la Ville, des Arcs
de triomphe, où les Exploits &
les Victoires du jeune Monarque,
étoient peints & ſculptés par les
plus habiles du Païs, & pluſieurs Cartouches où les noms

de Crementine & de Zamora,
étoient enlaſſés, ne laiſſoient rien
à deſirer pour la perfection de
cette auguſte Ceremonie.

La Reine fut complimentée en
entrant dans la Ville, par les dif-
ferensOrdres quilacompoſoient;
l'Armée rangée en bataille, répondoit ſans diſcontinuer à l'Artillerie des remparts de la Place :
tous les Habitans en âge de porter les armes, étoient en haye
dans les Ruës & ſur les Places;
& toutes les Maiſons étoient or-
nées des plus riches Tapis des Indes & de Perſe. Le Roi & la Reine arriverent au Palais, au bruit
des acclamations de toute la Ville : Crementine voyant ſur le viſage du Peuple, l'amour qu'il
avoit pour ſon Roi, & la joye
qu'elle répandoit dans ce beau
Royaume, voulant la rendre encore plus parfaite, ſe fit apporter

le jeune Prince, & le prenant
dans ses bras, le montra au Peuple, en l'exhortant à conserver
son zele & sa fidelité pour la Famille Royale.

Les acclamations redoublerent,
& l'on vit couler en ce moment,
autant de larmes de joye, que la
douleur en auroit pû faire répandre. Zamora leur fit de grandes largesses, & la Reine donna
des marques de sa generosité à
l'Armée, à la Cour, & à la Ville : & il n'y eut personne dans
toute l'étenduë du Royaume de
Sanga, qui n'applaudît au choix
de ce Monarque, & qui ne benît
son hymen.

Les Fêtes durerent huit jours,
avec un contentement sans pareil ; & pour que le bonheur du
Peuple n'eût aucun mélange
d'amertume, Zamora reçut la
nouvelle certaine, que Badur

étoit occupé à repouffer les Troupes de Jean troisiéme du nom
Roi de Portugal, qui ravageoient
les Côtes de Cambaye.

En effet ce Prince mille fois
plus amoureux de Crementine,
depuis qu'elle étoit au pouvoir
de fon Rival, qu'il ne l'avoit été
au Camp d'Idalcan, fe faifoit un
plaifir fecret de fondre fur Zamora, & de lui enlever la Reine & l'Empire ; fon ame alterée
de fang & de meurtre, fe formoit
une idée agréable des funeftes
objets que fon imagination barbare lui reprefentoit. Crementine vaincuë, implorant fa clé-
mence pour fon Epoux expi-
rant dans fes fers, étoit le
moindre de tous ; lorfqu'il vit
fes Projets renverfés, ou du moins,
retardés par l'entreprife des Portugais : fon defefpoir fut extrême
à cette nouvelle, bien moins par

la crainte que lui infpiroit ces
nouveaux ennemis, que par la
douleur de fe voir obligé de laiffer Zamora joüir en paix de toute fa felicité ; cependant le General des Troupes Portugaifes,
nommé Acugna, étoit parti de
Goa, avec une Flotte bien équi-
pée que fon prédeceffeur Lo-
pes-Vafes lui avoit laiffée, partie à Goa, partie à Cocin ; elle
étoit de trois cens Voiles, montée de trois mille Portugais, trois
mille Malabrois, & deux mille
Canariens. Acugna mit à la
Voile, & tourna la Proüe du côté du Royaume de Cambaye,
ayant ordre du Roy fon Maître,
d'attaquer la Ville de Dio, la
plus confiderable des Côtes de
Cambaye, comme étant le lieu
le plus propre de toutes les Indes,
à pouvoir mettre une grande
Flotte en fûreté, par la commo-

dité & la bonté de son Port, &
pour être à portée de détruire le
Commerce que les Arabes, les
Sarazins, & les Egyptiens, faisoient dans le Pays. Acugna
avoit commencé par gagner des
personnes adroites, qui, sous prétexte de commercer, furent s'é-
tablir à Dio, avec ordre de reconnoître l'état de cette grande
Ville, & de persuader aux Habitans, de faire alliance avec les
Portugais, en leur conseillant de
n'épargner ni or ni argent, pour
y parvenir, plûtôt que de s'exposer à une Guerre fâcheuse, contre un Monarque puissant & redoutable, qui étoit en état de leur
faire essuyer mille perils. Badur
avoit confié la Ville de Dio, aux
soins de deux Freres Indiens,
nommés Seca & Tocan, en recompense des importans Services
que Jas leur Pere, Persan de

Nation, avoit rendus à l'Eſtat de
Cambayé, tant ſous ſon Regne
que ſous celui de ſon Prédeceſ-
ſeur : Seca en étoit Gouverneur ;
mais étant abſent pour lors, ſon
Frere Tocan commandoit dans
la Ville à ſa place ; les Agens du
General Acugna, y ſemerent
par leurs diſcours, la crainte &
la terreur : Acugna qui connoiſſoit leur eſprit & leur adreſſe,
avoit conçu de grandes eſperan-
ces de ſon projet ; & comptant y
réüſſir, il avoit donné rendez-
vous à toute ſa Flotte à Chaül,
d'où il partit après l'avoir pour-
vûë de ce qui lui étoit neceſſaire,
& fut moüiller à Daman, Ville
ſituée auſſi ſur les Côtes de Cambaye : comme la peur en avoit
chaſſé les Habitans, le General
Portugais s'y rafraîchit ſans peril & y exhorta ſes Troupes :
de Daman, il coupa droit la Mer

de Cambaye, & alla à Bétel petite Iſle d'une lieuë de circuit,
détachée du continent par un petit Bras de Mer, & d'où il n'y a
qu'un Trajet de huit lieuës, pour
paſſer à Dio.

Ce voiſinage & la facilité de
la rendre imprenable, la nature
l'ayant déja renduë d'un accès difficile par la quantité & la grandeur extraordinaire des Rochers,
dont elle eſt entourée, avoit fait
naître à Badur, l'envie de la fortifier ; pour cet effet, il y avoit
envoyé un Turc de Nation, attaché à ſon Service, avec des
Ouvriers, & deux mille Hommes
de Guerre : les Travaux n'étoient
pas encore trop avancés, lorſque
les Portugais y moüillerent à la
portée du Canon.

Les Habitans & la Garniſon,
allarmés de l'arrivée d'une Flotte
ſi nombreuſe, ſe reſolurent à

capituler ; le Commandant vint
trouver Acugna, & lui offrit de
lui abandonner l'Ifle de Bétel, à
condition qu'on leur permît d'emporter tout ce qui pourroit leur
appartenir ; mais le General Portugais, fier de fe voir la force en
main, lui répondit qu'il ne vouloit faire cette grace qu'à lui feul,
& que pour les autres, il préten-
doit les avoir à fa difcretion.

Cette orgueilleufe réponfe, ne
fut pas plûtôt portée dans la Citadelle, qu'elle jetta la rage & le
defefpoir dans l'ame des Soldats,
& des Habitans : Le Treforier
de Badur, trouva le moyen de fe
fauver avec tout l'argent deftiné au payement des Troupes, &
de fe rendre heureufement à Dio;
mais les Habitans de Bétel par
une genereufe, & cependant barbare refolution , affemblerent
leurs Biens, leurs Femmes & leurs

Enfans*, & les ayant entourés
d'une prodigieuse quantité de
Bois, y mirent le feu, & furent
confumés dans les flammes.
Les Soldats & generalement tous
les Hommes en état de porter les
Armes, fe dévoüerent à la mort ;
ce qui eft chez les Indiens, la marque la plus éclatante de la vengeance & du defefpoir, ce qu'ils
font en fe rafant la tête, en forme de Couronne ; Ceremonie
qui fignifie parmi ces Peuples,
une ame entierement détachée du
monde, n'ayant plus d'autre defir que de prodiguer leur fang &
leur vie aux plus cruels dangers:
& du même inftant, firent tomber un nüage de Fléches fur les
Navires des Portugais les plus
proches de la Côte, mêlant les
injures & les imprécations à la
grêle des Traits qu'ils leur lançoient fans difcontinuer.

Acugna irrité de cette brusque attaque, à laquelle il ne s'attendoit pas, ordonna la Descente de ses Troupes, quoique ce fût la nuit & au clair de la Lune ; il les fit descendre en quatre endroits differens ; & ayant attaqué & emporté la Citadelle, le Commandant Turc fit de nouveaux efforts, rallia ses Troupes, & vint fondre sur les Portugais, esperant reprendre la Citadelle : mais comme il combattoit en furieux, il y perdit bientôt la vie. Alors ses Soldats s'étant débandés, furent tous écrasés, ou faits Esclaves par les Portugais, qui ruïnerent les Travaux des Barbares, & transporterent leursCanons dans leurs Vaisseaux.

Cette affaire qui avoit arrêté les Portugais huit jours entiers à Bétel, devint favorable à ceux de Dio, qui revenus de

leur premiere crainte , fortifie-
rent leur Port , mirent du Canon fur leurs Remparts ; & Badur ayant fait donner de nouveaux ordres à Tocan , en lui envoyant un Renfort de Troupes,
qui lui apprirent que ce Prince
alloit arriver en Perfonne , lui
ôta toute idée de fe rendre comme il en avoit eu quelque deffein , y étant excité par la frayeur
des Habitans. En effet Badur arriva bientôt à Dio , avec un puiffant Secours que lui avoient a-
mené Cofazaffer , Renegat Napolitain , & Muftapha, Turc de
Nation ; tous deux Generaux du
Grand Seigneur , qui ayant été
attaquer par fon ordre, la Ville
d'Aden fur les Côtes d'Arabie,
& y ayant été repouffés & forcés
de lever le Siege , redoutant le
fatal Cordon , s'étoient retirés
auprès du Roi de Cambaye , en

lui offrant leurs Services, & les Troupes qu'ils conduisoient, composés de six cens Turcs, de treize cens Arabes, & d'une nombreuse Artillerie : Ce fut par leurs avis, que Badur ayant fait sortir de la Ville toutes les bouches inutiles, fit prendre les Armes aux Habitans, dont il s'en trouva douze mille en état de servir ; qui joints avec l'Armée de ce Monarque, formerent un Corps de Troupes considerable.

On disposa des Corps de Gardes dans tous les Postes, au dehors & au dedans de la Place : on remplit les Magasins de Munitions, & les Remparts furent bien fournis d'Artillerie : on fit aussi plusieurs Mines dans les dehors que l'on chargea pour faire sauter les Portugais, en cas qu'ils voulussent faire irruption : on mit au Port, une Chaîne d'une

grosseur

grosseur extraordinaire, à laquelle on joignit soixante & dix Barques bien munies d'Artillerie ;
enfin, le Roi de Cambaye n'oublia rien pour mettre cette Place
à couvert de l'insulte de ses Ennemis.

Acugna qui attendoit avec sa
Flotte, autour de Bétel, des nouvelles de ses Espions, n'en recevant aucunes, tous les Passages
étant exactement gardés, s'approcha de Dio, jusqu'à la portée
du Canon. Il y eut à peine moüil-
lé, qu'il tenta d'attirer les Habitans à quelques conferences ;
mais on ne lui répondit que par
une furieuse décharge de toute
l'Artillerie de la Place, des Forts
& du Port, dont plusieurs Boulets porterent sur le Vaisseau
Amiral ; ce qui obligea le General Portugais, de se mettre hors
de portée, & d'envoyer des Cor-

vettes, pour reconnoître la Place de plus près, voyant bien qu'il n'y avoit nul espoir de Capitulation.

Ses Corvettes ayant gagné le dessous des Remparts, pour éviter le feu des Ennemis, trouverent la Place munie d'une si nombreuse Artillerie, & le Port si bien défendu par les quatre-vingt-dix Barques armées, & la double chaîne qui en fermoient l'Entrée, qu'elles la jugerent imprenable, joint à ce qu'elles apprirent qu'il y avoit vingt mille Hommes de Garnison ; ce rapport ne put arrêter le courage d'Acugna, qui se resolut d'attaquer le Port, comptant que s'il pouvoit s'en rendre maître, il le seroit bientôt de la Place.

Ainsi le lendemain, il commanda plusieurs Vaisseaux legers & toutes les Chaloupes armées,

soûtenuës des gros Vaiſſeaux ;
mais ſes ordres furent executés
ſi foiblement, & l'Artillerie de la
Place devint ſi ſuperieure à la
ſienne, qu'il fut obligé de faire
ceſſer l'attaque, & de ſe retirer
le même jour à Bétel. Outré de
deſeſpoir d'avoir ſi mal réüſſi, il
mit une forte Garniſon dans cette Iſle, où il laiſſa Saldaigne General Portugais, avec une partie
de ſa Flotte, & partit pour ſe rendre à Goa, où il arriva heureu-
ſement avec une ferme reſolution de faire dans peu de nouveaux efforts, pour executer les
ordres du Roi de Portugal, qui
vouloit qu'il employât toutes les
forces, pour ſe rendre poſſeſſeur
de Dio ; cette Place étant de la
derniere conſequence pour l'entiere conquête des Indes, & pour
le rendre maître de toutes ces
Mers.

H ij

Badur ne se vit pas plûtôt délivré des Portugais, qu'il en fit
éclater sa joye par mille Fêtes
qu'il donna à son Armée ; & quoi
qu'il roulât dans sa tête, le funeste dessein de perdre Tocan &
Seca, il dissimula si bien, & les
combla de tant d'honneurs & de
biens, qu'ils ne purent prévoir
leur triste destinée ; mais le soup-
conneux Roi de Cambaye, qui
avoit sçû à son arrivée, que Tocan avoit eu quelque leger dessein de se rendre, joint à la proximité de Bétel qui pouvoit faci-
liter l'intelligence des deux Freres avec les Portugais qui y é-
toient en Garnison, & sa cruauté naturelle, le déterminerent à
les faire mourir, sans vouloir e-
xaminer si cette action étoit juste
ou non, redoutant encore plus
leur valeur & leur merite, qu'il
n'estimoit les services qu'il en a-

voit reçus : cependant, il affecta
de leur confier ses plus importans projets ; il augmenta même
le Gouvernement de Seca, de plusieurs autres Places, & se contraignit si parfaitement, que ces malheureux Freres se livrerent eux-
mêmes à leur cruel destin : car
Badur les ayant attirés hors de la
Place, sous prétexte de les rega-
ler avec d'autres Generaux à Ru-
mépolis, Forteresse separée de
Dio par le Canal qui détache
cette Isle de la Terre-ferme ; il
les fit massacrer l'un & l'autre,
au milieu du Festin.

Après quoi il rentra dans la
Place, où il établit un autre Gouverneur ; & ne craignant pas que
les Portugais l'attaquassent si-tôt,
il tourna toutes ses pensées sur le
Royaume de Sanga, n'ayant point
abandonné le dessein de faire la
Guerre à Zamora : mais afin de

pouvoir porter le fort de ses armes contre ce Prince, il voulut auparavant attaquer le Royaume de Mendao, situé au Nord-Est, de celui de Cambaye ; & qui par conséquent lui donnoit une entrée plus facile dans les Estats de Zamora ; & comme le Roi de Mendao étoit allié depuis peu, de celui de Sanga & de l'Empereur du Mogol, Badur jura sa perte. Ayant assemblé ses Troupes, il leur donna rendez-vous dans les Pleines de Dorcere, Ville considerable du Royaume de Mendao ; & s'y étant rendu lui-même avec un train d'Artillerie étonnant, il fit la revûë de son Armée, & l'ayant trouvée en bon état, il attaqua la Ville de Dorcere qu'il emporta d'assaut, faisant main-basse sur tout ceux qu'il trouva en armes, & livra cette malheureuse Ville au pil-

lage de ſes Soldats, qui y comi-
rent des crimes innoüis. Aux premiers mouvemens de Badur, le
Roi de Mendao ſe mit en état de
ſe défendre : mais n'étant pas aſſez puiſſant lui ſeul pour s'oppoſer à cet Ennemi formidable, il
implora promptement le Secours
de l'Empereur du Mogol & celui
du Roi de Sanga ; ce qui lui fut
accordé avec toute la diligence
poſſible.

Le Grand Mogol lui envoya
un Corps d'Armée conſiderable,
ſous le Commandement d'Abençara, hommé experimenté dans
l'Art de la Guerre, en qui cet
Empereur avoit une entiere confiance, l'ayant même chargé d'Ordres ſecrets pour Zamora, qu'il
ne devoit executer qu'après avoir
bien examiné la conduite de ce
jeune Monarque : Cette Armée
joignit celle de Zamora qui s'at-

tendant à chaque inftant à la
Guerre contre Badur, l'avoit toûjours tenuë en état & prête à
combattre : la vaillante Reine de
Sanga la commandoit conjointement avec lui , n'ayant point
voulu l'abandonner.

Ses deux Armées arriverent à
Mendao, Ville capitale du Roïaume à qui elle donne fon Nom ,
le jour même que le Roi venoit
de recevoir la nouvelle de la prife
de Dorcere , & des cruautés que
Badur y avoit exercées : Le Roi
de Mendao, étoit un vieillard venerable , qui malgré fon âge &
fes infirmités , ne voulut point fe
difpenfer des fatigues de la Guerre ; mais connoiffant la prudence
& la valeur de Zamora , il le vint
trouver auffi-tôt qu'il fut arrivé ,
& le pria de prendre le Commandement de fon Armée, perfuadé , lui dit-il , qu'elle feroit invincible fous lui.   Le

Le Roi de Sanga le confola, & lui promit de ne rien épargner pour le venger du Roi de Cambaye; j'y fuis d'autant plus obligé, continua-t-il, que ce Monarque n'eft votre Ennemi, que parce que vous êtes mon allié, ce n'eft que moi qu'il veut détruire, ce n'eft que moi qu'il veut combattre, & voilà dit-il, en montrant la Reine fon Epoufe, l'unique objet de fon ambition; mais je perdrai plûtôt la vie que de me voir ravir un bien qui m'eft mille fois plus précieux que la clarté du jour.

Et moi, lui répondit la vaillante Crémentine, je prodiguerai jufqu'à la derniere goute de mon fang pour vous le conferver. Quelque fût la douleur du Roi de Mendao, il ne put s'empêcher d'admirer l'union de ces deux illuftres Epoux, & de prendre une

confiance entiere dans leurs fecours.

Cependant, Abençara qui a-
voit eû tout le tems d'examiner
Zamora, charmé de reconnoître
dans ce Prince toutes les qualités
neceſſaires aux grands Capitaines, ne voulut plus retarder l'e-
xecution des ordres de l'Empereur ſon Maître ; & en preſence
des trois Armées, il preſenta à
Zamora les Patentes du grand
Mogol, par leſquelles il déclaroit
ce jeune Monarque Generaliſſi-
mes de ſes Troupes.

Seigneur, lui dit Abençara ;
aprés en avoir fait la lecture ,
l'Empereur mon Maître m'avoit
commandé de voir ſi la Renommée ne vous avoit point flatté, &
s'il étoit poſſible qu'un Prince de
votre âge, pût être auſſi parfait ;
& ſi vous étiez tel que vous lui
aviez été dépeint, de vous déferer

le Commandement de son Armée ; j'ai trouvé en vous bien plus qu'elle n'en avoit publié, & je ne puis mieux vous exprimer tous les sentimens que vous m'avez inspirés, qu'en me pressant d'exécuter les volontés de mon Empereur, dont l'admiration sera bien augmentée, lorsqu'il apprendra que le vaillant Zamora a pour compagnon de ses Exploits, une Heroïne aussi redoutable par son courage que par sa beauté.

Ce discours fut suivi des acclamations des Troupes ; & Crementine & Zamora, reçurent ces marques d'honneur & de joye avec une modestie qui acheva de leur assujettir les cœurs. Tout étant en bon état, ils se mirent en marche dès le lendemain, & arriverent le cinquiéme jour, à la vûë de l'Armée de Badur, qui sans s'allarmer du nombre

de ſes Ennemis, prit tous ſes a-
vantages, ſe poſtant ſur les bords
du Rumis petite Riviere fort é-
troite, mais extrêmement profonde, ayant les bords très éſcar-
pés qui ſépare les vaſtes Plaines
de Dorcere, & la borda d'une
nombreuſe Artillerie.

Zamora campa ſon Armée
ſur le bord oppoſé au deſſus de
celle du Roi de Cambaye, qu'il
fut lui-même reconnoître, & la
trouvant poſtée avantageuſe-
mennt, il en fit ſon rapport au
Conſeil, où il fut réſolu qu'on
chercheroit tous les moyens poſ-
ſibles pour paſſer la Riviere, afin
d'attaquer Badur, avant qu'un
renfort conſiderable qu'il attendoit fût arrivé, & qu'on ſçavoit
marcher à grandes journées.
Le paſſage de cette Riviere, fut
un ſujet d'émulation pour les
Guerriers de l'Armée de Zamo-

ra : ce Prince fit plufieurs fauffes
attaques pour furprendre l'Ennemi, fans y pouvoir réüffir : Abençara employa toutes les rufes de
l'Art pour s'ouvrir un paffage avec
auffi peu de fuccès ; le General
Cremen & plufieurs autres, firent
auffi des effors fuperflus, l'infatigable Badur fe trouvant toûjours à portée de s'oppofer à leur
deffein.

Mais Crementine qui avoit vifité avec foin, tous les lieux au
deffus des deux Camps, & qui
avoit remarqué un côteau couvert de Palmiers à l'extrêmité de
la Plaine, forma un projet qu'elle
ne communiqua qu'au feul Zamora, qui l'approuva ; mais
comme il étoit de difficile execution, & qu'il craignoit toûjours
pour cette autre lui-même, il la
fit accompagner de Cremen, a-
vec un corps de Troupes confide-

I iij

rable. Elle partit du Camp à l'entrée de la nuit , & marcha avec
tant de diligence, qu'elle arriva
sur le côteau à la pointe du jour ;
elle posa ses Corps de Garde pour
n'être point surprise ; & sans perdre de tems , elle fit abbatre les
Palmiers qui furent pendant le
jour, traînés dans le Rumis , &
portés par le courant , jusqu'aux
pieds des Retranchemens du
Camp de Zamora , qui ne doutant point de la réussite du projet
de la Reine , avoit fait jetter dans
la Riviere une espece d'Estacade
qui arrêtoit le Bois , & l'empêchoit d'aller plus loin ; la quantité en devint si grande , & il étoit
si fort pressé l'un contre l'autre,
que l'on fut bien-tôt en état de
faire passer une partie de l'Infanterie , qui s'étant bien retranchée
sur le bord opposé, se mit en liberté d'assurer & de fortifier l'Es-

tacade, afin qu'elle pût foutenir
le nombre prodigieux de poutre
qui defcendoient.

Tout cela fe fit avec tant de pré-
caution & de bonheur, que Badur ne fut informé de ce Pont
flottant, que lorfqu'il fut dans fa
perfection ; on jetta fur les pou-
tres quantité de faffines, avec de
la terre & du gazon, pour le mettre à niveau des deux bords ; alors
toute l'Armée paffa fans que Badur s'y pût oppofer.

Zamora, fuivi d'Abençara à la
tête de l'Armée rangée en Bataille, marcha droit au Camp Ennemi, & fe campa à la portée du
Canon de fes retranchemens ; la
Reine arriva le lendemain avec
fes Troupes, qui fut reçûë aux
bruits des acclamations de toute
l'Armée : Abençara qui fut au
devant d'elle, exaltoit fes loüanges de cent façons differentes ;

I iiij

& l'heureux Zamora fentoit une
joye fi parfaite de la voir meriter
fi bien fes glorieux éloges, qu'il
failoit remarquer dans toutes fes
actions, qu'il n'y avoit pas un inftant dans fa vie, où fon eftime
& fon amour ne priffent de nouvelles forces ; cependant, on fçut
par les Efpions, que l'Armée de
Badur avoit été confternée du
paffage du Rumis, que ce Prince
avoit paffé la nuit à parcourir fon
Camp, pour raffurer fes Troupes allarmées.

　Zamora affembla le Confeil
fur le champ, où après avoir remercié la Reine, du fervice important qu'elle venoit de rendre,
on refolut qu'on attaqueroit le
Camp du Roi de Cambaye, le
lendemain à la pointe du jour ;
on regla l'ordre de Bataille, &
des differentes attaques qu'on devoit faire : Zamora fit fortir l'Ar-

mée du Camp , & l'ayant rangée en Bataille , elle le trouva
compofée de deux cens mille
hommes d'Infanterie , de cinquante mille Chevaux , de deux
cens quarante Elephans avec
leur tours , tenant chacun une
faux avec leur trompe , & de
cent pieces de Canon de tout calibre. La Reine commandoit l'aîle droite , Abençara la gauche ,
Zamora étoit au centre, & le Roi
de Mendao , étoit refté à la garde
du Camp avec un corps de Troupes fuffifant , pour empêcher toutes fortes de furprifes ; outre cela ,
le Roi de Sanga avoit donné un
corps de referve au General Cremen , de dix mille hommes de
Cavalerie, & de vingt mille d'Infanterie , pour agir & fecourir
dans l'occafion : toutes ces difpofitions étant faites , l'Armée fe
mit en mouvement , & marcha

au petit pas vers le Camp de Badur, qui de son côté n'avoit rien
negligé pour faire une vigoureuse défense.

Comptant, que s'il pouvoit
soutenir l'effort des Ennemis, le
défaut des vivres les obligeroit à
se séparer, & qu'alors il lui seroit
facile de s'emparer du reste du
Royaume de Mendao, dont il a-
voit promis le pillage à ses Soldats : son Armée étoit plus forte
en Infanterie, que celle du Roi
de Sanga ; mais il n'avoit que trente mille Chevaux ; ses retranchemens étoient herissés d'une nombreuse Artillerie, ses Peuples
n'ayant pas encore l'usage de la
Mousqueterie ; outre cela, Badur
avoit avec lui le Renegat Saffer, &
le Turc Mustapha, sur l'experience desquels il comptoit beaucoup ; il rangea ses Troupes en
Bataille dans son Camp, & dis-

poſa toutes choſes pour ſe bien
défendre: il ne vit pas plûtôt l'Armée de Zamora à la portée du
trait, qu'il en fit pleuvoir une grêle ſur elle, tandis que ſon Artillerie tiroit ſans ceſſe.

Mais Zamora ſans s'étonner ,
fit avancer l'Armée, & ne s'arrêta qu'à cent pas des Retranchemens de Badur : alors, il fit ouvrir
ſon Infanterie dans les aîles & au
centre , & découvrit ſon Artillerie , qui fit un feu ſi prodigieux ,
que les Boulets eurent bien-tôt
écraſé les Fortifications du Camp
Ennemi, qui ayant été faites à la
hâte , n'étoient compoſées que de
bois & de gazon ; la plûpart des
Canons de Badur, furent démon-
tés & le feu de Zamora devint ſi
ſuperieur à celui du Roi de Cambaye , que ſon Infanterie s'étant
avancée en bon ordre, attaqua le
Camp par trois differens endroits,

avec une si grande intrepidité ;
que les Cambayens plierent plusieurs fois ; mais Badur suppléoit
sans cesse par de nouveaux Soldats:
Zamora en faisoit de même , &
tantôt on voyoit ses Troupes dans
le Camp crier Victoire , & tantôt
on les voyoit répoussées & culbu-
tés par celles de Badur, qui faisoient à leur tour mille cris de
joye. Il y avoit trois heures que
ces attaques redoublées du-
roient , sans qu'il parût de part
ni d'autres le moindre mouvement de foiblesse : la Reine de
son côté avoit perdu beaucoup
de monde , mais elle s'étoit logée
sur le Retranchement malgré tous
les effors du Turc Mustapha qui
lui étoit opposé : Cremen qui vit
l'avantage de cette Princesse , a-
vança sur un terrain qui formoit
un espece de coude , & qui termi-
noit le Camp de ce côté là , par

une ligne courbe qui étoit à la
droite de l'attaque de Crementine ; cet habile Guerrier, jugea
bien qu'en formant une quatriéme
me attaque dans cet endroit, les
Ennemis surpris, ne manque-
roient pas d'y porter une partie
des Troupes les plus proches, &
que cela donneroit lieu a la Reine de penetrer dans le Camp.

La chose réüiſſit comme il l'a-
voit prévu ; on dégarnit ce poſte
pour aller à cette nouvelle attaque, & la Reine en profita ſi bien,
qu'elle détruiſit tout ce qui lui
étoit oppoſé, & faiſant combler
les Retranchemens, elle paſſa a-
vec ſon Infanterie, qu'elle étendit juſqu'à l'attaque de Cremen,
& fit entrer douze mille Chevaux dans le Camp, partie des
Troupes de Sanga, & partie de
celles du Mogol, armés à la Per-
ſanne, qu'elle rangea en Bataille.

Cette vaillante Princeffe, gagna
une batterie de vingt pieces de
Canon qu'elle fit tourner contre
l'Ennemi.

Badur qui défendoit l'attaque où Zamora étoit en Perfonne, ayant appris que la Reine avoit forcé le Camp, que la
droite des Ennemis y avoit penetré, & qu'Abençara avoit de
grands avantages fur Saffer, fit
retirer fes Troupes de toutes les
attaques ; & les plaçant derriere
une ligne qui féparoit fon Camp
en deux, les y rangea en Bataille
avec un fang froid & une prefence d'efprit incroyable ; & quoique le terrain fût rétreci, & qu'il
eût déja perdu plus de vingt mille hommes, il ne défefperoit point
encore de la Victoire.

Mais l'intrepide Zamora, ayant
fait entrer fon Armée dans la
partie du Camp que Badur avoit

abandonnée en suivant son premier ordre de Bataille, s'avança toûjours au petit pas vers son Ennemi qui l'attendoit de pied ferme : l'aîle gauche commandée par Abençara, se trouvant par la disposition du terrain, plus à portée de commencer le Combat, il attaqua Saffer, le repoussa, & combla la ligne, quoique bordée d'Artillerie; le reste de l'Armée se mit en mouvement en poussant des cris de joye qui étonnerent les Cambayens. La ligne fut forcée de tous côtés, & l'Armée donna avec tant de vehemence, que les Troupes de Badur perdirent une partie de leur terrain.

La Reine ne voulant pas laisser aux Ennemis le tems de se reconnoître, les attaqua encore plus vivement ; les Troupes de Mustapha ne pouvant resister à l'impetuosité de cette Princesse,

s'ébranlerent & s'alloient déban-
der, lorſque Badur qui avoit l'œil
par tout, envoya ſon neveu à la
tête d'un corps de ſix mille Chevaux, qui n'avoit point encore
combattu pour ſecourir & ſoûte-
nir Muſtapha.

Ce jeune Prince ſe nommoit
Miran, qui par ſa force & ſon
courage, avoit acquis le ſurnom
glorieux du Lion des Indes, il ne
ſe promit pas moins en arrivant
au Combat que la tête de Crementine ; en effet, ſa preſence
rétablit les choſes, de façon qu'il
fit plier la Reine pluſieurs fois
en joignant à ſes apparences de
Victoire, les termes les plus inſul-
tans. Cette Guerriere Princeſſe,
ne pût ſouffrir plus longtems l'arrogance de ce nouvel Ennemi,
& comme elle étoit montée avan-
tageuſement ſur un Cheval de
Bataille cap de more, elle pouſſa
droit

Bonnart del.

droit à lui : Voyons, lui dit-elle en
le joignant, fi tu feras auffi brave
que tu me parois infolent : le jeu-
Prince, fans lui répondre, lui porta un coup de Sabre, qu'elle évi-
ta avec adreffe ; & lui en porta
un à fon tour, qui ayant gliffé fur
le col du Cheval de Miran, lui
abbatit la tête.

Ce Prince fe releva promptement, en parant tous les coups de
la Reine avec une agilité mer-
veilleufe : il ne fut pas plûtôt remonté, que honteux qu'une Femme pût fe vanter de l'avoir vaincu, qu'il voulut encore tenter la
Fortune, malgré les inftances que
lui fit Muftapha pour l'en empêcher, & voyant que Crementine
faifoit attaquer les Naïres, qui
eft un corps deftiné au fervice du
Prince, & qui n'eft jamais compofé que de la Nobleffe du Pays,
il courut à fon fecours, & recom-

mença tout de nouveau d'attaquer la Reine. Cette Princesse
qui ne l'évitoit pas, le reçut avec
son intrepidité ordinaire ; ils firent plusieurs passades, & se porterent nombre de coups sans effet , étant tous deux d'une égale
adresse & presque de la même
force ; mais la Reine irritée de se
voir arrêtée par ce jeune audacieux, prit son tems si juste, que
d'un seul coup, elle lui abbatit la
tête qu'elle envoya aussi-tôt à Zamora , qui l'ayant fait mettre au
bout d'une pique , la fit porter
dans ses premiers rangs.

Le Roi de Cambaye , fut un
des premiers qui l'apperçut : cet
objet ayant redoublé la rage , il
fit avancer son corps de reserve ,
& vint attaquer Zamora ; qui le
recevant sans s'ébranler , tenant
toûjours ses Troupes bien serrées,
lui gagnoit du terrain ; les deux

aîles fuivoient le même ordre ,
mais le combat étoit beaucoup
plus vif du côté de la droite ; les
braves de l'Armée de Badur s'y
étant attachés , craignant que
l'impétuofité de la Reine , ne la
rendît entierement victorieufe ,
fi on ne lui oppofoit des forces capables de lui refifter. Cependant,
tous fes efforts ne pouvant rompre le redoutable corps des Naïres , & jugeant bien que la Victoire dépendoit de les vaincre ,
elle fit avancer fes Elephans qui
étant entrés dans le Camp du côté
de l'attaque de Cremen , prirent
les Naïres en flanc : ces terribles
Animaux par leur cris & leur
odeur , épouventerent fi fort les
Chevaux, que la Reine s'appercevant que fon deffein alloit réüffir, les fit pouffer encore plus vivement , & pénétrant parmi les
Naïres , ils les mirent en confu-

K ij

fion, quoique les Cambayens en euffent fait avancer un pareil nombre, pour oppofer à ceux de Crementine.

Cette Princeffe attaquoit les Naïres en tête, qui ne pouvant foûtenir fes efforts, furent obligés de reculer : ce fut alors que l'on vit un fpectacle digne d'admiration ; les Elephans des deux partis s'attaquerent, & combattirent corps à corps, un affez long efpace de tems ; ceux de la Reine ayant été victorieux, il n'y eut plus moyen de les tenir, & s'étant jettés au milieu des Troupes de Badur, ils y porterent le trouble & la terreur, agiffant avec tant d'adreffe & fe fervant fi bien de leurs Armes, que d'un feul coup ils coupoient en deux plufieurs hommes à la fois.

Les Soldats qui étoient dans les Tours que portoient fes terribles

Animaux , lançoient auſſi mille traits mortels aux Ennemis ; le corps des Naïres fut taillé en piéces , & la vaillante Reine de Sanga ſe voyant aſſurée de la Victoire , mit bien-tôt les Cambayens en état de ne lui plus ré‑ ſiſter ; la crainte les ayant ſaiſit & les rendant ſourds au Comman‑ dement , il ſe débanderent ſans pouvoir être ralliés, malgré les ſoins du fier Alucan General de Badur.

Abençara avoit auſſi mis Saffer en fuite ; & le Roi de Cambaye qui étoit de ſon côté , mal mené par Zamora , ayant été averti de toutes ces diſgraces , ne ſongea plus qu'à la retraite : mais il la fit d'une maniere qu'elle ne parut point une fuite ; car feignant de vouloir rallier ſes Troupes , il ne fut pas plûtôt à une certaine diſ‑ tance, qu'il prit le chemin de Dor‑

cere , où il avoit laiffé un corps
de Cavalerie , avec lequel il re-
gagna fes Frontieres. Après fon
départ, l'Armée Victorieufe eut
le pillage du Camp Ennemi pour
recompenfe de fes travaux ; on
y trouva des richeffes immenfes,
on fit trente mille Captifs, que les
Rois alliés partagerent entr'eux.

Et comme ce Camp étoit rempli de toutes fortes de munitions ,
l'Armée s'y rafraîchit pendant
trois jours, qu'elle employa à rendre des honneurs infinis à l'illuftre Crementine ; les Soldats lui
éleverent des Trophées ; les Ge-
néraux la comblerent de loüanges, & le Roi de Mendao ne ceffoit
point d'embraffer fes genoux, en
lui rendant graces d'avoir fauvé
fes Eftats : Zamora qui partageoit
avec elle ces éloges éclatans , fe
faifoit une gloire infinie de les lui
déferer. Ses regards , fes actions

& ſes paroles, témoignoient à l'en-
ſon amour & ſa joye ; il la nom-
moithautement le Bouclier de ſon
Empire & l'Honneur de ſon Sexe; & voulant lui donner des marques autentiques de ce qu'il reſ-
ſentoit pour elle, il ordonna une
ſuperbe Fête galante & militaire,
où l'Amour & la Gloire repreſen-
tés par deux jeunes Eſclaves Indiens à la tête de tous les Captifs
au milieu de l'Armée, vinrent
mettre aux pieds de cette Princeſſe tous les Treſors qu'on avoit
trouvés dans le Camp, & qui au
ſon de mille inſtrumens & au
bruit du Canon, la couronnerent
à la fois de Mirthe & de Lauriers :
Abençara ſuivoit à la tête des Mogoliens, qui lui remit le bâton de
Commandant, rangeant ſes Troupes autour d'elle.

Le Roi de Mendao venoit après,
ſuivi des ſiens, une Couronne

d'or fur la tête; qu'il ôta en l'abordant, & dont il lui fit hommage :
Zamora venoit le dernier une
Couronne toute brillante de Pierreries fur le front & le Sceptre à
la main ; lorfqu'il fut auprès de
cette Princeffe , il ôta fa Couronne, la lui mit fur la tête, & s'é-
tant mis à genoux , lui prefenta
fon Sceptre : La Reine qui ne s'attendoit pas à cette galanterie , y
répondit fur le champ par une
autre; elle prit le Sceptre, le baifa,
le rendit à Zamora ; & reprenant
la Couronne , elle la remit fur la
tête du Roi fon Epoux : enfuite
l'ayant fait relever , elle mit l'A-
mour & la Gloire entre elle & lui;
& rompant une Chaîne de Perles
qui pendoit à fon Col , elle en attacha Zamora d'un côté & elle
de l'autre aux deux jeunes Indiens
pour témoigner que l'Amour & la
Gloire les tiendroient éternellement enchaînés.

Cette

Cette action fit un si grand
plaisir à toute l'Armée, qu'elle
en jetta mille cris d'allegresse;
& cette Fête que le Roi de Sanga
n'avoit inventée que pour honorer la Reine, devint une espece de
Triomphe & pour l'un & pour
l'autre : Crementine distribua à
l'Armée tous les Presens dont elle
venoit de lui faire hommage; ce
fut là qu'on fit aussi le partage
des Captifs, où la Reine se reserva
les deux jeunes Indiens, les attachant pour toûjours à sa Personne, en recompense de la maniere
noble & galante dont ils avoient
executés les ordres de Zamora.

Les trois jours de rafraîchissemens s'étant écoulés de cette sorte, l'Armée marcha droit à Dorcere, que Badur avoit abandonnée; l'on fit reparer les Fortifications, on la munit d'Artillerie;
on y établit de grands magasins,

Tom. I.   L

la deſtinant pour être la Place
d'Armes de l'Armée, comme é-
tant une entrée facile pour péne-
trer dans le Royaume de Cambaye : ce fut dans ce deſſein que
Zamora ſepara ſes Troupes en
trois corps ; l'un commandé par
la Reine, ayant Cremen pour
Lieutenant ; le ſecond par lui-
même, & le troiſiéme par Aben-
çaïa.

Badur qui avoit prévu que ſes
Ennemis en agiroient ainſi, avoit
mis de fortes. Garniſons dans ſes
Places les plus expoſées; cependant
Crementine qui brûloit du deſir
d'acquerir de nouveaux Lauriers, marcha contre Tomis, Ville forte du Royaume de Cambaye ; fit ſes approches, l'inveſtit,
aſſura ſon Camp par des lignes de
circonvallation & de contrevalla-
tion ; on ouvrit la tranchée qui
fut pouſſée juſqu'aux pieds des

remparts ; on fit plufieurs mines
qui les abbatirent, & l'effet d'une
furieufe Artillerie ayant ouvert
la Ville de tous côtés, la Reine
ne fongea plus qu'à donner l'affaut general.

Badur avoit mis pour Gou-
verneur dans Tomis, un nommé Almero Renegat Portu-
gais, qui fe défendant vaillamment, fit fouvent reparer les brêches, & qui par de frequentes &
fanglantes forties, retarda tant
qu'il le put, les Travaux des Affié-
geans; mais l'infatigable Reine de
Sanga le preffa fi vivement, qu'au
quinziéme jour du Siége, elle fe
trouva en état de donner l'affaut
par deux differens endroits ; elle
chargea Cremen de la premiere
attaque, & donna le Commandement de la feconde, au Satrape
Geodal, brave & experimenté
Capitaine, fe refervant de porter

L ij

du secours aux endroits les plus
preflés.

Almero qui étoit sçavant dans
l'art de la Guerre, jugeant bien,
aux mouvemens qu'il voyoit dans
le Camp, qu'il alloit être attaqué,
se prepara à bien recevoir l'Ennemi : en effet, les deux attaques
commencerent à la fois à la pointe du jour, avec tant de furie,
qu'en très-peu de tems les brêches furent couvertes de morts
& de mourans ; les Afliegés se
battant en défesperés, chaflerent
par deux fois les Troupes de la
Reine de la brêche, sans qu'elles
s'y puffent loger ; le Satrape Geodal qui avoit promis de grandes
récompenses à un corps de Troupes qui s'étoit voüé à la mort, en
cas qu'il revint victorieux, l'anima tellement par fes paroles &
son exemple, qu'étant remonté
sur la brêche ou Almero étoit en

Perſonne, y fit un ſi grand carnage que la Garniſon commença
à s'affoiblir; mais Almero ne voulant entendre à aucune capitulation, & s'expoſant comme un ſim-
ple Soldat, y fut tué par un Naïre
de Sanga, qui d'un coup de Faux
lui coupa les deux jarrets : la
Garniſon ſe voyant ſans Chef ,
lâcha le pied, & la Reine profitant du trouble , la fit pouſſer ſi
vivement que ſes Troupes entrerent dans la Ville, où voulant
venger ceux de Dorcere , elles
n'épargnerent ni âge ni ſexe ; les
Temples furent pillés , tout ce
qui s'offroit à la vuë du Soldat
victorieux fut maſſacré.

Mais Crementine ſenſible aux
cris lamentables de ces malheureux, fit ceſſer le carnage, accordant la vie à tous ceux qui s'é-
toient ſouſtraits à l'effort de ſes
Armes , & ſans donner de relâ-

che aux fiens, elle fit reparer les brêches, affura fa Conquête, & envoya plufieurs gros Partis pour défoler le Païs, qui revenoient toûjours chargés des dépoüilles de l'Ennemi. Tandis que Crementine entaffoit Victoire fur Victoire, fon invincible Epoux avoit attaqué & pris par compofition la Ville de Nocanton, d'où il tira des richeffes innouïës.

Abençara de fon côté, avec l'Armée du Mogol, étoit entré dans la Province de Tancam, où n'ayant trouvé aucune réfiftance, il avoit porté le fer & le feu dans toutes les parties de cet infortuné Païs; la Reine étant venu joindre Zamora à Nocanton, ce Monarque manda tous les Chefs de l'Armée, & lorfqu'ils fe furent rendus près de lui, il tint un grand Confeil, où l'on réfolut de mettre les Troupes dans de bons quar-

tiers de rafraîchiſſemens, pour s'y
délaſſer & joüir des fruits de la
Victoire , & qu'enſuite l'Armée
marcheroit à la fameuſe Ville de
Cambaye ; & que cependant on
feroit les proviſions neceſſaires
pour l'attaque de cette importante Ville , afin de ſaper par là les
fondemens de la puiſſance de Badur.

Mais ce Monarque irrité de
ſa défaite, travailloit nuit & jour
à de nouvelles levées pour rétablir ſon Armée & la rendre beaucoup plus forte que celle qui venoit d'être vaincuë ; & en fin Politique , il envoya Courriers ſur
Courriers au Roi de Perſe ſon
Allié , & le plus cruel Ennemi
de l'Empereur du Mogol, pour
l'obliger , ſuivant ſes Traités, d'attaquer cet Empereur pour rendre le Roi de Sanga plus foible ,
& par conſequent moins redou-

L iiij

table; & pour porter d'autant plus le Roi de Perse à cette Guerre, il lui envoya de riches & somptueux Presens, ne les prétextant que de simples marques d'amitié.

Le Roi de Perse qui sçavoit déja les progrès que les Alliés du Mogol avoient fait dans le Royaume de Cambaye, & qui ne demandoit pas mieux que d'avoir une occasion d'attaquer Miramud, fit avancer ses Troupes sur les confins du Mogolistan, & vint jusqu'à Agra : cette Ville qui est au deçà du Gange sur la Riviere de Geminy, est située au quatre-vingt - quatorziéme degré cinquante-quatre minutes de longitude, & au troisiéme degré quarante - cinq minutes de latitude Septentrionnale ; elle avoit été autrefois la Capitale d'un Royaume du même nom, & fut ensuite le séjour ordinaire des Empe-

reurs Mogols ; mais Chagéhan
ayant fait bâtir la Ville de Gehan-Abad, autrement dit Dely,
y établit le Siége de l'Empire ; son
Climat étant plus temperé, & sa
situation plus agréable qu'Agra
qui est très-mal bâtie, les Maisons étant écartées les unes des
autres & entourées de murs fort
hauts ; le Palais du Roi est enfermé d'une double muraille ; précautions que la jalousie de ces
Peuples, à l'égard des Femmes,
leur faisoit prendre pour les dé-
rober à tous les yeux, ayant plus
d'attention à les rendre inaccessi-
bles, qu'à élever de beaux édifi-
ces ; ce Palais a trois cours, la
premiere est environnnée de Por-
tiques, la seconde l'est de Galle-
ries, & la troisiéme qui est le
quartier du Roi, en a une superbe
be, au rapport de plusieurs Auteurs qui en ont fait la descrip-

tion ; l'Empereur Miramud qui
y étoit lorsque le Roi de Perse y
fit marcher ses Troupes, fut o-
bligé d'en sortir & de se retirer à
Dely, qui étoit pour lors Capitale
du Mogolistan.

Cette Ville aussi sur la Riviere
de Geminy, est située au centié-
me degré trente-six minutes de
longitude, & au trentiéme de latitude Septentrionnale, dans une
vaste Campagne ; elle avoit été
elle-même un Royaume ; l'ancienne Dely n'est plus qu'un
Fauxbourg de la nouvelle Ville
de Gehan-Abad, qui veut dire
Colonie de Chagéhan, qui comme je l'ay déja dit, l'avoit fait bâtir, la destinant pour être la Capitale de son Empire ; les Persans
assiegerent Agra, & Miramud
connoissant l'importance de cette
Place, assembla promptement
une puissante Armée, & dépêcha

des Ambaſſadeurs à Zamora pour
l'inſtruire de cette Guerre, & le
prier de lui renvoyer ſes Troupes.

Le Roi de Sanga marchoit à
grandes journées contre la Ville de
Cambaye, lorſque les Ambaſſadeurs du Mogol le joignirent ; où
après lui avoir appris la ſituation
de leur Maître, ils lui dirent de ſa
part, que ſachant qu'il revenoit
glorieux & triomphant, il avoit eu
moins de peine à lui redemander
ſon Armée, qu'il le prioit de ſuf-
pendre pour quelques tems le
cours de ſes Conquêtes, pour lui
donner celui de repouſſer un Ennemi formidable, en l'aſſurant
qu'il n'en ſeroit pas plûtôt délivré,
qu'il viendroit lui-même en Perſonne, s'il le falloit, pour détruire
tous ceux qui voudroient s'oppoſer à ſa gloire ; ne doutant point
qu'il ne fût dans peu en état de lui
tenir cette promeſſe, puiſqu'il

alloit oppofer au Roi de Perfe l'Armée qui venoit de vaincre fous lui, & la vaillante Reine fon Epoufe ; ajoutant à cela toutes les marques d'eftime & d'amitié, dont un Prince auffi Puiffant pouvoit honorer fes Alliés.

Mais quelque foin que priffent ces Ambaffadeurs, pour témoigner à Zamora la bonne volonté de l'Empereur leur Maître ; ce coup ne laiffa pas de lui être fenfible, il falloit abandonner tous fes projets, & même toutes fes conquêtes ; & quoique fon Armée fût chargée de richeffes immenfes, outre fa part de dix mille Efclaves, qu'elle amenoit des Provinces conquifes, il ne put voir fans chagrin, la neceffité où il étoit de fe retirer ; il falut cependant s'y refoudre : ainfi rappellant fon courage & fa prudence ordinaire, il répondit aux Ambaffadeurs de

Miramud, que son alliance & son
amitié lui étoient trop précieuses,
pour ne pas préferer ses interêts
aux siens ; que non content de
lui renvoyer son Armée, il étoit
encore prêt à marcher lui-même
au secours d'Agra, s'il le trouvoit
necessaire ; qu'au reste, que bien
loin que les Mogoliens eussent
appris à vaincre sous lui, il n'attribuoit qu'à leur valeur, & à celle
du brave Abençara, la gloire qu'il
venoit d'acquerir, ne pouvant assez remercier l'Empereur leur
Maître, de lui avoir confié le
Commandement sur de si vaillantes Troupes.

Après ces honnêtetés reciproques, on s'arrêta à faire augmenter les Fortifications de Dorcere
& de Mandao ; & les Armées s'é-
tant separées, Abençara à la tête de la sienne, prit congé du
Roi & de la Reine de Sanga, vi-

vement touché d'être obligé de s'en feparer : Crementine & Zamora , après avoir remis le Roi de Mandao dans fa Capitale , prirent la route de Sanga , & fe rendirent à Citor.

Ce fut avec une joye extrême que Badur reçut la nouvelle de la Retraite de fes Ennemis ; il fe preparoit à en profiter, lorfqu'il fut encore arrêté par les Portugais , qui recommencerent plus que jamais à ravager fes Côtes, & qui detruifoient tous les Vaiffeaux qui partoient des Ports de fa domination : on eût dit que les Portugais avoient un accord avec le Roi de Sanga , pour les obliger d'arrêter Badur toutes les fois qu'il étoit prêt d'attaquer Zamora : en effet le General Acugna ne pouvant fe confoler d'avoir manqué la prife de Dio , voulut s'en venger , en défolant tout le

Païs ; & le tems étant devenu favorable à fes deffeins, il avoit fait partir de Goa , Jacques Silvere Chef d'Efcadre, avec trente Vaiffeaux bien armés, & chargés d'excellentes Troupes , pour porter le fer & le feu fur les Côtes de Cambaye.

En arrivant , il attaqua & prit la Ville de Tanahen, qu'il fit reduire en cendres après l'avoir pillée ; de là , il fut à Bandora, Ville fortifiée , & dépendante du Gouvernement de Dio ; & l'ayant furprife pendant la nuit, tout y fut maffacré fans nulle diftinction ; après quoi il la fit rafer , & battit les Troupes reglées que Badur avoit mifes dans plufieurs Poftes pour la garde du Païs. Alors s'étant étendu dans les Bourgs & les Villages autour de Bendora , il brûla, pilla tout , & fit quatre mille Efclaves, qu'il fit mener fur

ses Vaisseaux pour le service de la
Flotte : de là, il fut attaquer Pate
& Patane, deux Villes Marchan-
des & très-riches, qu'il prit, &
ausquelles il fit le même traitement qu'aux autres.

Ensuite il s'aprocha de Dio,
feignant de vouloir l'attaquer,
afin d'obliger le Roi de Cambaye
à dégarnir ses autres Places, pour
venir au secours de celle-là, ce
qui ne manqua pas d'arriver comme il l'avoit prévu, & sçachant
que l'on avoit laissé la puissante &
riche Ville de Mangalor à la seule garde des Habitans, il leva l'an-
cre dans la nuit, fit éteindre tous
les feux des falots, pour cacher
sa route, & faisant tourner la
prouë droit à Mangalor, il y fit
descente, l'attaqua & l'emporta
du premier assaut : les Habitans
surpris, & se défendant foiblement, chercherent leur salut dans

la

la fuite, & abandonnerent la Ville, où les Portugais trouverent quantité d'or monoyé, d'autre en lingots, & une abondance prodigieuse de riches étoffes, ce qui enrichit les Soldats & le fixe du Roi de Portugal, fans avoir prefque trouvé d'obftacles de la part de Badur.

Ce Monarque fut frappé de tous ces revers, mais il n'en fut point abattu : fes Tréfors étoient fi confiderables, qu'il eut bien-tôt reparé ces pertes, ne fongeant, en fe défendant contre les Portugais, qu'à pourfuivre fa vengeance contre le Roi de Sanga, & trouvant fa confolation dans le malheur des autres ; il apprit dans le tems que les Portugais le ravageoient, que Tachmas Roi de Perfe, avoit défait & pris un convoi confiderable, que l'Empereur Miramud avoit voulu introduire dans Agra ;

& que ce Monarque craignoit beaucoup pour cette Place, quoique parfaitement fortifiée, munie de bons Magaſins, & d'une forte Garniſon.

Mais tandis que Badur reçoit cette nouvelle avec plaiſir, & que les Portugais l'empêchent d'en profiter, & d'attaquer Zamora : ce Prince & ſon illuſtre Epouſe, étoient retournés dans leurs Eſtats ; ils commençoient à peine à ſe délaſſer de leurs travaux dans la ſuperbe Ville de Citor, qu'ils reçûrent de nouveaux Ambaſſadeurs du Mogol, pour leur demander le ſecours où leur alliance les obligeoit reciproquement : le Roi de Sanga ne balança point, & ayant aſſemblé le Conſeil, il fit voir la neceſſité où il étoit, d'aller en perſonne au ſecours de Miramud, en détaillant avec ſon éloquence accoutumée, les obliga-

tions qu'il avoit à ce Prince : le
Conseil approuva la reconnoissance de Zamora, & le secours
qu'il vouloit donner ; mais il s'op-
posa tout d'une voix, qu'il quit-
tât ses Estats pour une Guerre
étrangere. Le Chef du Conseil
lui representa vivement les raisons qui devoient le retenir à Citor, lui remontrant que Badur,
qui n'attendoit qu'une occasion
pour venir fondre sur lui, la trou-
veroit par là aussi favorable qu'il
la pourroit desirer ; qu'il le prioit
de songer que sa seule presence
suffisoit pour ôter à ses Sujets toute sorte de crainte, & pour rendre ses Soldats invincibles ; mais
aussi, que son absence étoit capable d'intimider & les uns & les autres, & de changer leur valeur
& leur confiance, en affreux désespoir ; & qu'il le supplioit à genoux, au nom de tout l'Empire,

de ne les point abandonner.

A peine le Chef du Conseil eut-
il parlé, que la Reine prenant la
parole avec cet air charmant, qui
lui sçavoit si bien gagner les cœurs:
Vos Sujets ont raison, Seigneur,
dit-elle à Zamora, ce n'est point
pour la défense de vos Alliés, que
vous devez exposer une tête si chere : Vous vous devez à votre Peuple, bien plus qu'à vos Voisins:
Vous m'avez vous même instruite que la Guerre du Roi de Perse, contre Miramud, n'avoit été
suscitée que par le Roi de Cambaye, dans le dessein de vous affoiblir; votre prudence a sçû penetrer la politique de ce Prince; &
votre reconnoissance pour l'Empereur Mogol, vous fait oublier
que vous devez vous attendre à
tout, d'un Ennemi violent, cruèl
& sans foi.

Restez, restez, Seigneur, con-

tinua-t'elle , pour garentir vos
Eſtats, & confiez à Crementine le
ſoin de ſecourir Miramud, & de
lui marquer l'excès de votre gratitude ; je ſuis un autre vous même ; & ſi je n'ai pas la même valeur, du moins je ne ferai rien,
qui puiſſe me rendre indigne d'a-
voir été la compagne de vos Exploits.

Ce diſcours excita un mumure
confus de joye & d'admiration
dans le Conſeil, qui témoigna ſon
approbation : le Chef loüa dans
les termes les plus forts, la magnanimité de la Reine, & ſupplia le
Roi de ne s'y point oppoſer : Zamora ne put s'empêcher de rougir, & de faire voir dans ſes yeux
une douleur tendre , qui marquoit à la fois ſon amour pour la
Reine , & la peine qu'il avoit à
s'en ſeparer ; mais faiſant réflexion que les Princes qui joignent

au grand titre de Roi, le glorieux
furnom de Heros, ne doivent
point agir comme les autres hommes, il fit un effort fur lui-même, & jettant fur Crementine un
regard tout de feu: l'Empereur du
Mogol, dit-il, va bien-tôt m'a-
voir plus d'obligation que je ne
lui en ai eû : Reine, continua-t'il,
il faut fatisfaire votre amour pour
la gloire, vous commanderez le
fecours, Geodal & Cremen feront vos Lieutenans ; c'eft à leurs
foins que je confie des jours pour
lefquels je facrifierois tous les
miens.

Alors il fut refolu que cette
Armée feroit compofée de vingt
mille Hommes d'Infanterie, &
de huit mille Chevaux, tant des
Troupes de Décan & de Mendao,
que de celles de Sanga. Le Confeil s'étant levé, Zamora donna
des ordres précis pour que les

Troupes fuſſent prêtes à partir le
lendemain ; & s'étant rendu dans
l'Appartement de la Reine, où
toute la Cour s'étoit raſſemblée,
il ne put l'aborder ſans ſoupirer :
Si mes Sujets, lui dit ce Prince en
lui baiſant la main, ont craint que
mon abſence ne leur ôtât le courage , n'apprehendez-vous point
que la vôtre n'abatte le mien ; je
n'ai d'ambition que pour vous, je
n'ai de valeur que lorſqu'il s'agit
de vous conſerver un Trône dont
vous êtes ſi digne : vous partez,
tout va m'abandonner.

Quelque deſir que j'aye , Seigneur, lui répondit-elle avec douceur, de vous être utile en ſigna-
lant mon bras : ſi j'avois crû que
ma propoſition vous eût déplû, je
ne l'aurois point faite ; mais, ajouta-t'elle en le regardant fixement,
l'auguſte Zamora m'a toûjours paru ſi fort au-deſſus des autres

Hommes , que je m'étois flattée
qu'il ne s'oppoferoit point à l'ardeur que j'ai pour la gloire ; cependant, Seigneur, vos volontés
me font des Lois facrées , & je
fuis prête à refter fi vous me l'or-
donnez.

Ah ! ce n'eft qu'à vous feule ,
lui répartit ce Prince paffionné,
qu'il appartient de commander ,
pardonnez à l'excès de mon amour
le trouble que votre départ jette
dans mon ame ; je l'ai promis, vous
partirez ; mais du moins , ma chere Crementine , fongez que Zamora ne fera point à vos côtés ;
& que ce n'eft point cet Epoux
qui vous eft fi cher , pour qui vous
allez combattre , afin de retenir
l'ardeur de votre courage, & de
me conferver une vie où la mienne eft attachée.

La belle Reine de Sanga ne put
s'empêcher de s'attendrir à ce difcours,

cours, prononcé avec toutes les
graces qui accompagnoient toû-
jou s jusques aux moindres actions de ce Monarque : aussi ne
balança-t'elle pas à le rassurer, &
à lui promettre de ne se point ha-
sarder : alors cette sage Princesse
lui fit connoître l'importance de
la démarche qu'elle alloit faire,
qui sans doute leur alloit acqué-
rir l'Empereur du Mogol, d'une
façon à pouvoir tout esperer de
lui, pour détruire le Roi de Cambaye ; & elle sçut si bien menager
l'ambition, la gloire & l'amour de
ce tendre Epoux, qu'elle remit
le calme dans son ame, & le rendit capable de la voir partir avec
moins de douleur.

L'inclination guerriere de la
Reine de Sanga, avoit donné une
telle émulation aux Dames de sa
Cour, qu'il n'y en eut point qui
ne se fût attachée aux Armes de

Tom. 1.   N

puis près de cinq ans qu'elle étoit
arrivée à Citor ; entre celles qui se
distinguoient le plus dans les Jeux
militaires, dont Crementine prenoit souvent le divertissement, les
Princesses Alazinde & Zoradine,
proches parentes du Roi de Sanga , paroissoient toûjours avec
éclat : la Reine les aimoit tendrement ; & ce fut avec une joye extrême qu'elle reçut la priere qu'elles lui vinrent faire, de leur permettre d'accompagner ses pas à
la Guerre du Mogol. Ces jeunes
Princesses n'eurent pas plûtôt obtenu leur demande, que le desir
de les imiter anima toutes les
Guerrieres de Sanga : ce qui composa un Escadron d'Amazones,
dont la beauté & l'air Martial faisoient un spectacle aussi charmant
que redoutable.

Le jour du départ de l'Armée
étant arrivé, la Reine prit congé

de Zamora, qui la recommanda
encore à Geodal & à Cremen,
après l'avoir conduite auffi loin
qu'il lui fût poffible ; cependant
les Ambaffadeurs de Miramud
ayant devancé cette Princeffe,
apprirent à leur Empereur qu'elle
conduifoit en perfonne l'Armée
des Alliés. Miramud, à qui Abençara avoit raconté les Exploits de
cette vaillante Reine, & qui n'a-
voit rien oublié pour lui bien exprimer fa valeur, fa prudence &
fa haute fageffe, fentit une joye
des plus vives à cette marque d'a-
mitié de la part de Zamora ; &
quoiqu'il eût mis pour Gouverneur dans Agra, un jeune Prince
de fon Sang, nommé Mocapan,
brave, intrepide & prudent, auquel
il avoit joint un Confeil de vieux
Guerriers, qui tous fe défendoient
vaillamment, il craignoit toûjours
pour cette importante Place : Mo-

N ij

capan étoit redouté des Perses par
sa valeur & sa prudence, mais encore plus par sa cruauté, qui étoit
si excessive, qu'on l'avoit surnom-
mé le Tigre de l'Orient. Malgré
cela, Miramud étoit dans des alar-
mes continuelles, lorsque la nouvelle de l'arrivée de la Reine de
Sanga lui rendit l'esperance.

Comme cette Princesse marchoit à grandes journées, elle arriva bien-tôt aux environs de Dely. Cette Ville dont j'ai déja marqué la situation, est un des plus
beaux sejours de l'Orient : ses dé-
hors sont ornés de Palais superbes,
qui appartiennent aux principaux
Seigneurs de la Cour du Mogol :
ce fut dans un de ses Palais appar-
tenant au Prince Mocapan, que
la Reine, les Princesses & les Dames de leur suite, se delasserent
un jour entier.

L'Empereur Miramud ne sçut

pas plutôt son arrivée, qu'il vint la
visiter à la tête d'une Cour magnifique & nombreuse : quoique ce
Monarque fut preparé par Abençara, à voir tout ce que la Nature
avoit formé de plus parfait, il ne
put s'empêcher d'être surpris à
l'éclat de Crementine : cette illustre Reine étoit au milieu des
Princesses Alazinde & Zoradine,
qui malgré leur brillante Jeunesse, & la beauté la plus reguliere,
étoient entierement effacées par
les charmes de la Reine : Miramud lui temoigna son admiration
dans les termes les plus respec-
tueux, en l'assurant qu'il n'oublieroit jamais le service important
que lui rendoit le Roi de Sanga,
en permettant qu'elle conduisît
le secours de ses Alliés, & qu'il
ne doutoit plus de la Victoire,
puisque son Armée alloit être honorée de sa presence.

Crementine répondit à ce difcours, avec autant de modeſtie
que de majeſté, & les Generaux
qui avoient commandé ſous elle
contre Badur, l'étant venus ſa-
luer, & ſurtout Abençara, à qui
elle fit particulierement amitié,
rendirent l'Empereur Temoin de
l'eſtime, du zele & du reſpect de
tous ces Guerriers pour cette grande Princeſſe. Comme il lui avoit
fait preparer une ſuperbe Entrée
dans Dely, il voulut qu'elle ſe fît
dès le lendemain, pour ne pas retarder l'impatience que les Mogoliens avoient de la voir; les ſoins
de Miramud, & les ordres qu'il
donna, rendirent cette Entrée une
eſpece de Triomphe : la Reine
étoit à cheval, armée à la legere,
au milieu de ſes Amazones, ayant
à ſes côtés les Princeſſes Alaſinde
& Noradine, l'une portant ſon
Sabre, & l'autre ſon Arc : ſa beau-

té, son air doux & guerrier, faisoient un mélange de graces differentes, qui lui attiroient tous
les cœurs : les Peuples des environs de Dely y étoient accourus
en foule, l'Artillerie des Remparts
faisoit des décharges continuelles, ausquelles celle de l'Armée
répondoit sans cesse.

Les cris de joye du Peuple &
des Soldats, marquoient un contentement si general, que la vaillante Reine de Sanga, malgré sa
modestie, ressentit cette sorte de
satisfaction interieure, que les
grandes Ames ne peuvent se refuser en pareille occasion : ce fut
au bruit de ces acclamations redoublées, qu'elle arriva au Palais
qui lui étoit destiné : l'Empereur
ne pouvoit la quitter, la Cour &
tous les Ordres de la Ville, vinrent lui rendre leurs respects, &
Miramud n'oublia rien de tout ce

N iiij

qui pouvoit l'assurer d'une parfaite consideration : le même jour
on tint un grand Conseil, où Crementine assista, dans lequel il fut
resolu que l'Armée marcheroit
le lendemain , & qu'elle seroit
commandée par l'Empereur & la
Reine de Sanga.

Miramud voulut alors lui déferer le Commandement absolu ;
mais elle s'en défendit avec tant
de sagesse , & dans des termes
si obligeans , que cet Empereur
ne cessoit point de la loüer & de
l'admirer. Le lendemain l'Armée
défila : elle étoit formidable, composée de deux cens mille Hommes d'Infanterie , & de quatre-
vingt mille de Cavalerie, avec un
train d'Artillerie prodigieux : la
marche fut longue & penible,
étant obligés de prendre plusieurs
routes pour la commodité des vivres ; le rendez-vous fut à la Ville

de Lyamtor, où l'on avoit de gros
Magafins : le Trefor de l'Armée
y étoit déja arrivé, fous une bonne efcorte ; l'on campa dans les
Vallées de Lyamtor, où l'on fit
rafraîchir l'Armée pour délaffer
le Soldat de fes fatigues.

Le Confeil de Guerre s'affembla, & l'on y mit en propofition,
fi l'on attaqueroit les Lignes du
Camp des Perfes, pour rifquer
une affaire generale : la plûpart
des Seigneurs qui compofoient le
Confeil, furent de cet avis : l'Empereur même panchoit de ce côté, ainfi que Cremen & Geodal ;
mais la Reine reprefenta que
quoiqu'elle ne doutât point de
la Victoire, il y avoit de grandes
reflexions à faire ; que la Guerre
étant un métier, où la Fortune
mettoit beaucoup du fien, on devoit fonger plus d'une fois à rifquer le falut d'une Place auffi

confiderable qu'Agra, & que de
la mettre au hafard d'une Bataille, c'étoit expofer l'Empire même : elle ajouta à cela tant d'autres raifons, qu'elle ramena tout
le Confeil.

Alors l'Empereur la pria d'expliquer fes fentimens à l'Affemblée, & de l'inftruire de fes vûës
& de fes deffeins, l'affurant par
avance de fon fuffrage : Crementine reprit la parole, & dit : Que
fon avis étoit de s'approcher le
plus près que l'on pourroit du
Camp des Ennemis ; qu'il falloit
les harceler nuit & jour, & faire en forte de leur perfuader
qu'on vouloit en venir à une affaire generale, & cependant prendre fon tems, pour forcer un
Quartier, & tâcher d'introduire dans la Place, un puiffant fecours d'Hommes & de Muni-
tions.

Tout le Conseil charmé de la sagesse de cet avis, donna mille loüanges à la Reine, en concluant qu'il falloit executer exactement son projet ; l'on prit les mesures necessaires, l'Armée s'approcha du Camp des Perses, le plus près qu'elle put : Crementine fut elle-même reconnoître l'Ennemi, & l'endroit par où elle pourroit introduire le convoi dans la Place : comme le Terrain étoit inégal, Elle remarqua que du côté du midy, les Perses se fiant à une Monticule qui fermoit leur Camp de ce côté, le croyant impraticable, avoient negligé de le fortifier ; ce qui la fit resoudre à porter en cet endroit ses plus grands efforts.

Plusieurs jours se passerent à harceler l'Armée ennemie, qui se tenoit ferme dans ses Retranchemens, continuant toûjours

ses travaux cont e la Place, dont
ils avoient déja emporté plusieurs
Ouvrages exterieurs , & fait des
Breches considerables , travail-
lant nuit & jour à combler les
Fossés , afin de donner un Assaut
general ; ainsi le Secours pressoit :
l'on faisoit des signeaux toutes les
nuits, pour rassurer la Garnison,
qui de son côté en faisoit sans difcontinuer, qui marquoient sa triste situation : le Roi de Perse ne
se flattoit point, il étoit instruit
de la valeur & du courage de l'illustre Reine de Sanga , il étoit
nuit & jour à Cheval, pour éviter toute surprise ; son Armée n'é-
toit pas si nombreuse que celle
du Mogol; mais il avoit des Troupes formées par le grand Ismaël
son Pere, Sophy de Perse , avec
lesquelles il avoit remporté ce
nombre infini de Victoires, qui
lui avoient acquis le Surnom

de Grand , & avec lesquelles il
avoit conquis tout le Royaume
de Perse.

La Reine cependant, suivant
son dessein , faisoit attaquer le
Camp, tantôt d'un côté, tantôt
de l'autre, & souvent par plusieurs
endroits à la fois , s'en retirant
toûjours avec très-peu de perte :
Enfin le jour qu'elle resolut de
frapper son coup , arriva ; elle
avoit fait marcher un grand
Corps de Troupes , dès la nuit
précedente, derriere les Collines
qui fermoient le Camp du côté
du midi ; le Convoi s'étoit avancé par les gorges à couvert des
Côteaux : elle avoit ordonné
qu'à l'entrée de la nuit, on at-
taquât le Camp par six endroits
differens ; & lorsqu'elle jugea que
les Perses étoient les plus occupés
à se défendre, elle fut rejoindre
le fidel Cremen, qui étoit à la tê-

te du Corps qu'elle avoit fait marcher fecrettement, à qui elle dit, qu'elle vouloit conduire elle-même le Convoi dans la Place.

Ce fage Miniftre furpris d'une refolution fi hardie, lui reprefenta le rifque qu'elle alloit courir ; que fi la Ville alloit être prife, elle feroit Prifonniere du Roi de Perfe ; & qu'étant allié de Badur, il étoit prefque certain qu'elle deviendroit l'Efclave de cet irreconciliable Ennemi ; qu'un malheur de cette nature, cauferoit la mort du Roi fon Epoux, entraîneroit la perte de fon Royaume, & celle des Princes fes Enfans.

Ces raifons émurent le cœur de Crementine ; mais fon grand courage prenant le deffus, elle regarda ces mouvemens comme une foibleffe indigne d'elle, &

ne songea plus qu'à l'execution
de son projet ; Cremen la voyant
resoluë, & la connoissant incapa-
ble de changer, la supplia de permettre qu'il courût les mêmes
dangers qu'elle, & de se souvenir, pour ne lui pas refuser cette
grace, que le Roi de Sanga lui
avoit confié le soin de sa vie ; elle l'assura que c'étoit son inten-
tion, & lui ordonna de faire a-
vancer les Troupes de Sanga, &
celles qui avoient été formées
dans le métier de la Guerre par le
Roi de Décan son Pere, dont elle
étoit sûre ; & bien avant le jour,
tout étant tranquille de ce côté-
là, Cremen fit descendre ses
Troupes des hauteurs à petit
bruit : elles arriverent aux pieds
des Retranchemens du Camp ennemi, sans être apperçuës que des
Sentinelles, qui voulurent donner l'allarme ; mais sur le champ,

la Reine ayant ordonné l'attaque, elle fut si vive que les Perses surpris, furent d'abord massacrés, les Retranchemens forcés & applanis, où six mille Chevaux entrerent, & renverserent les Troupes que commandoit Kaben General experimenté, mais infirme, à qui Tachmas avoit confié ce Quartier, comme le moins dangereux & le moins exposé.

Alors la Reine ayant fait entrer son Convoi dans le Camp, en faisant face aux Troupes que Kaben avoit fait rallier, elle leur livra un Combat si rude, que les Perses plierent ; elle les poussa encore plus vivement, sans pourtant pouvoir parvenir à les rompre entierement : l'experience du General Persan, suppléant au nombre, les faisoit rallier & former leurs rangs derriere le Corps
qu'il

qu'il oppofoit à la Reine, voulant donner le tems au Roi qu'il
avoit fait avertir de la furprife du
Camp, de lui envoyer du fecours :
la Reine qui fe douta de fon deffein, ordonna à fon Infanterie
d'avancer, & faifant pleuvoir une
grêle de Traits fur la Troupe de
Kaben, elle fondit fur lui, fuivie
de fes Amazones, & l'attaqua
avec une impetuofité qu'il ne put
foutenir ; la Reine enfonça fa
Troupe ; & Kaben s'étant trouvé à fon paffage, s'oppofant avec
valeur à fes efforts, fut tué de fa
propre main : les Perfes ayant
perdu leur General, prirent la
fuite, & le Gouverneur d'Agra,
ayant fait au même inftant une
vigoureufe Sortie par la Porte appellée du Jour, & combler les
Travaux des affiegeans, la Reine fit promptement avancer le
Convoi, qui arriva fous le Canon

Tom. I.   O

de la Place, avant que le Roi de
Perſe eût amené du Secours.

Ce Monarque n'étant venu que
pour être témoin de l'Entrée de
ce grand Convoi , & d'un Renfort de douze mille Hommes,
qui y fut auſſi introduït : la Reine
entra la derniere dans la Place ,
ſuivie de ſes vaillantes Compa-
gnes , où elle fut reçuë avec des
acclamations, qui ſe firent entendre de tout le Camp ennemi :
l'Empereur du Mogol fut auſſi-
tôt infoïmé de cet heureux ſuccès ; mais ſa ſurpriſe fut extrême,
en apprenant que la Reine s'é-
toit jettée dans la Place ; & de l'é-
tonnement , paſſant à l'admiration , il ne pouvoit trouver de termes aſſez forts pour marquer la
ſatisfaction que lui donnoit cette
éclatante action : pour lors il fit
ceſſer les attaques , & battre la
Retraite.

Le Prince Mocapan rendit à
Crementine tous les honneurs
& les respects qui étoient dûs à
son rang & à sa valeur, lui dé-
ferant le Commandement absolu ; il fit avec elle le tour de la
Place, lui faisant remarquer les
differentes attaques, l'étenduë
des Bréches, & les Remparts in-
terieurs qu'il avoit fait élever :
la Reine approuva tout, & le combla de loüanges sur sa vive resistance, & les témoignages qu'il
avoit donné d'une prudence consommée : Mais les Perses s'apper-
çurent bientôt de la difference
de la défense des Assiegés : le feu
des Remparts qui étoit redoublé,
les Sorties plus frequentes & plus
vives, les Facines qu'ils avoient
jettées dans les Fossés brûlées,
& la plûpart de leurs Travaux
comblés, ne leur apprirent que
trop combien les choses avoient

changé de face : de forte qu'a-
près fix mois de Siege, Tachmas
fe voyoit encore loin de l'efpoir
d'emporter cette importante Place ; d'ailleurs fon Armée étoit extrêmement diminuée, & celle du
Mogol, augmentoit chaque jour
par les nouvelles Troupes qui lui
arrivoient des lieux les plus éloignés de ce Puiffant Empire : le
Roi de Perfe, venoit d'être témoin de la valeur & de la prudence de la Reine de Sanga ; il
n'ignoroit pas le courage des
Troupes qu'elle avoit fait entrer dans Agra : tout cela joint
à une Sortie de Mocapan, où ce
Prince avoit encloüé une de fes
Batteries, renverfé fes Travaux,
maffacré nombre de Soldats, &
enlevé une piece de Canon, qu'il
avoit fait mener en fa prefence
dans la Place, l'affligeoit fenfi-
blement ; cependant il ne negli-

geoit rien, pour réuſſir dans ſon
entrepriſe, viſitant ſans ceſſe ſes
Travaux , & les faiſant fortifier.

Il avoit fait fondre dans ſon
Camp, quatre pieces de Canon,
d'une groſſeur extraordinaire ,
portant cent livres de Balles chacun, qu'il fit conduire ſur le bord
du Foſſé de la Place : l'effet en fut
prodigieux , mais la Reine ſans
s'étonner , faiſoit auſſi-tôt réparer les Brêches , ſe trouvant par
tout , & par tout donnant des ordres ſi juſtes, que les peines de
l'ennemi devenoient inutiles ; ils
firent pourtant ſi bien par leurs
Travaux continuels, qu'ils comblerent le Foſſé, & que la Bréche
fut applanie par l'effet des qua-
tres pieces de Canon, qu'ils ap-
pelloient Baſelic.

Alors le Roi de Perſe, ayant
fait reconnoître l'état du foſſé &

de la bréche, voulut tenter un
Aſſaut general ; pour cet effet il
commanda ſes Troupes, fit tout
préparer, & le lendemain à la
pointe du jour, l'ordre fut donné
pour monter à l'Aſſaut : la Reine
de Sanga, jugeant de leur deſſein
aux mouvemens qu'elle leur vit
faire, ſe prépara à les bien recevoir ; ce qu'elle fit d'une maniere
ſi ſurprenante, que les Perſes furent repouſſés par trois fois ; mais
Tachmas ayant fait avancer un
Corps de Troupes fraîches, fit attaquer la Place ſi vivement, que
les Aſſiegés perdirent du terrain, & que les Perſes eurent le
tems de ſe loger ſur la Bréche,
où ils ſe maintinrent malgré tous
les efforts des Aſſiegés.

Alors la Reine, faiſant retirer
ſes Troupes, fit demaſquer ſes
Fortifications interieures, qui é-
tant herriſſées de Canons chargés

de chaînes & de mitrailles, firent
un feu & un carnage si prodigieux, que les Perses étonnés,
abandonnerent la Bréche, qui fut
reprise & reparée par les Assiegés, & Tachmas se vit contraint
de faire battre la Retraite, très-
mortifié d'avoir perdu tant de monde, sans avoir fait aucun progrès.

Crementine voulant instruire
Miramud, de tous ces avantages,
trouva moyen de faire sortir de la
Place un Homme fidele, qui parlant Persan, comme les naturels
du Païs, eut le bonheur de tra-
verser leur Camp, sans être reconnu, & de se rendre à l'Armée
du Mogol, auquel il apprit tout
ce qui s'étoit passé dans les differentes attaques des Perses : les
pertes que la Reine leur avoit
couté, & le bon état de la Place,
ajoutant de la part de cette Princesse, qu'elle le prioit de ne rien

hafarder, pour faire lever le Sie;
ge, le conjurant de lui laiſſer
ménager les choſes, projettant
un deſſein qui lui ſeroit également utile & glorieux.

Miramud reçut ces nouvelles
avec une joie extrême, & ne voulut rien tenter contre les intentions de cette Heroïne, ſe confiant entierement à ſa prudence :
Cette vaillante Reine étoit continuellement à Cheval, viſitant
exactement tous les Poſtes : le
Prince Mocapan, la ſecondoit
avec un zele qui lui faiſoit bien
connoître à quel point il l'admi-
roit, n'oubliant rien pour executer ponctuellement ſes Ordres :
le ſage & fidel Cremen, ne la
quittoit jamais, & l'aidoit de ſes
conſeils; mais quoique ſon âge,
lui eût acquis une parfaite experience dans l'ArtMilitaire &dans
la politique de l'Eſtat; il ſe trouvoit

voit souvent fort au - dessous du
genie surprenant de cette illustre Reine, à laquelle il en marquoit sans cesse son étonnement;
mais il redoub'a vivement, un
jour que cette Princesse l'ayant
fait appeller de grand matin, lui
tint ce discours.

Votre fidelité & votre zele
pour mon service, m'étant connus, j'ai resolu, brave Cremen,
de ne rien faire, sans vous le communiquer: Nous sommes aujour-
d'hui dans une situation, où la
sage politique nous est aussi necessaire que la valeur: L'Armée
du Mogol est puissante, celle des
Perses est abbatuë; mais composée des meilleures Troupes de la
Terre. Le sort d'une Bataille est
incertain; & quand la Victoire se
déclareroit pour le Mogol, le
Perse ne perdroit qu'une partie
de son Armée, & se retirant dans

P

fon Païs, il la rendroit bientôt plus formidable, pour recourir à la vengeance.

Il n'en eft pas de même de Miramud, puifque fi le fort des Armes devenoit à prefent favorable à Tachmas, le Mogol perdroit non feulement Agra, mais peut être l'Empire, ce qui mettroit le cruel Badur en état d'executer fes funeftes projets contre le Royaume de Sanga ; ainfi j'ai formé le deffein d'écrire au Roi de Perfe, afin de ménager avec lui une entrevûë, où je puiffe lui faire connoître qu'il lui fera plus glorieux de faire la paix, ou de conclurre une Tréve avec Miramud, que d'être plus longtems devant une Placé, dont les Affiegés font refolus de fe défendre jufqu'à la derniere goute de leur fang : c'eft fur cela que j'ai voulu vous confulter, & que je vous prie de me parler ouvertement : la Reine se tut, & Cremen l'ayant regardée quelque tems avec toutes les marques de la plus parfaite admiration.

Grande Reine, lui dit-il, en se jettant à ses pieds, je ne puis qu'adorer en vous le plus rare Ouvrage de la Nature: vous pouvez agir de vous-même, vos lumieres sont au-dessus de tous les conseils; non seulement j'approuve votre projet, mais j'en admire l'idée avec un respect égale à celui que l'on doit aux Dieux qui vous ont formée.

La Reine reçut cette loüange, avec sa modestie ordinaire, & l'ayant fait relever, elle lui marqua sa joie de le voir de son avis, dans les termes les plus obligeans; & s'étant retirée, elle ne songea plus qu'à écrire au Roi de Perse: ce qu'elle fit en ces termes.

P ij

CREMENTINE REINE DE SANGA.

A

TACHMAS ROY DE PERSE.

LA vigoureuse resistance d'Agra, doit te faire connoître que sa Conqueste n'est pas si facile que tu te l'étois imaginé; cependant avant que de profiter de nos avantages, en te donnant une Bataille, dont le guain nous est presque assuré par la superiorité de notre Armée; je te propose une entrevûë, où je prétends te proüver, qu'il est souvent plus glorieux de poser les Armes, que de risquer d'être vaincu.

CREMENTINE Reine
de Sanga.

Le Heraut que la Reine chargea de cette Lettre, eut ordre de

dire au Roi de Perſe, qu'elle le
laiſſoit le maître du lieu de l'entrevûë, & du nombre de ceux qui
les devoient accompagner l'un
& l'autre : après ces inſtructions,
le Heraut ſortit de la Place ; &
ayant fait le ſignal accoutumé en
ces ſortes d'occaſions, il fut auſſi-
tôt introduit dans la tente de
Tachmas, qui y étoit entouré de
toute ſa Cour : Ce Monarque reçut la Lettre, avec un reſpect qui
ne dementit point la galanterie,
dont les Perſans font gloire : il la
lut à voix baſſe, puis s'adreſſant
à ſes Courtiſans: La Reine de Sanga, leur dit-il, me paroît auſſi redoutable par ſon eſprit, que par
ſa valeur ; nous avons déja reſ-
ſenti les effets de l'une, éprou-
vons ceux de l'autre : cette Princeſſe demande une entrevûë ; &
je crois qu'aucun d'entre vous ne
voudra s'oppoſer à l'ardent deſir

que j'ai de voir de près cette illuftre Ennemie.

Tous les Generaux de l'Armée de Tachmas, ainfi que les
Seigneurs de fa Cour, lui témoi-
gnerent leur joye à cette propofition, & le fupplierent de leur
permettre de l'accompagner : le
Roi de Perfe, comptant de les
voir dans cette difpofition, écrivit lui-même cette réponfe à Crementine.

TACHMAS ROY DE PERSE.

A LA VAILLANTE REINE
DE SANGA.

REine, *tout doit ceder à tes Loix,*
ainfi qu'à ta valeur ; j'accepte
l'entrevûë, regle toi-même le nombre
de ta Suite, fi j'en croyois les miens,
toute mon Armée fuivroit mes pas,
pour avoir le bonheur de jouir de ta

vûë; mais moderant leurs desirs, je
n'aurai que cinquante Guerriers
avec moy, bien moins pour ma sûreté, que pour te rendre les honneurs,
que tes rares vertus exigent de tous
les Rois de la Terre.

TACHMAS Roi
de Perse.

Le Roy de Perse ordonna au
General Siarmud, de porter lui-
même cette Lettre, & de convenir avec les Ministres de la Reine de Sanga, du tems & du lieu
de l'entrevuë : Siarmud étoit un
de ces hommes distingués par leur
merite & leur sagesse : grand
Guerrier, bon politique, & qui
avoit appris le Métier de la Guerre, sous le Grand Ismaël, Pere
de Tachmas; il partit avec le
Heraut de la Reine; & étant entré dans la Place, il fut conduit

P iiij

avec ceremonie au Palais de Crementine, qui lui donna Audien-
ce dans le même moment.

Cette Princeſſe étoit aſſiſe ſur
un riche Sofa, environnée de ſes
jeunes Amazones, du Prince Mocapan, & des principaux Guerriers de la Garniſon : Siarmud
s'approcha d'elle, avec les marques du plus profond reſpect, &
lui rendit la Lettre du Roi ſon
Maître : Tandis qu'elle en fit la
Lecture, le Miniſtre Perſan l'e-
xaminoit avec une ſurpriſe inconcevable ; à peine pouvoit-il
croire ce qu'il voyoit ; la beauté
ſurnaturelle de cette Princeſſe ;
ſon éclat, ſa douceur, cet air noble & modeſte, qui regloit juſqu'à ſes regards, la lui firent regarder comme le plus parfait
Ouvrage de la Nature ; & lorſqu'il joignoit à tant d'appas, ce
qu'il lui avoit vû faire les Armes

à la main : fon étonnement prenoit de nouvelles forces.

Cette belle Reine chargea Cremen de tout regler avec Siarmud;
& ces deux fideles Miniſtres s'é-
tant abouchés, convinrent d'abord
d'une ſuſpenſion d'Armes qui
fut ſignée le même jour de part
& d'autre : cependant Crementine écrivit à l'Empereur du Mogol , que ſes vûës & ſes deſſeins
avoient réüſſi au gré de ſes ſou-
haits , qu'elle alloit avoir une en-
trévuë avec le Roi de Perſe, &
qu'elle le prioit de lui envoyer
ſes deux Principaux Miniſtres,
Deſſerzir & Fronam , revêtus des
pouvoirs neceſſaires pour cette
importante Affaire , l'aſſurant
qu'elle ſe termineroit à ſa ſatisfaction ; & en même tems , lui envoya des Paſſeports du Roi de Perſe pour la ſureté de ſes Miniſtres.

On ne peut exprimer le conten-

tement de Miramud en recevant
fes Lettres; l'efpoir d'une Paix
prochaine lui fit donner de nouveaux éloges à cette Princeffe,
& ayant affemblé fon Confeil, il
y fut réfolut que l'Empereur en-
verroit à la Reine des pouvoirs
fans limites, & que Defferzir &
Fronam ne refteroient auprès
d'elle, que pour recevoir fes ordres; cela fut executé dès le lendemain que ces deux Miniftres
partirent avec une fuite convena-
ble à leur caractere; ils traver-
ferent le Camp des Perfes, où le
Sophy leur fit rendre les honneurs qui leur étoient dûs; & é-
tant entrés dans la Place, ils re-
mirent à la Reine les pouvoirs &
une Lettre particuliere du Mogol, où elle trouva ces paroles :

MIRAMUD EMPEREUR DU MOGOL.

A L'ILLUSTRE CREMENTINE, REINE DE SANGA.

Qvelles que soient les expressions dont je me puisse servir, pour te marquer ma reconnoissance, grande & vaillante Reine, elles seront toûjours au dessous des témoignages que je voudrois t'en donner; dispose de l'Empire & de l'Empereur, ils te doivent déja leur gloire, & veulent encore te devoir leur repos.

MIRAMUD, Empereur
du Mogol.

Crementine fut extrêmement sensible à la confiance de ce Monarque, se proposant d'y répon-

dre en ménageant avec foin fon
honneur & fes interêts: cependant,
Cremen & Siarmud, convinrent
que l'on drefferoit des Tentes
hors de la portée du Canon de la
Place, pour la Reine, fes Miniftres
& fa Cour; que le Roi de Perfe
feroit retirer fes Troupes à la même diftance des Tentes, qu'elles
l'étoient de la Ville; que ce Monarque & la Reine feroient ac-
compagnés d'un pareil nombre
de Guerriers, & que la Conference commenceroit dans quatre jours. Siarmud fortit d'Agra
pour aller rendre compte à Tachmas de ce qui avoit été reglé; il
lui parla de la Reine de Sanga
d'une façon qui redoubla vivement le defir qu'il avoit de la voir;
il fit travailler avec diligence à
élever des Tentes fuperbes, où les
plus magnifiques étoffes de Perfe furent employées; rien n'étoit

comparable à la beauté des Tapis
de Pied qui couvroient la Terre
fous ces riches Pavillons.

Ce Prince donnoit tous fes foins
à rendre cette entrevuë auffi galante que fomptueufe , lorfqu'il
apprit que Soliman , Empereur
des Turcs marchoit à grandes
journées contre fes Etats , & que
fes Troupes avoient déja traverfé
le mont Thaurus : cette nouvelle
le determina à ne rien negliger
pour s'accommoder promptement avec Miramud. Tout étant
prêt & les quatre jours expirés,
la Reine fortit de la Place , montée avantageufement, accompagnée de fes Amazones , de cinquante des Principaux Officiers
de la Garnifon, & des Miniftres
du Mogol, tous à Cheval & magnifiquement habillés : Le Roi
de Perfe s'étoit rendu fous les
Tentes pour y attendre cette Prin-

cesse ; aussi-tôt qu'on eut appris
qu'elle sortoit d'Agra, toutes les
batteries du Camp des Perses firent plusieurs décharges ; celles
de la Place, y répondirent en même tems que celle du Mogol ; ce
bruit étonnant dura pendant la
marche de la Reine : lorsqu'elle
fut arrivée à une certaine distance , Tachmas vint au devant
d'elle ; quoique ce Monarque s'at-
tendît à voir une Princesse mer-
veilleuse par les recits qu'on lui
en avoit faits, il ne fut pas exemt
de la surprise qu'elle causoit à
tous ceux qui l'approchoient ;
mais comme il étoit le Prince le
plus galant de son temps , il ne
fit nul effort pour cacher son é-
tonnement, se faisant même une
gloire de laisser remarquer les
effets des charmes de cette belle
Reine : Si j'avois crû lui dit-il en
la saluant profondément , que

l'Empereur du Mogol m'eût oppofé l'illuftre Crementine, je me
ferois bien gardé de l'attaquer ?
je connois les forces de mes Sujets, les Perfes n'ont des Armes
que pour leurs pareils; mais ils n'en
ont point qui puiffent les défendre contre la Valeur & la Beauté jointes enfemble ; vous com-
battez avec trop d'avantage pour
n'être pas affurée de la Victoire.

Ce ne font point de fi foibles
Armes, lui répondit modeftement
la Reine , que l'on doit oppofer
au digne fucceffeur du grand If-
maël ; Miramud cherche à vaincre avec gloire , & Crementine
ne veut devoir fes Conquêtes qu'à
la grandeur de fon courage. Ce
fut avec de femblables difcours
que le Roi de Perfe conduifit la
Reine au Pavillon qui lui étoit
deftiné ; tout y brilloit d'or & de
Pierreries; les Guerriers de la fui-

te de ce Prince n'ayant rien épar-
gné pour paroître avec éclat dans
ce grand jour. Après avoir obser-
vé le Ceremonial accoûtumé en
pareille occasion , on commença
la Conference , & Crementine
sçut si bien profiter de ses avantages, qu'entrant dans la politique
la plus secrette du Roi de Perse,
elle lui fit connoître ses veritables
interêts avec une penetration &
une prudence si surprenante, que
ce Monarque ne put s'empêcher
de l'interrompre plusieurs fois
par ses témoignages d'admiration : enfin , elle menagea les choses avec tant d'art , qu'elle le fit
convenir qu'il abandonneroit le
Siége d'Agra, & retourneroit dans
ses Estats, à condition que le Mogol lui rendroit la Ville de Kitem,
& ses dépendances qui étoient de
l'ancien Domaine des Rois de
Perse & dont le Mogol s'étoit
emparé. Les

Les articles furent dreſſés ſur
le champ par les Miniſtres des
deux Monarques, & ſignés de part
& d'autre, & l'on dépêcha un
Courrier à Miramud pour en a-
voir la ratification, qu'il apporta
ſix heures après ; ainſi la Paix fut
faite entre ces deux puiſſans Empires, par la ſageſſe de la Reine
de Sanga, dont le Roi de Perſe
exalta le merite, dans les termes
les plus forts, l'admirant & lui
donnant à chaque inſtant des
marques de ſon eſtime & de ſon
reſpect : Après la Conference, les
deux Cours ſe joignirent, & ce fut
là qu'oubliant pour un moment
les Travaux de la Guerre, on ne
s'entretint que des douceurs de la
Paix, & des charmes de celle qui
venoit de la procurer ; l'heure
de ſe ſeparer étant venuë, le Roi
& la Reine prirent congé l'un de
l'autre. Je ne puis me diſpenſer

Tom. 1.   Q

lui dit galamment Tachmas, d'envier le bonheur du Roi de Sanga, quoique je fçache qu'il en eft plus digne qu'aucun Monarque de la Terre.

Je croirois veritablement avoir fait le bonheur de Zamora, lui répondit-elle en le regardant attentivement, fi je pouvois lui acquerir un ami tel que le Roi de Perfe, qui merite par fes grandes qualités, de n'avoir pour fes Alliés que des Princes vertueux. Reine, je vous entends, lui repartit Tachmas, mais la politique a des droits fur les Empires, fouvent plus étendus que ceux de la Vertu ; cependant j'efpere vous faire connoître avec le tems, que la vôtre & celle du Roi de Sanga, me feront toûjours recommandables. En effet, ce Monarque envoya bien-tôt après une fuperbe Ambaffade à Zamora, pour lui demander fon amitié, en lui offrant la fienne , & lui marquer la fatisfaction qu'il avoit euë , en traitant avec la Reine fon Epoufe.

Cependant la Reine rentra dans Agra, & le lendemain l'Armée Perfane défila & abandonna les Terres du Mogol ; les deux Monarques s'envoyerent des Ambaffadeurs chargés de Prefens ; le Roi de Perfe en fit un à Crementine , de cent des plus beaux Chevaux de fes Ecuries, richement enharnachés ; & cette Princeffe lui envoya un Sabre tout garni de Pierreries, que Tachmas reçut , en promettant de ne s'en fervir que contre leur communs Ennemis.

Auffi-tôt que les Perfes furent partis, la Reine fit combler leur Travaux , nétoyer les foffés de la Place, reparer les brêches, & tracer de nouvelles Fortifications

Q ij

pour fa défenfe. Miramud ayant fait avancer fes Troupes, entra dans Agra où il remercia Crementine avec éloge, en l'affurant qu'il n'oublieroit jamais le fervice que le Roi de Sanga lui avoit rendu, en l'envoyant à fon fecours; cet Empereur congedia fon Armée, & partit pour Dely avec la Reine, ou ils arriverent aux acclamations d'un Peuple innombrable qui y étoit accouru: cette Princeffe ne fit pas un long féjour dans cette fuperbe Ville; l'empreffement qu'elle avoit de rejoindre Zamora, à qui elle avoit fait fçavoir exactement tout ce qui s'étoit paffé dans cette Guerre, ne lui permettant pas de goûter loin de lui, les douceurs du repos; ainfi elle prit congé de Miramud, qui ordonna qu'on lui rendît dans toutes les Villes de fon paffage, les honneurs qu'on

auroit dû lui rendre s'il y eût été
en Perſonne, & que les ordres
de cette Princeſſe fuſſent executés comme les ſiens ; de ſorte que
tous les Satrapes & les Gouverneurs des Provinces par où elle
paſſa, s'empreſſerent à l'envi à la
recevoir avec Pompe. Cette belle & vaillante Reine comblée
d'honneurs & de gloire, arriva
dans la Ville de Citor, où Zamora la reçut avec une joye qui ne
pouvoit ſe comparer qu'à celle de
ſon illuſtre Epouſe ; tout ce que
l'amour a de tendre, fut employé
par ces deux AuguſtesEpoux pour
ſe marquer le contentement ré-
ciproque qu'ils avoient de ſe revoir.

Cependant, le Roi de Cam-
baye ayant appris les grandes actions de Crementine au Siége
d'Agra ; qu'elle avoit été l'inſtru-
ment de la Paix entre l'Empereur

du Mogol & le Roi de Perſe ; & que par ſes ſoins, elle avoit éteint l'ancienne haine qui regnoit entre ces deux Couronnes, en reſſentit une douleur extrême ; mais ſon déſeſpoir parvint au comble, lorſqu'il fut informé que Tachmas avoit envoyé des Ambaſſadeurs à Zamora avec de riches Preſens ; ſa jalouſie & ſa fureur contre ce Monarque, en prirent de nouvelles forces, & il jura de ne rien épargner pour lui arracher & l'Empire & la vie : & quoiqu'il fût attaqué tous les ans par les Portugais, dont les Flottes lui déſoloient toutes ſes Places maritimes, il ne ceſſoit point de faire de nouvelles levées, tant de Cavalerie que d'Infanterie, pour aller fondre ſur le Royaume de Sanga ; mais voulant en ôter le ſoupçon à Zamora, afin de le mieux ſurprendre, il fit courir le

bruit qu'il avoit deffein de porter
la Guerre dans le Royaume de Ca-
lecut ; ce qui fe répandit par tout,
de telle forte que le Souverain de
cet Empire en prit effectivement
l'allarme, & fe mit en état de fe
défendre & de lui refifter.

Mais Acugna regardant ce qu'il
avoit déja fait contre Badur, comme des chofes de peu de confe-
quence, étant toûjours occupé
de l'affront qu'il avoit reçû devant Dio , & voulant s'approcher de cette Ville le plus près
qu'il lui feroit poffible , étant le
principal but du Roi de Portugal,
il fe réfolut de faire le Siége de
Bacaïm , Place très confiderable
& d'un grand Commerce : pour
cet effet, il envoya devant Ema-
nuël-Albuquerque un de fes Lieutenans avec une Efcadre pour fe
faifir du Port , & ayant mandé
Silvere qui étoit avec une autre

Efcadre par delà Dio, il les fuivit de près avec le refte de l'Armée, compofée de quatre cens Vaiffeaux de toute grandeur ; il y avoit fur cette Flotte trois mille Portugais & autant de leurs Alliés.

Sur cette nouvelle , Badur ramaffa à la hâte celles de fes Troupes qui fe trouverent le plus à portée, & s'approcha de Bacaïm : cette Place étoit fortifiée à la façon des Indiens , elle avoit une Citadelle bâtie fur un angle de terre qui formoit le Port ; la Ville & la Citadelle étoient munies de quatre cens Pieces de Canon , elle étoit fournie abondamment de toutes fortes de munitions , & avoit d'ailleurs une forte Garnifon. Badur fit couper tous les Palmiers & les autres Arbres qui étoient autour de la Place , n'oubliant aucune des précautions neceffaires

ceſſaires pour faire échoüer le deſſein du General Acugna ; mais
toutes ſes meſures ne purent rien
ſur la bravoure des Portugais ; le
General fit ſa deſcente dans un
endroit que Badur avoit crû impraticable , & diviſant ſes Troupes en trois corps , le premier
commandé par Jacques Silvere , le ſecond par Fernand De-
za , à qui il joignit ſix Capitaines
de Vaiſſeaux ; & lui, conduiſant
le troiſiéme : ils ſuivirent leurs
guides qui les menerent ſi bien,
qu'étant arrivés près de la Place à
la demie portée du Canon, Acugna fit mine de vouloir attaquer
la Citadelle la premiere.

Mais ayant fait faire un mouvement à ſes Troupes, il marcha
droit contre la Ville ; alors il ſe fit
un feu ſi terrible des remparts de
la Place & de la Citadelle, qu'on
auroit dit que les Portugais al-

lioent tous perir; mais les Indiens,
mauvais Canoniers, ne firent que
du bruit & de la fumée, & l'Hiftoire remarque, que dans ces approches, il n'y eut pas un Portugais de tué. Badur se trouva lui-
même campé sous le Canon de
Baçaïm avec un corps de dix mille hommes d'Infanterie, & de
deux mille Chevaux qui acca-
bloient les Portugais de Flêches
& de Traits : ils s'approcherent
cependant des Indiens à la demie portée du Mousquet, & firent
leurs décharges si à propos, que
le désordre se mit dans leur rangs.

Silvere profitant de l'occasion,
fit doubler le pas à ses Troupes,
& attaqua les Indiens avec tant
de vivacité, que Badur fut abandonné des siens, qui prenant la
fuite, le forcerent à les suivre:
les Portugais sur le champ attaquerent la Ville, mais comme

les Habitans en étoient fortis par
le côté oppofé à l'attaque, & a-
voient fuivi leur Roi, ceux de
la Citadelle fe voyant abandon-
nés, en fortirent avec une confufion fi grande, qu'elle fuffifoit
pour marquer leur frayeur: Acugna les fit pourfuivre par quelques Troupes, qui maffacrerent
ceux qui fuyoient le plus lentement.

Ainfi, fe trouvant maître de la
Ville & de la Citadelle fans avoir
perdu que fix hommes, il fit chanter un *Te Deum*, en action de graces;
après quoi il donna la Ville au
pillage à fes Soldats, & fit charger fes Vaiffeaux des richeffes de
cette puiffante Ville, avec quatre
cens Pieces de Canon, beaucoup
de Poudre & de Boulets; & ayant
fait raferles Fortifications, combler les Foffés de la Citadelle &
de la Place, il la fit réduire en

R. ij

cendres; ce General donna mille loüanges à Jacques Silvere & aux autres braves Portugais qui a-voient enfoncé le corps de Trou-pes du Roi de Cambaye, & se croyant assez vengé de la disgra-ce qu'il avoit euë devant Dio, il se rembarqua & fut passer l'hyver à Goa.

Le desir ardent que le Roi de Cam-baye avoit de s'emparer du Royau-me de Sanga, le rendit peu sensible à toutes ces pertes, & voyant que les Portugais malgré leurs Vic-toires ne s'établissoient nulle part en terre ferme, leur principal but é-tant la Ville de Dio, il crut qu'ayant rendu cette Place en état de re-sister à leurs attaques, il pouvoit se livrer entierement aux mou-vemens de sa haine & de son am-bition. Les richesses immenses que toute l'Europe sçavoit que les Portugais apportoient chaque an-

née de ces heureux climats , y
avoient attirés nombre d'Européens de differentes Nations ; furtout des Italiens , qui fervirent
beaucoup à Badur , dans les fon-
deries de Canon qu'il établit dans
plufieurs endroits de fes Eftats ,
& le guiderent même dans fes
Exploits militaires , continuant a-
vec foin fes levées, & ne negligeant
rien de ce qui pouvoit contribuer
à la réüffite de fes projets ; mais
comme il craignoit la puiffance
du Mogol dont il avoit fouvent
fenti le poids , & qu'il voyoit la
Paix concluë entre ce Monarque
& celui de Perfe, dont la Reine
de Sanga s'étoit fait des amis , il
cherchoit dans les traits de fa politique, celui qu'il mettroit en pratique pour être à couvert des Armes de Miramud , lorfqu'il apprit que ce Prince étoit occupé
dans fes propres Eftats par la re-

bellion de Mirgahan, Satrape, &
Gouverneur de la Ville de Lahors, connuë jadis sous le nom
de Bucephale, située au quatre-
vingt-dix-huitiéme degré trois
minutes de longitude, & au tren-
te-deuxiéme vingt-quatre minutes de latitude Septentrionnale.
Mirgahan qui étoit du sang du
fameux Timurbec, prétendant
avoir des droits incontestables à
l'Empire, s'étoit souftrait à l'o-
béïssance qu'il devoit à son Empereur, & l'avoit attaqué comme
un Usurpateur; les Espions de Badur lui rapporterent aussi que Miramud avoit déja perdu une grande Bataille contre ce Rebelle, &
qu'elle avoit duré trois jours ;
mais que les pertes du Vainqueur
avoient tellement affoibli son Armée, qu'on le croyoit hors d'état
de la rétablir; d'autant plus que le
Mogol avoit fait des levées con-

fiderables, & qu'on ne doutoit
point qu'il ne vînt bien-tôt accabler Mirgahan.

Badur trouvant par là une occafion favorable, de n'avoir rien
à craindre du Mogol, dépêcha
fur le champ une Ambaffade fe-
crette à Mirgahan, pour l'exhorter à tenir ferme, lui promettant
un prompt & puiffant fecours
d'Hommes & d'argent : en effet
il fit fuivre fes Ambaffadeurs par
d'autres, qu'il chargea de la valeur de cinq cens mille écus d'or,
qui eurent le bonheur de traver-
fer ces vaftes Païs, deguifés en
Marchands, fans nul accident, &
de parvenir jufques à Lahors, où
ils trouverent Mirgahan occupé à
reparer fon Armée, mais dans
le deffein de fe retirer dans les
Montagnes.

Le fecours inefperé que Badur lui envoya, le fit changer

de refolution ; il paya fes Troupes, fit de nouvelles levées, & fe
mit en état de faire tête à l'Empereur, d'autant plus que fon
Gouvernement de Lahors le rendoit Maître d'une grande étenduë de Païs : cette Ville étant la
plus confiderable du Mogoliftan, après Agra & Dely : Ainfi
Badur efperant que le Roi de Sanga, n'auroit aucun fecours de ce
côté, crut avoir trouvé le tems
propre à fa vengeance, & fit marcher fes Troupes vers Mandao : il
avoit fait de grands Magafins fur
toutes fes Frontieres, & il avoit
trois cens pieces de Canon de tout
calibre : fon Armée, lorfqu'elle
fut affemblée, montoit à trois cens
mille Hommes d'Infanterie, cinquante mille de Cavalerie, &
cent trente Elephans armés &
chargés de leurs Tours : elle fe
mit en marche, & fut camper

dans les Plaines de Dorcere, où Badur, accompagné de Zaffer, la vint joindre, resolu de commencer par la Ville de Dorcere, qu'il fit investir, & qu'il assiegea dans les formes.

Le Roi de Mandao, justement allarmé de revoir encore dans ses Etats cet irreconciliable Ennemi, dépêcha des Courriers à tous ses Alliés, pour leur demander du secours. Le Roi de Sanga, qui malgré la Paix dont il joüissoit depuis quelque tems, s'attendoit toûjours à quelque irruption de la part de Badur avoit ses Troupes en bon état, & à la premiere nouvelle qu'il reçut du Roi de Mandao, il assembla sans peine une Armée de cent mille Hommes d'Infanterie, & de vingt-cinq mille de Cavalerie. Le Roi de Décan fit aussi marcher ses Troupes du côté de Sanga, pour joindre

Zamora ; & l'Empereur du Mogol , quoi qu'occupé par le rebelle Mirgahan , ne laiſſa pas de faire paſſer trente mille Chevaux,
que les Satrapes (Gouverneurs
des Places Voiſines du Royaume
de Sanga) eurent ordre de lui envoyer : toutes ces Troupes furent
aſſemblées ſous les murailles de
Citor.

Mais cet appareil Guerrier ,
dont la Reine de Sanga s'étoit
fait tant de fois un plaiſir con-
forme à ſon courage , ne lui cau-
ſa pour lors , que de la crainte &
de la terreur : cette belle & vaillante Princeſſe venoit de mettre
au jour le deuxiéme Prince qu'elle
donnoit au Royaume de Sanga,
qui faiſoit le quatriéme de ſes Enfans : cette Famille Royale étant
compoſée avec celui qui venoit
de naître de deux Fils & de deux
Filles. Ainſi ne pouvant ſuivre

Zamora dans cette Guerre, elle
en eût une douleur si vive, que
malgré toute sa fermeté, elle ne
put s'empêcher de la faire éclater.

Le Roi de Sanga l'aimoit avec
trop d'ardeur, pour ne la pas partager; mais la crainte que cela ne
parût d'un funeste presage à son
Armée, lui fit dissimuler la tristesse dont il se sentit lui-même
atteint; il employa tous les charmes de son eloquence naturelle
pour la consoler : Ne craignez
rien, lui dit-il, ma chere Crementine, vous me reverrez bien-tôt
Vainqueur d'un Rival qui m'est
d'autant plus odieux, que tous
ses efforts ne tendent qu'à nous
separer : Rappellez cette fermeté, dont vous rassurâtes ma tendresse, quand vous fûtes combattre les Perses : doutez-vous de
mon courage, ou de la valeur
d'une Armée qui n'est composée

que d'Hommes, toûjours prêts à
se sacrifier pour moi ? Ah ! Seigneur s'écria-t'elle , qui connoît
mieux que moi la valeur de Zamora , & l'amour de tous ses Sujets pour lui ? Non , je ne crains
rien de ce côté ; mais je crains un
Ennemi plein de ruse & de perfidie : lorsque je fus contre les
Perses , je ne courois que les ris-
ques de la Guerre ; je n'avois à
combattre que des Ennemis genereux , & dont le cœur n'étoit
animé , ni de haine ni de vengeance ; il n'en est pas de même de la
Guerre que vous allez faire : Badur est un Homme de Sang , qui
ne respire que trahison, que meurtre ; enfin, il me semble que si j'é-
tois avec vous, je romprois tous
ses desseins, je découvrirois tous
ses complots , & que je pourrois
seule vous en garentir. C'est ainsi que s'entretenoient ces deux

tendres Epoux , juſques au jour
marqué pour leur ſeparation : ce
triſte jour parut , jamais adieux
ne furent plus touchans. Le Roi
de Sanga , qui juſqu'à ce moment,
avoit conſervé ſon courage , en
fut abandonné en voyant le déſeſpoir de la Reine ; ils s'embraſ-
ſerent cent fois , & ſe dirent cent
fois adieu , ſans pouvoir ſe quitter ; il ſembloit qu'ils prévoyoient
qu'ils ne ſe reverroient jamais ; le
jeune Prince de Sanga , qui touchoit à ſa dixiéme année , & la
Princeſſe ſa Sœur , qui en avoit
près de neuf , étoient preſens à
cette ſeparation.

La Nature avoit raſſemblé en
eux toutes les beautés de la Mere & les charmes du Pere : leur eſprit qui devançoit leur âge , les
rendoient l'amour & l'admiration
de leur Cour : le Roi de Sanga
vit couler leurs larmes, cet objet

l'attendrit, il les prit dans ses bras,
& leur parlant comme à desPrin-
ces plus avancés en âge , il les
prioit de confoler la Reine , & de
lui faire couler le tems de fon
abfence dans la joye & dans les
plaifirs. D'un autre côté , Crementine le fupplioit de fe conferver pour ces chers gages de fon
amour : ce fpectacle étoit fi tendre, qu'il arracha des pleurs à tous
ceux qui y étoient ; enfin il falut
fe dire adieu , & fe quitter : ce fut
là l'inftant fatal , & le plus terrible pour ces deux illuftres Epoux,
& ces Ames intrepides dans les
combáts les plus perilleux , parurent ébranlées à cette feparation ;
cependant fe faifant un effort
genereux, ils s'embrafferent pour
la derniere fois, & Crementine
ayant fait approcher Geodal &
Crémen : Souvenez-vous , leur
dit-elle en contraignant fes lar-

mes, que le Roi me confia à vos
foins dans la Guerre du Mogol ;
je vous le confie lui-même aujourd'hui ; répondez-moi de sa
vie, comme vous lui répondîtes
de la mienne, & fongez qu'il me
tient lieu d'Empire, de Couronne, de Gloire & de Conquêtes, &
que fans lui, toutes ces chofes ne
me font rien ; les deux Generaux
Indiens fe profternerent à fes genoux, & lui jurerent de ne jamais
abandonner Zamora.

Après cette affurance, reprenant un peu de tranquillité, elle
conjura le Roi, de lui envoyer
exactement de fes nouvelles, ce
qu'il lui promit, & ne pouvant
plus refifter à l'effort qu'il fe faifoit pour cacher fa douleur, il la
quitta, & fuivi de tous fes Guerriers, il fut fe mettre à la tête de
fon Armée, qui commença à défiler du côté des Frontieres de

Mandao ; on avoit compté que la Ville de Dorcere, où il y avoit une forte Garnison, arrêteroit longtems Badur. Le Roi de Mandao y ayant mis pour Gouverneur, un Prince de son Sang, brave & experimenté ; mais le Roi de Cambaye, qui faisoit souvent agir la perfidie au défaut de la valeur, avoit trouvé, dès longtems, le moyen d'introduire dans la Place, des Hommes attachés à lui, qui sçurent si bien prendre leurs mesures, qu'ils massacrerent le Gouverneur, au moment que Badur en formoit le Siege : ce qui ayant mis le désordre parmi la Garnison & les Habitans , les Traîtres livrerent la Ville à Badur, qui s'en étant rendu Maître, y mit une forte Garnison, avec tout son gros bagage, & marcha droit aux bords du Rumis, qu'il passa sans obstacle, & arriva à la vûë

vûë de Mandao, avant que le Roi
de Sanga fût en état de secourir
cette Place. Le Roi de Mandao en
sortit après avoir donné ses ordres pour une vigoureuse défense, & fut au-devant de Zamora,
qu'il joignit sur les bords de la
Riviere de Décak.

Le Roi de Sanga le reçut avec
tous les honneurs dûs à la Majesté Royale ; il l'exhorta à s'armer de constance, lui promettant
de ne le point abandonner , &
de tout employer pour mettre
leur commun Ennemi une seconde fois en fuite ; ils firent ensuite une Revûë generale de l'Armée qui se trouva très-forte ; mais
sur le nombre de laquelle on
comptoit bien moins que sur sa
valeur : ces Troupes étant les mêmes qui avoient remporté tant de
Victoires sous le vaillant Zamora contre les Ennemis de ses Al-

liés, & contre Badur. Le Roi de
Cambaye informé des desseins &
des forces de l'Armée ennemie,
& n'ignorant pas le peril qu'il alloit courir, ne voulut point attendre le Roi de Sanga dans son
Camp, se souvenant encore de
quelle maniere il avoit été forcé
sur les bords du Rumis : ainsi il
marcha au-devant de Zamora.
Les deux Armées se trouverent en
presence à trois lieuës de Mandao, auprès d'une petite Ville
nommée Miruague, dont le Roi
de Sanga s'étoit emparé, y ayant
fait faire à la hâte, des Retranchemens qu'il munit d'une nombreuse Artillerie, soutenus d'un
bon Corps de Troupes, qu'il pouvoit rafraîchir de son aîle droite,
qui y étoit appuyée, & que Cremen commandoit ; la gauche, l'é-
toit par Geodal ; & Zamora étoit
au centre. Badur qui connut, mais

trop tard, l'importance du poſte
de l'Armée de Zamora, changea
la diſpoſition de la ſienne ; il donna le Commandement de ſa gauche à Zaffer, comptant beaucoup
ſur le courage de cet Européen
Renegat : le Satrape Alucan commandoit la droite, & il ſe tint au
centre pour donner ſes ordres, &
faire tête au Roi de Sanga : quoi
que l'Armée de Badur fût la plus
nombreuſe, celle de Zamora la
ſurpaſſoit de beaucoup en valeur,
ce qui la rendoit pour le moins
auſſi conſiderable.

L'Action commença par Zaffer,
qui attaqua vigoureuſement le
Poſte de Miruague, qui couvroit
l'aîle droite de l'Armée du Roi de
Sanga : Cremen qui la commandoit, jugeant bien que le guain
de la Bataille dépendoit de ſa con-
ſervation, la défendit avec tant
de valeur, que Zaffer fut repouſ-

fé par deux fois avec beaucoup de
perte : Badur voyant que fes attaques réüffiffoient fi mal , voulut
faire un effort au centre, afin de
divifer les deux aîles , croyant
qu'il lui feroit facile enfuite de les
accabler : pour cet effet, il commanda fes Elephans , efperant
que ces terribles Animaux rom-
proient les rangs de l'Ennemi, &
que fon Infanterie qui les foutenoit, pourroit y penetrer ; mais
le Roi de Sanga ayant prévu le
deffein de ce Monarque , avoit
fait mettre foixante pieces de Canon en plufieurs batteries , chargés de chaînes & de mitraille ; &
lorfque les Elephans furent avancés à leur demie portée, il ordonna de faire feu fur eux ; l'effet
en fut fi prodigieux, que ces Animaux bleffés ou eftropiés , tour-
nerent, felon leur coutume, toute
leur fureur contre ceux qui les

conduifoient , & mirent tout en
défordre : Zamora , en grand Capitaine , profita de l'occafion , ordonna auffi fes Elephans , qui
ayant pourfuivi ceux de Cambaye , les combattirent , & les
vainquirent : Alors les deux Armées s'étant mifes en mouvement de toutes parts , la Bataille
fut vive & fanglante , tant du côté de l'Infanterie , que de celui
de la Cavalerie , fans que la Victoire fe declarât abfolument pour
l'un ou pour l'autre pendant deux
jours & deux nuits.

Le vaillant Roi de Sanga fit
mille actions d'une valeur furprenante ; il ordonnoit & combattoit
à la fois ; il encourageoit les uns
par fa voix , & foutenoit les autres par l'effort de fon bras ; on
le voyoit voler de rang en rang ,
& fondre comme un foudre fur
ceux qui s'oppofoient à fon paffa-

ge : les siens animés par son exemple , n'épargnoient rien pour le
bien seconder ; & quoique Geodal
eût été mis en déroute par Alu-
cam , il rallia ses Troupes & re-
gagna son terrain. Le brave Cremen avoit toûjours l'avantage sur
Zaffer , & Zamora ayant trouvé
le moyen de penetrer jusqu'au
centre de l'Armée de Badur , il
y fit un ravage terrible : ce Heros
terrassoit , renversoit tout, & malheureux furent ceux qui se trouverent sous les coups de son bras
redoutable ; il chercha longtems
Badur des yeux , pour decider du
sort des deux Armées dans un
combat singulier ; mais quoique
le Roi de Cambaye ne manquât
pas de courage , il évitoit avec
soin de mesurer ses forces contre
celles de ce jeune Monarque.

Cependant Zamora s'avançoit
toûjours , & gagnoit du terrain ,

ſes Soldats cryoient Victoire de tous côtés, lorſqu'un Corps de reſerve que Badur avoit fait cacher derriere des hauteurs, s'avança ſi fort à propos, que le Roi de Sanga fut obligé de reculer : celui de Cambaye voyant que les choſes ſe rétabliſſoient, & jugeant que la ſuperiorité du nombre de ſes Troupes ne lui donneroit pas la Victoire, s'il ne parvenoit à forcer le Poſte de Miruague, choiſit au commencement du troiſiéme jour qu'avoit duré la Bataille, les plus braves d'entre ſes Naïres, & ceux qui étoient le plus en reputation ; ſe mit à leur tête, & fut lui-même attaquer Cremen : Zaffer ſe voyant ſoutenu par un Corps auſſi redoutable, aſſura Badur du guain de la Bataille ; mais l'intrepide Cremen prit des meſures ſi juſtes, que les Naïres furent défaits, & perirent preſ-

que tous, par l'obſtination de Badur,

Ce fut alors que déſeſperant
de la Victoire, ſes Ennemis ayant
l'avantage de tous côtés, & ſes
Troupes diminuant à vûë d'œil,
il ne ſongeoit plus qu'à la Retrai.
te, quand la Fortune lui preſenta une occaſion qui auroit dû lui
coûter & l'Empire & la vie ; &
qui par le caprice du ſort le ga-
rentit de la perte de l'un & de l'autre : le Roi de Sanga avoit fait des
efforts ſi prodigieux, qu'il avoit
enfoncé le centre de l'Armée ennemie, tout y étoit en confuſion,
& lui promettoit une entiere Victoire, lorſqu'il apperçut & reconnut Badur à la tête d'un gros de
Cavalerie, qui revenoit de l'attaque de Miruague, pour mettre ordre à la deroute de ſes Troupes
qu'il rallioit de ſon mieux.

Roi de Cambaye, lui cria-t'il,
ne

ne m'évite plus, & sans répandre
davantage le Sang des nôtres :
décidons nous seuls notre querel-
le. Badur ne pouvant plus refuser le combat, l'accepta sur le
champ ; & voyant que Zamora
défendoit aux siens d'aprocher, il
en fit autant de son côté : alors ces
deux fiers Rivaux s'attaquerent
avec une impetuosité, qui marquoit assez la haine qui les animoit, ils se porterent des coups
terribles, la terre trembloit sous
les pieds de leurs Chevaux ; mais
enfin Zamora ayant blessé Badur,
qui par la force du coup fut aba-
tu sous son cheval, alloit achever
de le vaincre, lorsque contre toutes sortes de Loix, & contre celles que les deux Rois s'étoient
prescrites, deux Renegats Portugais attachés à Badur, & qui portoient les seuls Mousquets qui fus-
sent dans les deux Armées, les ti-

rerent à la fois fur le Roi de Sanga, au moment qu'il alloit être delivré pour jamais de fon perfide
Ennemi, l'un lui fracaffa la jambe
dans le genouil, & l'autre tua
fon cheval fous lequel il tomba
fortement engagé.

Sa chute fit pouffer mille cris
de joye aux Cambayens, dans le
tems que ceux de Sanga en jetterent de rage & de douleur ; indignés de cette trahifon, ils s'avancerent avec fureur : ce fut alors
qu'il fe fit un combat terrible entre les deux partis, l'un pour s'emparer de Zamora, & l'autre pour
le venger & le fauver : Badur,
que les fiens avoient relevé, les
encourageoit par les promeffes des
plus grandes récompenfes, s'ils
pouvoient prendre fon Ennemi
en vie ; cependant ce brave &
malheureux Monarque s'étant de-
gagé de deffous fon cheval, com-

battit encore fur un genoüil tout
mortellement bleffé qu'il étoit,
avec un courage qui fit trembler
fes Ennemis ; il fe fit un rempart
de morts & de mourans, écartant
d'un bras toûjours ferme, ceux qui
étoient affez temeraires pour s'en
aprocher : ceux de Sanga firent
des efforts prodigieux, pour l'empêcher d'être pris ; mais enfin la
Cavalerie Ennemie étant parvenuë à écarter les Troupes qui environnoient ce Prince infortuné,
accablé par le nombre, & plus
encore de celui de fes bleffures,
il fut defarmé, pris & porté hors
du combat.

Le barbare Badur ne fe fiant
qu'à lui, de la garde de cet illuftre Prifonnier, le conduifit lui-
même dans fa Tente. Cependant
la funefte nouvelle de la prife du
Roi de Sanga s'étant repanduë
dans toute l'Armée, le défefpoir

s'en empara de telle forte , qu'il
fembla que d'un commun accord
ils fe refolvoient tous à mourir,
aucun d'eux ne voulant retour-
ner à Citor fans fon augufte Maître. Geodal qui jufques-là avoit
balancé la Victoire entre Alucant
& lui , ne combattit plus qu'en
homme furieux , & qui cherche à
perir : ce fut un carnage épouvan-
table de part & d'autre , où ce de-
folé Satrape perdit enfin la vie,
après avoir fait tout ce que la plus
haute valeur , accompagnée du
défefpoir, peut faire entreprendre
à un Sujet fidele ; & l'on peut dire
que la prife de Zamora coûta plus
d'Hommes à Badur , que la perte
entiere d'une Bataille.

Mais enflé d'orgüeil d'avoir un
tel Captif , il compta la vie de fes
Sujets , comme le moindre prix
dont il eût voulu payer un femblable bonheur ; ainfi fçachant

que le General Alucant étoit resté Maître du Champ de Bataille
de son côté, & qu'il n'y avoit plus
que Cremen qui tenoit toûjours
ferme, voulant prendre de nouvelles mesures pour l'attaquer, il
remit la chose au lendemain.

Mais ce brave General, quoi
qu'accablé d'une douleur mortelle, voulant sauver le reste de l'Armée, & craignant que le désespoir n'y jettât un désordre qu'il
ne pourroit reparer, prit le parti
de haranguer ses Troupes : mes
Amis, leur dit-il, braves Soldats,
il n'est pas ici question de chercher une mort qui deviendroit
inutile à votre Roi, donnez-lui
d'autres marques de votre zele ;
venez-vous mettre en état de le
venger, & songez que vous a-
vez une Reine & des Princes qui
vous sont chers, qui n'attendent
leur conservation, que de vo-

T iij

tre fecours & de votre valeur.

Ce peu de mots calma les efprits, & les ramena tous à l'o-
bïffance : Cremen profitant de
leur foumiffion, après avoir enlevé prefque tous les Canons, fit
défiler l'Armée à l'entrée de la
nuit du côté de la Riviere de Décak, & menagea les chofes avec
tant de prudence, qu'il la paffa
fans défordre & fans bruit, fur les
bords de laquelle il fe retran-
cha pour examiner la conduite de
l'Ennemi. Pendant ce tems, le
barbare Badur s'abandonnoit à la
joye; il avoit fait mettre Zamora
dans fa Tente, & ce Heros con-
fervant dans les bras de la mort
cette grandeur d'ame, qui l'a-
voit rendu l'admiration de tout
l'Orient, ne jettoit pas un regard
qui n'infpirât l'amour & la douleur; mais fon perfide Ennemi,
bien loin d'être fenfible aux gra-

ces qui n'abandonnerent jamais
ce Monarque , sembloit au contraire y puiser de nouvelles forces à sa haine.

Enfin , Zamora , lui dit-il, te
voilà mon Esclave , & tes Estats
vont être en ma puissance ainsi
que toi. Il est pourtant encore un
moyen pour les sauver, & recouvrer ta liberté , cede-moi Crementine , remets-la entre mes
mains, & je te rends & la vie &
l'Empire.

Barbare , lui repondit ce Prince mourant, tu ne dements point
ton lâche caractere ; je serois aussi
indigne de Crementine , que tu
l'as toûjours été, si j'étois capable
de la livrer à un monstre tel que
toi. Ma vie n'est point en ton pouvoir , je vais la perdre couvert de
gloire , après t'avoir vaincu & détruit ton Armée : si ta perfidie a
mis mon corps en ta puissance ,

T iiij

tu peux en faire ce que tu voudras, le Roi de Sanga n'en sera pas moins ferme & moins constant.

Le Roi de Cambaye fremit de rage à ce discours, & faisant éclater toute sa cruauté, il le menaça de lui faire souffrir les tourmens les plus affreux, & les plus remplis d'ignominie : en effet il le fit mettre à l'instant sur un vieux Elephant, qui le promena par tout son Camp, pour l'exposer aux injures du Soldat insolent; mais Badur n'eut qu'un plaisir imparfait : ses feuls favoris en prirent à ce spectacle, & le reste en eut horreur. Le magnanime Roi de Sanga regarda ce traitement avec un courage & une intrepidité qui étonna ses cruels Ennemis : Badur voyant sa constance, & que les douleurs de ses blessures ne suffisoient pas pour lui faire

souffrir une mort auſſi terrible
qu'il le falloit pour contenter ſon
inhumanité , il ſe fit apporter une
Couronne d'Erain , & la montrant à ce Heros, il lui dit que
lorſquelle auroit été purifiée dans
un Braſier qu'il avoit fait preparer exprès , il l'en couronneroit
Roi des Indes.

Va , lui dit Zamora en le regardant avec mépris, je ſuis preparé à toutes tes fureurs, & ſçai
de quoi ton ame eſt capable ; mais
ſçache , & j'oſe te le prédire ,
que je laiſſe une Heroïne, qui
pourſuivra toi , les tiens , & juſques au dernier de ta race ; que
ton Royaume ſera la proye de
mes déſcendans; que tu ſeras haï ,
deteſté de tes propres Sujets , qui
ne prononceront ton nom qu'a-
vec horreur ; que perſecuté du
Ciel & de la Terre , tu mourras
de la main du plus vil des Eſcla-

ves, tandis que je meurs aimé, cheri des miens, couvert de gloire, plaint même dans ton Armée, & jusques dans ta Cour.

Badur écouta ces paroles avec une fureur, qu'il ne put retenir plus longtems, & s'étant fait apporter la Couronne embrasée, il ordonna qu'on la mît sur la tête de ce malheureux Prince : ses douleurs furent excessives, cependant il ne prononça pas un seul mot qui temoignât la moindre foiblesse, & mourût une demi-heure après, sans que la fin de sa vie pût en mettre à la barbarie de son Ennemi, qui fit précieusement serrer son corps, projettant encore un dessein plus affreux, & tourna pour lors sa pensée à l'attaque du Poste de Mirvague ; mais il apprit avec un étonnement inconcevable, que Cremen l'avoit abandonné, & s'étoit retiré ; il envoya

sa Cavalerie pour le poursuivre,
qui lui ayant fait sçavoir que ce
General & ses Troupes avoient
passé le Décak, & qu'ils s'étoient
retranchés, il la fit rappeller,
permit à ses Soldats de dépoüiller
les morts, & de mettre tout le
Païs à feu & à Sang, ce qui fut
executé avec une barbarie sans
égale,

Après cela, pour achever ce
qu'il avoit projetté, il fit enfermer
tous les Prisonniers qu'il avoit fait,
qui étoient Sujets du Roi de Sanga, qu'il laissa deux jours sans
aucune nourriture : puis ayant
fait rôtir le corps de ce Prince, il
les força de le manger, sous peine de perdre la vie dans les tourmens. Plus de la moitié de ces malheureux aimerent mieux mourir,
que de se repaître d'un corps qui
leur étoit si précieux, & les autres
se poignarderent après en avoir
mangé.

Telle fut la fin d'un Prince en qui la Nature avoit mis ses plus rares Trésors, & qui pàr sa valeur, sa vertu, sa sagesse, son esprit & sa bonté, fut l'amour de ses Sujets, l'admiration de ses Alliés, & la terreur de ses Ennemis.

Cependant Badur n'étant pas encore assouvi de sang & de carnage, voulant poursuivre sa Conquête, conduisit son Armée devant la Ville de Mandao, dont il fit le Siege, resolu d'y mettre tout à feu & à sang. Le deplorable Monarque de cet Empire, après la prise de Zamora, s'étoit retiré dans la Forteresse de Kampton, où il mourut le lendemain de son arrivée, accablé de douleurs & d'années. Le Roi de Cambaye apprit cette nouvelle au moment qu'il formoit le Siege de Mandao.

Mais tandis que ce Prince bar-

bare s'applaudit de tant de cruautés, & que le fort femble le favorifer dans fes projets inhumains,
le General Cremen voyant que
les Ennemis ne faifoient aucun
mouvement pour l'empêcher de
fe retirer, fe mit en marche, &
reprit le chemin de Citor, dans
une agitation d'efprit inconcevable, ne fçachant comment il abor-
deroit la Reine de Sanga avec de
fi funeftes nouvelles. Quelques
Prifonniers mal gardés, & qui a-
voient trouvé le moyen de le rejoindre, luî apprirent la fin déplorable de Zamora : ce genereux In-
dien fut faifi de douleur & d'horreur à ce trifte recit ; il prit un
foin extrême que cette mort ne
fut pas fçûë dans les Troupes
qu'il ramenoit, dans la crainte
qu'elle n'y caufât quelque re-
volution, & qu'elle ne parvînt
à la connoiffance de Cremen-

tine avant fon arrivée.

Cette illuftre Princeffe avoit
été exactement inftruite de tout
ce qui s'étoit paffé dans les deux
premiers jours de la Bataille, par
les Courriers que lui avoit dépê-
ché le Roi fon Epoux : cette attention, jointe à ce qu'elle apprenoit
des grandes actions de ce Monarque, avoient un peu diffipé fes in-
quiétudes, & dans l'état où on lui
avoit dépeint les chofes, elle ne
doutoit point qu'elle ne le revît
bien-tôt triomphant : elle s'entretenoit fans ceffe de cette douce
efperance, avec les Princeffes Alazinde & Zoradine, en qui elle a-
voit mis toute fa confiance ; mais
le troifiéme jour de la Bataille, &
dans ceux qui le fuivirent, ne
voyant arriver perfonne de la
part de Zamora, aucun n'ayant
voulu fe détacher de l'Armée,
pour lui porter ce coup terri-

ble , elle reprit ses premieres
frayeurs.

Unie à ce Heros par des liens
que la conformité des beautés de
leurs ames , avoit autant formés
que le pouvoir de l'Amour, il étoit
impossible qu'elle n'eût pas des
pressentimens de son malheur ;
elle fit retentir son Palais des
plaintes les plus douloureuses , &
frappée de l'idée funeste , qu'elle
avoit perdu pour jamais ce quelle adoroit, elle s'imaginoit le voir
à chaque instant, lui demander
vengeance, mais sur tout la nuit
du jour que Cremen arriva dans
la Ville ; il lui sembla que son E-
poux se presentoit à elle , déchi-
ré, meurtri, ensanglanté, qui la
conjuroit de vivre pour punir le
perfide Badur de ses cruautés.

Cette vision fit une impression
si vive sur son esprit , qu'elle se
leva, appella ses Femmes, fit ve-

nir les Princeffes , commandant
que chacun s'éveillât ; toute fa
Cour fe rangea près d'elle avec
une promptitude qui lui fit bien
connoître à quel point elle en é-
toit aimée.

C'en eft fait, leur dit-elle, en
leur montrant un vifage ou le défefpoir étoit peint ; vous n'avez
plus de Maître , vous n'avez plus
de Roi : Zamora, ce Heros , ce
Prince aimable , vient d'être la
victime de fon Barbare Ennemi;
un torrent de larmes fuivit fes
paroles, en vain l'on s'empreffoit
à la raffurer en lui faifant connoître que fa crainte & fon a-
mour lui fuggeroient des idées
qui n'avoient aucune realité; elle
paffa le refte de la nuit dans une
agitation continuelle , tantôt
voulant envoyer à l'Armée , tantôt y voulant aller elle - même ,
fans qu'on pût parvenir à la tran-
quilifer

quillifer un feul moment : enfin
le jour parut, & l'arrivée de Cremen dans la Ville y ayant jetté
l'allarme & la confternation, les
cris redoublés du Peuple ayant
penetré jufqu'au Palais, la Reine
ne douta plus de fon malheur.

Elle envoya promptement ordre à ce General de la venir trouver ; il obéït, mais il l'aborda a-
vec une contenance fi trifte, que
fa douleur n'ayant plus de bornes, elle tomba évanouïe avant
qu'il eût feulement ouvert la bouche ; on la fit revenir avec une
peine extrême, mais y étant par-
venu, le premier objet qui frappa fes regards, fut Cremen à fes
pieds qu'il baignoit de fes larmes :
Hé quoi, Cremen, lui dit cette de-
folée Princeffe, vous rentrez dans
Citor fans mon cher Zamora ?
ne vous l'avois je pas confié ? De-
viez-vous furvivre à fa perte,

pouvez-vous vous montrer à mes
yeux ? d'où vient que ce reste malheureux de l'Armée n'a pas peri
pour sauver ou suivre son Roi ?
qu'en avez-vous fait, parlez, ne
menagez plus rien, je veux tout
sçavoir, le venger & mourir ? Crementine prononça ces paroles a-
vec une impetuosité si grande,
que Cremen ne put trouver le
tems de se justifier ; mais enfin,
voyant qu'elle se faisoit un effort
pour l'écouter, il lui raconta
tout ce qui s'étoit passé, & ce qu'il
avoit appris de la mort du Roi,
& quoiqu'il employât tous ses
soins pour adoucir cette horrible
avanture, il ne put y parvenir
assez bien pour empêcher les mouvemens de désespoir qui saisirent
la Reine : cette Princesse qui lui
avoit prêté une attention extrême en le regardant toûjours fixement, entendit à peine la dernie-

re syllabe de son recit, qu'elle se jetta sur un Poignard qu'il portoit à sa ceinture & voulut s'en percer le cœur.

Cremen arrêta son bras, ses Femmes se jetterent sur elle, & chacun s'empressa de la garantir de sa propre fureur ; mais malgré les discours les plus sensés & les raisons les plus sages dont on employoit le secours pour la dissuader du dessein qu'elle avoit de mourir, on n'auroit jamais pû l'en détourner, si Alazinde & Zoradine n'eussent imaginé de faire paroître les Princes ses Enfans; on venoit d'instruire l'aîné de la perte qu'il avoit faite & du désespoir de la Reine sa Mere ; ce jeune Prince, qui dans cet âge tendre, faisoit déja voir un courage heroïque, cacha ses larmes, & courant à Crementine en prenant ses mains, qu'il baisoit avec

V ij

ardeur. Hé quoi ! Reine, lui dit-
il, vous voulez mourir sans m'a-
voir appris comment il faut venger le Roi mon Pere : mon bras
trop foible encore, n'a-t'il pas besoin du vôtre pour soutenir &
conduire ses coups.

Tandis qu'il prononçoit ces
mots avec des graces & une vivacité charmante, la Princesse sa
Sœur qui étoit comme lui un pro-
dige de beauté, embrassoit les genoux de la Reine, & la conjuroit
de vivre pour la garantir de l'horreur d'être un jour l'esclave de
Badur. Ce touchant spectacle faisoit fendre les cœurs, celui de la
Reine en fut ému. Après avoir
gardé quelque tems le silence,
en jettant sur ses Enfans des regards où regnoient à la fois l'a-
mour, la douleur & le désespoir.
Zamora s'écria - t'elle, tu n'es
point mort, tu revis dans ces ai-

mables fruits de l'ardeur de nos
flammes; c'eft ta voix qui m'or-
donne par eux de fuivre les Loix
d'un devoir qui m'eft facré : Oüi,
grand Roi continua-t'elle, Heros
que j'adorerai jufques à mon dernier foupir , je vivrai puifque tu
le veux ; mais je jure ajoûta-t'elle,
en pofant fes mains fur la tête du
Prince & de la Princeffe , par la
vie de ces Enfans que tu viens
d'oppofer à mon défefpoir , de ne
point défarmer mon bras que je
n'aye percé de mille coups mortels ton odieux Ennemi , que je
n'aye faccagé fon Empire , mis fes
Villes en cendres , maffacré fes
Sujets, & que je n'aye armé toute la Terre pour ma jufte vengeance.

Ce ferment parut l'affermir
dans la réfolution de vivre, &
cette Princeffe, toûjours grande
& toûjours magnanime, fecha fes

pleurs, trouvant indigne à la veuve
de Zamora de répandre des larmes, dans une occasion qui demandoit des ruisseaux de sang ,
& s'étant fait porter dans une ga-
lerie superbe qui donnoit sur une
grande Place au devant du Palais,
où le Peuple étoit accouru en foule, demandant à la voir , elle y
parut avec le Prince son Fils; Peuples, leur cria-t'elle, ne contraignez ni vos pleurs, ni vos gemis-
semens, donnez à la perte de votre illustre Roi , tous les regrets
qu'exigent de votre zéle , ses vertus & l'amour qu'il avoit pour
vous, mais respectez sa memoire
dans le Prince son Fils , aidez-lui
à venger sa mort ; pour moi j'at-
teste ici l'ame de ce grand Homme que je ne lui survi que pour
faire perir celui qui vient de nous
en priver pour jamais, & que je
ne prendrai aucun repos que je

n'y foye parvenuë. A ces mots,
toute la multitude s'écria à la fois,
que fon Peuple la fupplioit de vivre pour regner , pour gouver-
ner, & le garentir par fa valeur
& fa prudence de l'oppreffion de
ce perfide Ennemi ; qu'ils lui o-
béïroient tous avec joye, & qu'ils
raffembloient pour elle dans leurs
cœurs, le zele, le refpect, & la
foumiffion qu'ils avoient partagés
jufques à ce jour , entre elle &
leur Augufte Roi : de fi fenfibles
marques de l'amour de fes Sujets,
la toucherent vivement. Elle ordonna enfuite l'affemblée d'un
grand Confeil, où furent appellés
les Satrapes du Royaume & les
Gouverneurs des Provinces ; elle
y fut declarée autentiquement
Tutrice de fes Enfans, en lui dé-
cernant l'Autorité fuprême ; les
Grands, les Magiftrats, les Chefs
de l'Armée, les Soldats, & ge-

neralement tous les Ordres de
l'Empire, lui prêterent le serment
de fidelité.

Ces ceremonies ne purent se
faire sans donner de nouvelles
forces à sa douleur, mais elle se
contraignit si bien, qu'elle ne fit
jamais voir aucune marque de
foiblesse, & qu'on ne s'apperce-
voit de ce qui se passoit dans son
ame, que par la profonde mélan-
colie qui étoit peinte dans ses
yeux, & qui ne la quitta qu'au
dernier moment de sa vie : elle
écrivit à tous les Potentats de
l'Orient, soit alliés ou non alliés,
les cruautés du Roi de Cambaye ;
les engageant tous par leur propres interêts a venger Zamora,
soit en lui envoyant du secours
contre son Ennemi, soit en rompant leurs Traités avec ce Prince,
ou soit en restant neutre dans cette grande affaire ; la plûpart de
ces

ces Lettres eurent l'effet dont elle
s'étoit flatée ; les uns rompirent
avec Badur, les autres promirent
à cette Reine de joindre leurs
forces aux siennes lorsqu'il en
seroit temps, & tous lui envoyerent des Ambassadeurs pour la
complimenter, & l'assurer de la
part qu'ils prenoient à la mort du
Roi de Sanga.

L'Empereur du Mogol & Tachmas Roi de Perse, furent les plus
empressés à lui témoigner combien ils étoient sensibles à la perte qu'elle venoit de faire, & l'horreur que leur inspiroit le procé-
dé du Roi de Cambaye ; mais
tandis qu'elle recevoit ces preuves éclatantes de l'estime de tant
de Princes, Badur étoit devant
la Ville de Mandao, qu'il pressa si
vivement, que malgré une resistance de trois mois, il l'emporta
d'assaut, & la donna au pillage :

Tom. 1.   X

tout y fut exterminé ; les lieux
les plus sacrés furent violés &
profanés par cet indigne Monarque, qui mêla dans cette occasion l'impieté à la barbarie ; il
fit poursuivre jusqu'aux Parens
du Roi de Mandao, & ceux que
l'on put prendre, furent massacrés en sa presence : après quoi,
les restes de ce malheureux Empire subirent le joug ; rien ne lui
resista, & plus animé que jamais
à la conquête du Royaume de
Sanga, il mit ses Troupes en quartier d'hiver & se retira à Madaban, où il avoit transporté le Siége de son Empire, au préjudice
de la Ville de Cambaye qui en
avoit toûjours été la Capitale.

Ce fut là qu'il travailla à faire
de nouvelles levées, & à mettre
sur pied la plus grande Armée
qu'on eut vû dans ces Contrées ;
ayant employé l'espace de deux

années pour la rendre formidable,
malgré les occupations continuelles que lui donnoient les Portugais; mais comme il prévoyoit
qu'il lui seroit impossible de réüs-
sir pleinement dans ses projets,
si l'Empereur du Mogol n'étoit
arrêté de façon à ne pouvoir donner aucun secours à la Reine de
Sanga , il envoya de nouveaux
Ambassadeurs au Rebelle Mirgahan , pour lui faire part de sa
Victoire, de la mort de Zamora
& de la Conquête du Royaume
de Mandao ; il chargea en même
temps ces Ambassadeurs de sommes considerables, pour lui donner, avec ordre de l'assurer qu'aussi-tôt après la prise de Citor , il
entreroit dans les Estats de Miramud , où il esperoit le joindre
& le faire couronner Empereur
de tout le Mogolistan.

Ces secours & ces promesses

enflerent si fort le cœur de Mirgahan, qui étoit un jeune Prince
brave, d'une conduite admirable,
mais d'une ambition démesurée,
qu'avec une diligence infinie, il
fit lever des Troupes & se mit en
état de pousser ses Conquêtes ;
ayant toûjours eu quelque avantage sur l'Armée de Miramud; &
pour engager les Mogoliens à lui
être favorables, il eut la politique de faire publier un manifeste
où il expliquoit ses droits à l'Empire, & où il promettoit de dé-
charger les Peuples de tous les
Tributs que la tyrannie des Em-
pereurs leurs avoit imposés.

Cette illusion, tant de fois mise
en pratique par les Usurpateurs,
fit un effet si surprenant sur les
esprits legers de cet Empire, qu'il
lui vint des hommes de toutes
parts;ce qui lui composa une Armée presque aussi puissante que

celle du Mogol ; d'un autre côté
la Reine de Sanga n'étoit pas oi-
five ; l'efpoir de la vengeance é-
tant fa feule confolation, elle ne
rêvoit qu'aux moyens de fe l'affurer ; mais n'étant pas affez forte
pour aller attaquer Badur , ni
même en pouvoir de lui refifter,
s'il entroit une fois dans fes Eftats,
à moins qu'elle n'eût le fecours
de Miramud, qui étoit l'unique
Prince de l'Orient, qui pût mettre fur pied des forces capables
d'être oppofées à celles du Roi de
Cambaye , & jugeant bien que
tant qu'il feroit occupé par le Rebelle Mirgahan , elle n'en pourroit tirer aucune affiftance, ni fra-
per quelque grand coup contre
fon Ennemi , elle prit un parti
digne de fon courage, voyant que
Badur étoit hors d'état de rien
entreprendre contre elle , étant
encore arrêté par les Portugais

qui le tenoient toûjours en haleine.

Elle fe refolut d'aller joindre
en Perfonne l'Armée de Miramud, avec une partie de fes Troupes, & fe trouvant affermie dans
ce deffein par le fage Cremen,
qui prévoyoit tous les malheurs
qui menaçoient le Royaume de
Sanga, fi la Reine n'avoit de puif-
fans fecours ; ainfi elle confia
l'Empire & les Princes fes Enfans
au Satrape Zibin qui avoit été
Gouverneur de Zamora, & dont
la prudence, la fageffe, & la fidelité lui étoient connuës, lui laiffant un Confeil compofé des
meilleures têtes du Royaume ; &
après avoir vifité fes Frontieres,
mis par tout de bonnes Garnifons, bien muni fes places, &
nommé des Gouverneurs habiles & braves ; elle partit accompagnée de Cremen, à la tête de

vingt mille hommes, tant Cavalerie qu'Infanterie, fans compter
fon Efcadron d'Amazones qui ne
l'abandonnoit plus, & entra dans
les Terres du Mogol qu'elle avoit
fait avertir de fa marche.

Miramud, qui dans la fituation
où il fçavoit cette Princeffe, n'a-
voit ofé lui demander fon fecours,
fut fi tranfporté de joye à cette
nouvelle, qu'il s'écria en prefence de tous les Generaux de fon
Armée, qu'il ne craignoit plus le
rebelle Mirgahan, puifque l'Heroïne de l'Orient venoit le fecourir, & que dans peu il rendroit la
Paix à fes Peuples : ce Monarque
étoit campé fous la Forterefle de
Nupan, où la Reine le vint joindre malgré les embûches & les
obftacles que Mirgahan lui oppofa, & qu'elle trouva moyen de
furmonter ; à fon approche, Miramud envoya au devant d'elle

Siabor Prince de son Sang, avec
un corps de Cavalerie ; ce Prince la complimenta de la part de
l'Empereur , & s'étant mise en
marche , elle arriva le lendemain
à la vuë du Camp ; Miramud en
sortit aussi-tôt avec toute sa Cour
pour l'aller recevoir.

Mais quelle fut sa surprise, de
ne plus retrouver cette Crementine, qui faisoit autrefois briller
sur son beau visage, la satisfaction
dont son cœur jouïssoit ; ce n'étoit
plus cette Guerriere qui, par des
regards remplis de douceur & de
bonté, adoucissoit son air Martial;
la fierté, la tristesse, & la douleur avoient pris leur place ; ces
yeux qui s'expliquoient jadis si
tendrement , sembloient alors
ne demander que sang & que vengeance ; & quoiqu'en cet état ,
elle fût encore ce que le Ciel eût
formé de plus beau , elle étoit si

differente d'elle-même, que l'Empereur du Mogol ne put s'empêcher de soupirer en voyant ce changement.

Seigneur, lui dit - elle en l'abordant, Zamora n'eſt plus ; il eſt mort, par la trahiſon de Badur ; je ne vous exagererai point la perte que je fais, vous ne l'ignorez pas ; il étoit votre allié, & je me flatte que vous maccorderez les ſecours que je viens vous demander pour le venger d'un Ennemi cruel, qui ne ſe propoſe pas moins, que d'exterminer ſa Famille & ſon Royaume ; vous êtes d'autant plus engagé à me ſecourir, que ſi le Barbare réüſſiſſoit dans ce deſſein, votre Empire ſeroit expoſé à des Guerres continuelles avec lui, & s'il n'étoit occupé à défendre ſes Places maritimes contre des Guerriers venus de l'Occident, qui lui ravagent toutes fes Côtes, il feroit déja dans le Royaume de Sanga : jai voulu vous amener moi-même ce fecours, afin de vous expofer la trifte fituation où fe trouvent les Enfans d'un Prince qui merite par fa vertu, fa valeur, & la foi qu'il vous a gardée dans fes Traités, de trouver en vous le défenfeur de fa Famille & de fes Eftats.

Reine, lui répondit l'Empereur, je n'ai pas befoin d'être excité par mes interêts particuliers à prendre votre défenfe; j'eftimois le Roi de Sanga, je l'aimois comme un Monarque dont l'alliance étoit glorieufe à mon Empire ; ces motifs font fuffifans pour m'engager à le venger; aidez-moi à détruire le rebelle Mirgahan, & je jure de tout employer pour perdre votre Barbare Ennemi, & de ne mettre les armes bas qu'après l'avoir exterminé.

Cette genereuſe promeſſe ſa-
tisfit Crementine, & lui fit ſentir
le ſeul rayon de joye qu'elle eût
euë depuis la mort de Zamora ;
ils entrerent dans le Camp où
l'Armée étoit rangée en Bataille.
Miramud rendit à la Reine les
honneurs les plus éclatans, & la
conduiſit ſous les Pavillons qui
lui étoient deſtinés, où il la laiſſa
avec les Princeſſes, dans la liberté
de prendre quelques heures de
repos : le lendemain de ſon arrivée, elle fit le tours du Camp,
qu'elle viſita avec une exactitude
qui faiſoit connoître l'étenduë de
ſon genie & ſon habileté dans
l'Art de la Guerre ; après quoi,
du conſentement de Miramud,
elle écrivit à Mirgahan, pour le
porter à la Paix & l'exhorter à
rentrer dans ſon devoir, lui faiſant eſperer des avantages réels,
lui offrant ſa mediation auprès

de l'Empereur , & une entiere
fûreté pour lui & pour les fiens,
fe propofant elle-même pour être
garente du Traité qui feroit conclu. Cette Lettre fut portée par
un Herault, que Mirgahan reçut
avec confideration , & fur le
champ il écrivit à la Reine en ces
termes :

MIRGAHAN, legitime Em-

pereur du Mogoliftan.

A LA REINE DE SANGA:

*M*Es droits inconteftables à
l'Empire de mes Peres, joints
aux avantages que j'ai déjà rem-
portés fur mon Ennemi , m'affurent
de la protection du Dieu des Ba-

tailles, & mon bras me répond du succès.

MIRGAHAN.

Cette odacieuse réponse, fit bien connoître à l'Empereur & à la Reine, qu'il falloit que les Armes décidassent de cette grande affaire ; ainsi sans perdre de tems, ils firent marcher l'Armée vers celle des Rel elles, qui furent extrêmement surpris de la voir si belle & si nombreuse, eux à qui l'on avoit assuré que Miramud par la foiblesse de ses Troupes, n'osoit s'écarter de la Forteresse de Nupan : Crementine fut elle-même reconnoître l'Ennemi, pour en sçavoir le fort & le foible, & revint en faire son rapport à Miramud, qui sur le champ assembla le Conseil pour resoudre du parti que l'on devoit prendre.

La Reine de Sanga voyant que l'on étoit incertain fi on attaque-roit l'Ennemi ou fi on l'attendroit, & qui ayant le coup d'œil excel-lent, avoit fi bien remarqué la fituation du Camp de Mirgahan, fes défauts & le trouble que l'Ar-mée Imperiale y avoit caufé, fut d'avis que fans temporifer, il falloit profiter de l'étonnement des Rebelles, & les attaquer la même nuit, avant que Mirgahan eût le temps de fe reconnoître ; elle joignit de fi bonnes raifons pour appuyer fon fentiment, & perfuada fi bien le Confeil, que l'attaque du Camp Ennemi y fut réfoluë.

L'Armée de Miramud, étoit de près de deux cens mille hom-mes, tant de Cavalerie que d'In-fanterie & nombre d'Elephans; mais ce qui en faifoit la principale force, étoit le fecours que la Rei-

ne de Sanga avoit amené, compofé de Troupes aguerries : l'Armée
des Rebelles étoit à peu près auffi
forte en Infanterie , mais infe-
rieure en Cavalerie , peu d'Artillerie & quelques Elephans.

Au fortir du Confeil, on fit approcher l'Armée Imperiale du
côté de celle des Rebelles, faifant mine d'y vouloir former un
Camp, & pour rendre la chofe
plus vrai-femblable , les Travail-
leurs furent mis en œuvre pour
en tracer les lignes ; cette approche fit naître de nouveaux trou-
bles parmi les Rebelles ; la Reine
pour les amufer , fit courir le
bruit que l'Empereur avoit deffein de leur couper les vivres, &
de les forcer par la faim à un ac-
commodement : Mirgahan qui y
fut trompé, fe contenta de changer & de redoubler fes Gardes ;
il envoya à la découverte plu-

sieurs Troupes de Cavalerie, qui furent rencontrées & battuës par celles de Miramud ; ces legers avantages rapportés au Camp Ennemi, ne faisoient qu'en augmenter la confusion. Cependant, l'Empereur & la Reine ayant pris leurs mesures, firent marcher l'Armée deux heures avant le jour droit au Camp des Rebelles. Crementine à la tête des siens, attaqua la premiere un Village appellé Dékir qui étoit hors des lignes, où il y avoit des Troupes qu'elle défit ; & du même pas elle fut aux lignes, les força & penetra dans le Camp ; le bruit, le tumulte & la crainte des Soldats moitié endormis, jetterent un désordre si grand, qu'il fut impossible à Mirgahan, tout brave qu'il étoit, de ranger ses Troupes en Bataille pour faire tête à la Reine, qui, comme un

Tor-

Torrent, ravageoit & rempliſſoit
le Camp de ſang & de carnage.
Miramudqu'elle envoïa promptement inſtruire de ce ſuccès, ayant
attaqué & forcé le Camp de ſon
côté, y fit penetrer ſon Armée :
tout fléchit, rien ne reſiſta, & la
Victoire alloit ſe déclarer, lorſqu'au point du jour, Mirgahan
ayant remarqué que la plus grande partie des Soldats de l'Empereur, s'étoient débandés pour
courir au pillage, profita de l'occaſion, & raſſemblant le plus de
Troupes qu'il put trouver ſous ſa
main ; il fondit ſur les Pillards, &
les mena d'une maniere ſi vive,
qu'il eſperoit rétablir le combat,
quand Miramud voyant ce malheur, & la peine qu'il avoit à rallier les ſiens, épouvantés des faits
d'Armes qu'ils voyoient faire à
l'Ennemi, envoya avertir la Reine
du peril qu'il couroit ; cette Prin-

cesse à qui tout avoit cedé, replia
le corps de Troupes qu'elle commandoit, renverfant tout ce qui
s'oppofoit à fon paffage, courut
au fecours de l'Empereur, & le
joignit au moment que Mirgahan qui avoit rallié la plus grande partie des fiens, le preffoit vivement.

La prefence de cette redoutable Guerriere, fit bien-tôt changer les chofes de face, & les Rebelles fentirent la difference qu'il
y avoit de combattre des Troupes
difciplinées par cette Princeffe;
ils ne purent refifter à fes efforts,
ils furent battus, rompus & mis
en fuite; le carnage redoubla
encore en les pourfuivant, on y
fit un nombre infini de Prifonniers. Miramud donna le Camp
au pillage à fes Soldats, & Mirgahan fut contraint de fe retirer à
Lahors, qui n'étoit qu'à deux

lieuës du Champ de Bataille : jamais Victoire ne fut plus complette, on l'appella la Bataille de Dékir, du nom du Village que la Reine avoit forcé à la tête du Camp.

On fit conduire devant Miramud, fix Satrapes qui avoient pris le parti de Mirgahan : l'Empereur en les voyant, fut fi tranfporté de colere, qu'après leur avoir reproché leur infidelité, il voulut les envoyer au fuplice ; mais Crementine auffi prudente que vaillante, & qui vouloit gagner les cœurs des Mogoliens, pour les intereffer à la vengeance qui l'occupoit, arrêta la fureur de Miramud, en lui reprefentant que ces Satrapes étant l'ame du Confeil de Mirgahan, leurs vies lui étoient neceffaires, pour découvrir par eux, quels étoient leurs complices, dont la connoiffance pouvoit feule lui donner les moyens de couper les racines de la rebellion.

L'Empereur revenu des premiers mouvemens de fon indignation , admira la fageſſe de la Reine, la remercia d'un confeil ſi fenſé , & lui livrant ſes Priſonniers , la laiſſa Maîtreſſe abſoluë de leur fort : cette Princeſſe voulut les interroger elle-même, & elle ſçut ſi à propos les intimider, & leur donner de l'eſperance , ſe portant caution de leur vie & de leurs biens , que conduiſant cette grande affaire avec un art ſurprenant , ils lui découvrirent tous les projets du Rebelle , & les noms de ceux qui l'avoient aidé de leurs confeils & de leurs biens, parmi leſquels il ſe trouva que les principaux Satrapes de la Cour, des Villes , & même des Provinces entieres , entroient dans le

complot de Mirgahan : elle fçut
auffi les fommes immenfes que
Badur lui avoit envoyé, & la pro-
meffe qu'il lui avoit faite de les
fecourir en Perfonne , auffi-tôt
qu'il auroit pris la Ville de Citor.

Cette découverte fit encore
plus fentir à Crementine la con-
fequence qu'il y avoit pour elle,
d'engager l'Empereur à la clemence : ainfi elle leur tint parole en
obtenant leur grace, & en les faifant rétablir dans leurs Emplois,
en prêtant un nouveau ferment
de fidelité , que veritablement ils
ne violerent jamais : le lendemain
de la Bataille , la Cavalerie qu'on
avoit envoyée à la pourfuite des
Rebelles, rentra dans le Camp,
en conduifant par Troupes les
malheureux qui étoient échapés
aux Armes des Vainqueurs; il
s'en trouva quatre-vingt mille que
Miramud fit mettre hors du Camp,

dans le deffein de les faire tous
mourir ; mais la Reine de Sanga
leur fauva encore la vie, en remontrant à ce Monarque , que
ces Rebelles étant fes propres Sujets , la perte de tant d'Hommes
affoibliroit fes forces , fans que
leur mort pût faire rien perdre
à Mirgahan ; qu'il étoit vrai qu'il
falloit des exemples ; mais que le
tems n'étoit pas favorable à ceux
qu'il vouloit faire : Miramud fe
rendit à fes raifons d'autant plus
que la politique de l'Eftat s'y trouvoit pleinement fatisfaite.

Ces coupables Guerriers, inftruits que leur grace partoit des
avis de la Reine de Sanga, firent
retentir fon nom par mille cris de
joye & de reconnoiffance , promettant d'être à jamais fidéles à
leur Empereur, & le fuppliant de
leur donner occafion de facrifier
leur vie pour fon fervice , & pour

celui de celle qui venoit de la leur
conferver ; on permit aussi par les
conseils de Crementine, à tous
ceux qui voulurent s'engager ,
d'entrer dans le corps des Troupes
qui avoient le plus souffert à la Bataille : en sorte que l'Armée Imperiale se trouva rétablie, & en
état d'exterminer les Rebelles :
elle se mit en marche, & fut camper le même jour à la vûë de
Lahors, dans le dessein d'en faire le Siege.

L'Empereur tint un grand Conseil, où la Reine de Sanga voyant
que la plûpart des voix se réü-
nissoient à vouloir que l'on mît
tout à Feu & à Sang dans cette
grande Ville , prit la parole, &
s'adressant à l'Empereur : Seigneur, lui dit-elle, votre Conseil,
composé de Sujets fideles , incapa-
bles d'aucune trahison , & justement indignés de celle des Re-

belles , n'écoutent à prefent que l'ardeur du zele dont ils font animés; aveuglés par l'horreur que leur donne la Rebellion , ils ne prevoyent pas dans quel enchaînement de cruautés vous conduiroient tant de ruiffeaux de fang; mais je me flatte qu'ils reviendront de cet emportement , lorfqu'ils auront entendu mon avis.

Vous venez d'éprouver , continua-t'elle , combien la clemence employée à propos , eft fouvent plus avantageufe que la force des Armes : vous avez une occafion ici d'exercer cette vertu , avec encore plus d'utilité : cette grande & puiffante Ville a été le berceau de la Rebellion , tous les Habitans font coupables ; mais ils ont été entraînés par les Chefs, & cette fatalité prefque inévitable, où l'efpoir d'une liberté imaginaire, fait tomber la plûpart des Hommes

mes, les a fouftraits à votre obéïffance ; il n'y en a pas un feul ,
qui ne craigne votre Juftice , &
qui ne s'attende aux effets de votre reffentiment ; trompez donc
leur attente , Seigneur , faites-
leur grace , donnez une amnif-
tie generale à tous ces Criminels,
n'en exceptez que Mirgahan , &
mettez fa tête à un prix fi haut,
que cet audacieux redoute tous
ceux qui l'aprocheront.

Par là, vous detruirez l'idée que
ce Rebelle a donné dans fon ma-
nifefte , de vos Predeceffeurs & de
vous, en les traitant de Tyrans, &
vous regagnerez les cœurs de tous
vos Sujets ; au lieu que fi vous en
ufez autrement , vous pourrez les
porter à des extremités qui réjail-
liront fur vous ou fur votre Empire : Hé ! que ne peut pas le défefpoir, ajouta-t'elle en foupirant, fur
des ames outragées à l'excès ?

Cette réflexion , que cette vaillante Reine s'étoit appliquée , &
qu'elle ne put faire sans montrer
une partie de la douleur qui ne
l'abandonnoit jamais , toucha vivement le Conseil & l'Empereur:
tous deux approuverent son avis,
qui fut executé à l'instant : l'am-
nistie fut publiée dans le Camp,
aux Portes de Lahors , dans toutes les Villes & Bourgs circonvoi-
sins , & dans la suite par tout le
Royaume , n'accusant que Mirgahan de Rebellion , ordonnant à
tous les Mogoliens de courre dessus , promettant à celui qui l'ame-
neroit mort ou vif , aux pieds du
Trône de l'Empereur , la dignité
de Satrape , & la confiscation des
biens de ce Prince rebelle.

Ce que Crementine avoit prévû , ne manqua pas d'arriver :
cette nouvelle s'étant repanduë
dans Lahors , tout y changea de

face ; le defefpoir & la crainte firent place à des mouvemens plus doux ; on n'y entendit plus parler que de la bonté de Miamud, & tel, qui l'inftant d'auparavant, cherchoit les moyens de le facrifier à Mirgahan, pour ne pas tomber entre les mains de l'Empereur juftement irrité, ne fongeoit alors qu'à lui ouvrir les Portes de la Ville.

Mirgahan, qui jufqu'à ce moment, avoit tenu ferme, informé de la récompenfe exceffive qu'on promettoit à quiconque le livreroit à Miramud, n'eut plus d'autres penfées que celle de s'échaper ; ce qu'il fit dès la nuit fuivante, bien deguifé, & fort peu accompagné, pour s'aller cacher dans des Deferts inacceffibles : fa fuite qui ne fut reconnuë que le lendemain, ayant mis les Habitans dans la liberté de fuivre

Z ij

leur repentir , les principaux Magiftrats furent fe profterner aux
pieds de l'Empereur , & lui porter les clefs de la Ville , en implorant fa mifericorde. Miramud
les careffa, & fans leur rien re-
procher , les plaignit avec bonté
d'avoir donné dans les pieges d'un
ambitieux ; on fit entrer une partie de l'Armée dans la Place , &
les Habitans prêterent un nouveau ferment de fidelité : cette
derniere action de clemence, publiée par tout l'Empire , éteignit
la rebellion , remit le calme , &
rétablit le Commerce : l'on fepara l'Armée , qui fut mife dans des
Quartiers fertiles , pour la délaffer des peines & des fatigues qu'elle avoit foufferte.

L'Empereur, la Reine & leurs
Cours, prirent le chemin de Dely,
où cette Princeffe ne fut pas plûtôt arrivée, qu'elle reçût un Cour-

rier du Satrape Zibin, à qui elle
avoit confié les rênes de l'Empire & le foin de fes Enfans en fon
abfence, qui lui marquoit que les
Portugais, avec une grande Flotte, étoient revenus fur les Côtes
de Cambaye ; qu'ils avoient déja
fait defcente auprès de la Ville de
Daman, dont ils faifoient le Siege ; que Badur étoit occupé à la fecourir, parce qu'étant fituée proche de Dio, il craignoit l'attaque
de cette importante Place, qui
étoit toûjours le principal objet
de toutes les Expeditions de cette
Nation ; & qu'ainfi elle n'avoit
rien à craindre pour fes Eftats.

Cette Princeffe attentive à fa
vengeance, fut à l'inftant communiquer ces nouvelles à Miramud,
& après l'avoir inftruit de ce qu'elle pouvoit efperer ou craindre,
elle continua fon difcours en ces
termes. Je crois n'avoir rien ou-

blié, Seigneur, pour m'acquerir
en vous un puiſſant Protecteur
contre le cruel Badur , puiſque
j'ai été aſſez heureuſe, pour vous
aider à triompher de vos Ennemis ; mais pour vous y engager
par des nouveaux motifs , & vous
prouver mon zele par mon attention pour vos interêts & pour votre gloire , je me propoſe d'aller
en Perſe travailler pour l'un &
pour l'autre , puiſque les Ennemis
qui occupent le mien m'en donnent le tems. Je ſçai que les De-
putés que vous avez envoyé ſur
les Frontieres de Perſe , n'ont pû
s'accorder avec ceux de Tachmas,
& qu'en bonne politique , vous ne
devez point entreprendre la guerre de Cambaye , ſans être aſſuré
que le Roi de Perſe ne viendra
point vous attaquer pendant votre abſence. Soliman Empereur
des Turcs eſt dans ſes Eſtats , il

a besoin de secours contre ce Prince ambitieux, qui à l'exemple de Zelim son Pere, aspire à la Monarchie universelle ; & je prevois que s'il est Vainqueur des Perses, vous serez le premier qu'il viendra attaquer : ainsi j'ai resolu de vous rendre un Corps considerable de Cavalerie, & de marcher promptement à son secours : Tachmas a l'ame grande, il sera sensible à cette attention de votre part & de la mienne, il en sera reconnoissant ; & muni de votre pouvoir, j'établirai une si bonne Paix entre vos deux Empires, que Badur ne pourra plus tirer aucun avantage de ce côté ; & de son Allié, qu'il est, j'espere en faire son Ennemi : alors vous serez libre ; & je me flatte que vous viendrez à votre tour, au secours d'une Reine, dont la vengeance est d'autant plus juste, que par le supplice

horrible qu'a fouffert fon Epoux,
elle eſt devenuë la cauſe de tous
les Potentats de l'Orient.

A ces mots, la Reine de Sanga ne put s'empêcher de repan-
dre des larmes ; & cet effet de ſa
douleur lui-rendant une partie de
cet air doux & tendre, avec lequel elle enlevoit autres fois les
cœurs, la fit paroître ſi belle à
Miramud, & ſi digne que l'on
s'intereſſât pour elle, qu'il lui fit
de nouveaux ſermens de ne point
quitter les Armes, qu'elle ne fût
vengée ; & que quand même on
viendroit ravager ſes Eſtats, il
abandonneroit tout pour lui marquer ſa reconnoiſſance : cependant, grande Reine, continua-
t'il, je ne m'oppoſe point à votre
genereux deſſein, diſpoſez de mes
Troupes, conduiſez-les au ſecours
du Roi de Perſe, vous ſerez obéïe
dans mon Empire, comme moi-

même ;. & je suis persuadé que si
vous arrivez assez à tems , vous
triompherez des Othomans, comme vous avez fait de vos Ennemis & des miens ; quant à ce qui
regarde la Paix entre ce Monarque & moi , je vous donnerai tous
les pouvoirs que vous trouverez
necessaires, m'en remettant entierement à votre prudence.

Et sur le champ, il donna ordre aux Troupes que la Reine
demanda , de marcher sur les
Frontieres de Perse,& de lui obéïr
sans nulle restriction : cette Princesse y joignit aussi quatre mille
Chevaux de ceux de Sanga , &
lorsque les Troupes furent en
marche , elle dépêcha un Courrier à Tachmas avec cette Lettre.

CREMENTINE REINE DE SANGA.

A TACHMAS ROI DE PERSE.

JE sçais qu'un Prince ambitieux est entré dans tes Estats, avec une puissante Armée, & qu'il a conquis la Ville de Tauris ; mais ne hazarde rien, attends le secours que je te mene moi-même, & je feray bien-tôt connoître aux fiers Othomans ce que peut le bras.

DE LA REINE DE SANGA.

Le Courrier trouva le Roi de Perse à Sultanie, Ville confiderable, & délicieuse par sa situation, étant dans une Plaine spacieuse, entourée des Montagnes de Niphates, Caspie, Coathras & Zagrus, où serpente en neuf

bras differens , la Riviere appellée
Docugefid , nom qui defigne en
langage Perfan , le nombre de
nœuf : cette vafte Plaine étoit
remplie de quantité de Maifons
de plaifance & de Palais fuperbes,
appartenans à plufieurs Grands
de la Cour de Perfe , qui profitant
des riches Bords du Docugefid,
en avoient fait autant de Jardins
magnifiques , où l'Art fecondant
la Natuie , formoit un coup
d'œil admirable , ce qui rendoit
les environs de Sultanie auffi fer-
tilles que charmans.

Tachmas reçut la Lettre de la
Reine avec une joye extrême ,
& fçachant que le fecours qu'elle lui amenoit, étoit en partie des
Troupes du Mogol, auffi bien que
de celles de Sanga , il fut fenfible
à cette attention de Miramud,
& ne put fe difpenfer de concevoir l'efperance de chaffer le Turc

de ſes Eſtats, puiſque la vaillante
Crementine venoit en Perſonne
pour en prendre la défenſe. Cette Princeſſe partit de Dely avec
ſes Amazones, & joignit ſes Troupes ſur les Frontieres de Perſe,
où les Ordres de Tachmas étoient
déja donnés aux Satrapes Gouverneurs de ſes Provinces , de lui
fournir tout ce qu'elle deman-
droit, & de lui obéïr comme à lui-
même.

Ainſi, à la tête de dix mille Chevaux, elle ſe mit en marche, &
ſe rendit à la Ville de Hemedan,
où le Roi de Perſe avoit été obligé de ſe retirer , l'Armée des
Turcs étant venuë camper dans
la Plaine de Sultanie, où malgré
la rigueur de l'hyver, qui fut très
rude cette année, les Montagnes
couvertes de neige, & les ſoins
que Tachmas avoit pris d'en faire
enlever les grains & les beſtiaux,

ils ne laiſſoient de s'y maintenir :
le Roi de Perſe n'eut pas plûtôt
appris que la Reine s'approchoit,
qu'il fut au-devant d'elle avec
toute ſa Cour. Grande Reine, lui
dit ce Monarque, en la ſaluant
profondément, je ſuis vivement
touché que ma reconnoiſſance,
ne puiſſe vous offrir en moi qu'un
Ami preſque accablé par un ad-
verſaire puiſſant & redoutable ;
mais j'eſpere que votre valeur,
vos conſeils & votre prudence,
raffermiront mon Trône chan-
cellant, & me mettront en état de
vous prouver que Tachmas & ſon
Empire vous ſeront éternellement
unis.

Il eſt ſi glorieux, lui répondit
la Reine, d'acquerir l'eſtime &
l'amitié du Roi de Perſe, que dans
quelque ſituation qu'il puiſſe ſe
trouver, je les prefererai toûjours
aux autres marques de ſa recon-

noiffance; & fi j'ofe un jour en éxi-
ger quelques unes, elles ne feront
jamais que pour fes interêts particuliers, ou pour le bien de fon
Empire. Tachmas répondit à ce
genereux difcours en Prince, de
qui l'ame grande & magnanime,
ne lui infpiroit rien que de noble
& de jufte. Il conduifit Crementine dans fon Palai; & comme il
vit que cette Princeffe vouloit
être promptement inftruite de la
fiuation des affaires de Perfe,
il fit affembler le Confeil, & là il
lui expofa l'état de fes Troupes,
les pertes qu'il avoit faites, & les
fecours qu'il efperoit de fes Alliés,
lui communiqua tous fes projets;
& mêlant dans fon difcours le caractere de Soliman, il le lui fit connoître tel qu'il étoit, ambitieux,
hardi, mais brave, prudent, fage
& moderé.

Il lui fit enfuite le dénombre-

ment de l'Armée prodigieuse que
ce Prince avoit dans la Perse ; &
l'inſtruiſant des brigues de la Cour
Othomane, il lui aprit qu'Hibraïm
Baſſa, Grand Viſir, étoit un homme que le ſeul caprice de la Fortune avoit élevé à cette dignité. Al-
banois de Nation, né de Parens
Chrétiens, & mené à Conſtantinople, au nombre des Enfans de
Tribut ; qu'il étoit avare & cruel,
& qu'il ſçavoit très-certainement
qu'il étoit encore Chrétien dans
l'ame ; que cette raiſon jointe à
l'argent qu'il avoit reçu des Princes de la Maiſon d'Autriche, l'a-
voient porté à engager Soliman à
la Guerre de Perſe, contre ſes
veritables interêts, & contre le
ſentiment des Sultanes, Mere &
Femme de cet Empereur.

Voilà Reine, continua Tach-
ma, ce que j'ai à redouter du côté des Othomans ; mais ce qui me

touche le plus , & ce que j'ai le plus à craindre, c'eſt Zilama, Seigneur Perſan, mon Sujet, qui par ſa valeur , & le nombre de ſes Exploits, tant ſous le regne d'Iſmaël mon Pere, que ſous le mien, m'avoit paru ſi digne de mon eſtime , que pour la lui marquer avec éclat, je lui ai fait épouſer la Princeſſe ma Sœur , croyant me l'attacher pour jamais par cette auguſte alliance, & qui par une ingratitude ſans exemple , s'eſt lié avec mes Ennemis ; & ſous un vain prétexte abandonnant ſon Gouvernement de Uvan , a été le premier à conduire ſes Troupes à Tauris , dont il s'eſt emparé, & qui commande à preſent en Chef l'Armée Othomane, qui eſt dans la Plaine de Sultanie.

Le Roi de Perſe ceſſa de parler , & Crementine qui l'avoit écouté avec attention, le trouvant
verita-

veritablement plus fenfible à la rebellion de Zilama, qu'à la deftruc-
tion que les Turcs étoient prêts
à faire de fes Eftats, commença
fa réponfe en le confolant fur l'infidelité de ce Sujet perfide, qui
étant le feul de tous les fiens qui
eût abandonné fon parti, lui faifoit bien connoître qu'il ne meri-
toit pas l'honneur de fon Alliance, & moins encore d'être regre-
té : cependant ajoûta-t'elle, je
trouve qu'il n'eft pas de la prudence de confier le fort de votre
Empire à la décifion d'une Bataille ; il me paroit plus à propos de
temporifer & de harceler vos Ennemis, de façon qu'ils ne puiffent
avoir de Fourages ni de Munitions,
fans toutesfois leur livrer de combat ; mais feulement les fatiguer
par des allarmes continuelles, &
vous experimenterez que la Fortune ne tardera pas à vous procurer

Tom. 1. A a

une occasion favorable de faire repentir Soliman d'avoir conduit de
si grandes forces dans un Païs où il
ne pourra trouver les moyens de
s'établir : d'autant plus qu'il faut
bien que les Puissances Etrangeres, qui font agir le Grand Vi-
sir Hibraïm, prevoyent que cette Guerre doit être onereuse à
Soliman : Soyez bien persuadé,
Seigneur, continua cette sage
Princesse, que si les Princes Chrétiens eussent pensé que Soliman
revint glorieux & triomphant de
ce Puissant Empire, ils se feroient
bien gardés d'employer leurs Trésors pour gagner Hibraïm : mais,
persuadés que cette Guerre sera
longue & penible, & le mettra
hors d'état de les inquieter, ils
ont tout hazardé pour l'y engager ; il est de vos interêts de rendre leur Jugement veritable, en
faisant perir vos Ennemis par la

soif, la faim & les fatigues, ce
qui vous fera facile en agiffant
comme je l'ai dit.

Ses raifons furent trouvées fi
juftes, & d'une politique fi faine,
qu'il fut conclu que l'on fuivroit
cet avis de point en point ; ainfi
dans le même inftant on fe faifit
de toutes les gorges des Montagnes , d'où l'on pouvoit découvrir jufqu'au moindre mouvement des Turcs , & fitôt qu'ils
s'écartoient pour butiner, les Perfes étoient à leurs trouffes , qui
leur faifoient perir quantité de
monde, & fe retiroient après dans
des endroits, où les Turcs ne pouvoient les fuivre : ce manége a-
voit déja duré plufieurs jours,
lorfqu'il fembla que le Ciel voulût accomplir ce que la Reine de
Sanga avoit prefque prédit.

L'Hyver comme j'ai déja dit,
avoit été fi exceffif cette année,

& il étoit tombé une si prodigieuse quantité de Neige, que les
Montagnes en paroissoient toutes couvertes ; les monceaux en
étoient si considerables, que les
plus anciens Habitans du Pays,
assuroient n'avoir jamais rien vû
de pareil : Un jour qu'il faisoit
assez beau, le Ciel s'obscurcit
tout à coup sur le midi, d'une maniere si surprenante, qu'à peine
pouvoit-on distinguer les objets
à six pas de distance ; ces tenebres commençoient d'effrayer les
Turcs, lorsqu'il se leva un hou-
ragan, qui parcourant toutes ces
Contrées, enleva les Neiges des
Montagnes, qui vinrent abîmer
dans le Camp des Turcs, où par
leur chute effroyable, elles écra-
serent les Hommes & les bêtes :
la Tempête fut si terrible, & la
chute des Neiges si frequente,
que les Turcs ne pouvant avan-

cer ni reculer, perissoient sans
pouvoir être secourus.

On voyoit partir des Montagnes, des tourbillons de Vent
chargés de monceaux de Neiges
d'une grandeur énorme, qui venoient ensuite ravager le Camp,
y enlever les Hommes, les Chevaux, les Tentes, & les Pavillons, qui après avoir voltigé
dans l'air, s'alloient précipiter
dans la Riviere, ou étoient é-
crasés sur la Terre. Zilama lui-
même, ne fut pas exempt du peril, son Pavillon duquel il ne faisoit que de sortir, fut enlevé avec
tout ce qui étoit dedans, qui a-
près avoir été mis en piece, vint
tomber presque à ses pieds, où il
écrasa plusieurs personnes de sa
Cour.

A peine cette furieuse Tempête, fut elle cessée, qu'il s'éleva
un Vent du midi, avec une pluie

fi abondante, que les Neiges fon-
dirent, & le Docugefid fe débor-
da à un tel excès, que toute la
Plaine, ne fut plus qu'une Mer;
ces torrens impetueux entraî-
noient Hommes, Tentes & Munitions; ceux qui vouloient fecourir les plus malheureux, é-
toient auffi-tôt fubmergés : tout
ce que les Turcs avoient pillé fur
les Perfes, par le fer ou par le feu,
leur fut ravi par les eaux : Zilama dans cette extrêmité, fit gagner les hauteurs à fes Troupes
demie-mortes de froid, de fatigues & de faim.

Belle & favorable occafion pour
Tachmas, s'il eût été à portée
d'en profiter, & de les attaquer;
mais lorfqu'il en fut averti, les
Tur... qui la peur & la faim,
dont... des aîles, étoient déja
en ma...che, pour fe retirer en Sirie : cependant aux premieres

nouvelles de leur fuite , la Reine
de Sanga , les suivit à la tête de
douze mille Chevaux , qui ne
firent quartier à aucun Traîneur:
cette habile Princesse , attaquoit
les Turcs, tantôt en queuë, tantôt en flanc ; les devançant quelques fois , & prenant ses avantages , leur livroit de rudes Combats , sans engager nulle affaire
generale : cette façon de combattre leur fit perdre un si grand
nombre de Soldats, que cela donna occasion de dire , que la Reine
de Sanga avoit mise en fuite l'Armée de Soliman , qui arriva cependant en Sirie , diminuée de la
moitié , & la victorieuse Crementine fut rejoindre Tachmas , à
qui elle apprit la maniere dont
elle avoit conduit l'Armée Tur-
que hors de ses Estats.

Pendant que ces choses se paf-
soient, l'Empereur Soliman étoit

à Thauris, avec une autre Armée, où Zilama l'étant venu trouver, & lui ayant raconté son désastre, il se resolut d'en partir, y laissant trente mille Hommes, pour soutenir la Garnison de la Citadelle qu'Hibraïm y avoit fait bâtir avant son arrivée, par le moyen de deux Ingenieurs Georgiens : il y avoit fait mettre trois cens cinquante Pieces de Canon, & bien muni les Magasins : Soliman croyant qu'avec de telles précautions, cette Place & la Province étoient en sûreté, en partit, après avoir tout mis sous la conduite de trois Chefs : Zilama, Sisvanogly, & Jadygiarbeg.

Tachmas informé par ses Espions, que le gros de l'Armée s'étoit retiré, s'avança près de Thauris, ne faisant paroître que dix mille hommes, avec lesquels il se montroit tous les jours aux

Turcs

Turcs : les Troupes Othomanes
qui étoient campées sous les Remparts de la Place , ne pouvant
souffrir cette bravade , sortirent
de leurs Lignes, en formant deux
Corps differens, dont le principal étoit commandé par Zilama,
& l'autre qui n'étoit proprement
qu'un Corps de Reserve, par Jadygiarbeg , marchant tous deux
separément , mais toûjours à la
vûë l'un de l'autre : Zilama s'a-
vança avec le sien , dans le dessein de combattre Tachmas; mais
ce Monarque rusant & reculant
toûjours, les attira près d'un lieu
où la Reine de Sanga étoit postée
avec le reste de l'Armée Persane,
derriere des Collines , qui la ca-
choient aux yeux des Ennemis.

Alors Tachmas tint ferme ;
les Turcs en furent charmés, &
s'avancerent à lui , le Sabre haut,
comme à une Victoire assurée ;

Tom. I.   Bb

se croyant trois contre un : le
Roi de Perse soutint le Choc, sans
s'ébranler, & la Reine étant sortie de derriere les Collines, vint
avec grand bruit, attaquer les
Turcs en flanc : Zilama qui étoit
brave, voyant la surprise de ses
Soldats, & le danger qu'ils couroient, voulut y remedier par sa
prudence, en opposant à la Reine, le Corps de Jadygiarbeg;
pour cet effet, il lui envoya ordre d'avancer; mais ce General
Turc, jaloux de la gloire de Zilama & de son credit auprès de
Soliman, esperant que la perte
de la Bataille lui raviroit l'un &
l'autre, s'étoit posté sur une hauteur, dont il ne voulut point bran-
ler, malgré les Ordres réïterés de
Zilama; ainsi la Reine l'atta-
quant, & le pressant vivement,
& les Turcs ne pouvant soutenir
son impetuosité, ils furent rom-

pus, & mis en défordre, en plufieurs endroits : Zilama voulut
les rallier, & les ramener au
Combat ; mais la Reine qui étoit
trop habille pour lui en donner
le tems, le pourfuivit avec une
vigueur extrême, dans le deffein
de le joindre, & de le combattre ;
ce qui lui fut impoffible, Zilama
fe trouvant lui-même entraîné
par les fuyards: enforte que Tachmas & Crementine, le pourfui-
virent jufqu'à la vûë de Thauris,
où il croyoit trouver une Rétrai-
te affurée.

Mais le traître Jadygiarbeg, qui
y étoit revenu, lorfqu'il avoit vû la
perte de la Bataille, lui en refufa
l'entrée : ce qui contraignit Zilama, de pouffer fa Retraite plus
loin; cependant Jadygiarbeg craignant d'être attaqué par les Perfes, abandonna Thauris, dont
tous les Turcs fortirent à fon

exemple, laissant à Tachmas la
liberté de s'en emparer : en effet,
ce Monarque y entra sans nulle
opposition, & y fit triompher la
Reine de Sanga. Après y avoir
remis l'ordre & le calme, il fit
ruïner la Citadelle, & fondre
trois cens cinquante Pieces de
Canon de fonte, qu'il trouva
dans la Place, dont il fit fabriquer
une petite Monnoye que les Perses appellent Mangury.

Le Roi de Perse ne vit pas
plûtôt regner la tranquillité dans
Thauris, qu'après avoir donné
les Ordres necessaires pour faire
de nouvelles levées dans toute
l'étenduë de ses Estats, & de ceux
de ses alliés, qu'il ne songea plus
qu'aux moyens de reconnoître
les services de la Reine de Sanga, & à l'engager à rester dans
les Estats ; pour cet effet, lui
ayant fait rendre tous les hon-

neurs qu'exigeoient son rang,
& les obligations qu'il lui avoit:
il la supplia de disposer de lui,
de ses Sujets, & de son Empire,
comme d'un bien qui lui appartenoit,& de vouloir prendre leCom-
mandement de son Armée, conjointement avec lui, assuré,lui di-
soit-il,de vaincre lesTurcssans retour, si elle combattoit à ses côtés.

Cette grande Princesse reçut
ces offres avec modestie ; mais
comme elle attendoit des nouvelles de Sanga, elle pria Tachmas de permettre qu'elle ne s'en-
gageât point à demeurer en Perse , qu'elle ne fût assurée que Badur n'entreprendroit rien dans
son absence, lui peignant ses sujets de craintes , & les cruautés
de ce Monarque avec des cou-
leurs si vives, que Tachmas en
fut touché ; mais continua cette
Princesse, s'il est vrai que le peu

que j'ai fait pour vous, ait excité
dans votre ame quelque mouvement de reconnoiſſance, j'oſe
vous en demander deux preuves
neceſſaires à mon repos, & même à votre gloire. Le Roi de
Perſe charmé de pouvoir marquer à cette illuſtre Reine, l'ardent deſir qu'il avoit de la ſatisfaire, la pria de s'expliquer ſans
heſiter, puiſqu'il l'aſſuroit que
tout ce qu'elle demanderoit, lui
ſeroit accordé.

J'oſe donc vous conjurer, Seigneur, lui dit-elle, de regler entierement les intereſts & les pré-
tentions reciproques, qui ſont en
litige entre vous & l'Empereur
du Mogol : ſi les pouvoirs neceſſaires, pour faire un Traité
ſolemnel d'une paix ſolide & durable, qui eſt ce que je ſouhaite
le plus, comme alliée de Miramud, & comme admiratrice des

vertus de Tachmas: l'autre preuve d'estime que je vous demande, c'est de rompre toute alliance avec Badur , Prince indigne par ses vices & ses cruautés, d'être l'allié d'un Monarque tel que vous.

Le Roi de Perse écouta la Reine , sans l'interrompre , & lorsqu'elle eut cessé de parler: Je trouve, lui dit-il, grande Reine, vos demandes si peu considerables , en comparaison de ce que je vous dois, que vous ne devez pas craindre d'être refusée ; vous êtes maîtresse absoluë de regler ce qui me regarde , touchant l'Empereur du Mogol ; & pour le Roi de Cambaye , je jure par le Sang du grand Ismaël mon Pere, de rompre non-seulement toute alliance avec lui , mais aussi de vous aider à vous en venger, si je puis être libre de la Guerre contre Soliman.   B b iiij

Ce Serment satisfit Crementine ; & Tachmas qui ne vouloit pas tarder à lui tenir parole, donna ordre à ses Ministres, de regler avec ceux de la Reine, les interêts du Mogol & les siens, & le même jour il écrivit aux Ambassadeurs qu'il avoit à la Cour de Badur, de revenir en Perse : les Ministres de Tachmas & ceux de la Reine, ayant conclu le Traité de Paix entre ce Monarque & celui du Mogol, d'une façon à n'avoir plus de retour à la Guerre, Crementine l'envoya promptement à Miramud, pour en avoir la Ratification.

Cet Empereur toûjours plus enchanté que jamais, de la conduite de cette Princesse à son égard, signa le Traité, & le renvoya avec des Lettres pour Tachmas & pour Elle : l'Envoyé qui étoit chargé de ces importantes

Depêches , l'étoit auffi d'affurer
la Reine, de la part du Mogol,
qu'il veilloit attentivement fur
fes Eftats, & qu'elle n'avoit rien
à redouter encore du côté de Badur : La Lettre de Miramud à la
Reine , étoit conçuë en ces termes.

L'EMPEREUR DU MOGOL.

A L'INVINCIBLE REINE
DE SANGA.

TEs Exploits, grande Reine, vont
faire retentir tout l'Univers de
ta gloire ; tu domptes les rebelles ;
tu confonds l'orgueil du Turc ambitieux ; tu réunis les Princes divi-
fés ; quels hommages ne doit-on pas
rendre à ces divins effets de ta valeur & de ta prudence ! fois bien affurée Princeffe incomparable , qu'il
n'en eft point que tu ne puiffes jufte-

ment prétendre du reconnoiſſant

MIRAMUD.

Tachmas, trouva ces paroles dans la ſienne.

MIRAMUD EMPEREUR DU MOGOL.

A TACHMAS ROY DE PERSE.

JE te felicite de la Victoire que tu viens de remporter, & de ton retour triomphant, dans ta Ville de Thauris ; je prie Mahomet de te rendre entierement vainqueur de tes Ennemis, & que l'éclat de ta gloire, efface juſqu'à l'ombre de leurs proſperités.

MIRAMUD.

Le même Courrier inſtruiſit la Reine, de la tranquillité dont joüiſſoient tous ſes Éſtats, & du peu d'apparence qu'il y avoit que

Badur pût rien entreprendre de
long-tems contre elle, par l'achar-
nement des Portugais, à le per-
fecuter : cette nouvelle affurance
de n'avoir rien à craindre de ce
côté-là, la fit refoudre à fe rendre
aux inftances de Tachmas, qui
la conjura de ne le point abandonner, puifqu'elle le pouvoit
fans rien rifquer; ainfi comme
l'Hyver étoit déja fort avancé,
& qu'elle ne doutoit pas que Soliman ne revînt bien-tôt en Perfe, elle fe détermina à y refter:
ce qui combla de joye Tachmas,
fa Cour & fon Armée, de qui cette vaillante Princeffe, étoit devenuë l'amour & l'admiration.

Cependant Zilama s'étant retiré avec fa Suite vers le gros de
l'Armée, où chacun attribuoit la
déroute de Thauris, à la perfidie
de Jadygiarbeg; mais furtout Zilama, qui craignoit que Soliman

ne se défiât de lui, engagea tous
les Officiers qui reſtoient de ſon
Armée, à rendre témoignage de
la verité : ce qu'ils firent en char-
geant ſi fort la conduite de ce
Turc, que Zilama fut entierement juſtifié auprès du Grand
Viſir Hibrahïm; & de toute l'Armée, il ne reſtoit que Soliman,
à qui la politique, faiſant
voir les choſes d'un autre œil,
voulut interroger Zilama; pour
cet effet, il le cita pour rendre
compte de ſa conduite au pied
de ſon Trône redoutable.

Zilama obéït ſans crainte ; le
Divan fut aſſemblé, & Soliman
ſur ſon Trône, ayant ordonné
qu'on fit venir ce Général, il entra dans la Sale du Divan, où s'é-
tant proſterné aux pieds de cet
Empereur : Seigneur lui dit-il,
j'ai perdu la Bataille, non par la
faute de tes Troupes invincibles,

qui fe font portées à cette action
avec leur courage accoûtumé,
non par la valeur des Perfes, mais
par la lâcheté du perfide Jadygiarbeg, qui feignant de vouloir
conferver les Troupes de ta Hauteffe, n'a point eu d'autre deffein
que de fauver celles de tes Ennemis, & les laiffer maîtres de ta Ville de Thauris que j'avois con-
quife, & de la Citadelle que le
Grand Vifir Hibraïm y avoit fait
bâtir : Trahifon fi bien marquée,
qu'il n'y a point de châtimens affez forts pour l'expier ; & pour te
faire voir la foibleffe des Ennemis de ta Hauteffe, c'eft qu'après
la Bataille, ils n'ont pas même
ofé nous fuivre, quoique notre
Retraite ne reffemblât que trop
à la fuite.

Zilama voyant que Soliman,
l'écoutoit avec plaifir, & qu'il
étoit prefque perfuadé, changea

de difcours en habille homme ;
mais Seigneur, ajouta-t-il, qu'un
fi foible revers, ne détourne point
ta Hauteffe de fon entreprife, puifque j'ofe ici t'affurer de la conquête de la puiffante Ville de Ba-
bylone, où j'ai des Amis qui t'en
faciliteront l'entrée, & dont le
Calif, Pere des vrais Mufulmans,
t'y couronnera Roi de Perfe.

Ce difcours fçut fi bien flatter
la vanité de Soliman, qu'il declara que Zilama s'étoit conduit dans
cette action en bon & fidele fujet,
accompagnant cette declaration de prefens magnifiques & de
l'augmentation de fes penfions.
Zilama lui tint parole, il prati-
qua fi bien les intelligences qu'il
avoit dans Bagdat, qu'il lui en fit
faire la Conquête, où effectivement le Calif le couronna Roi
de Perfe. Soliman prit la refolution d'y paffer le refte de l'Hyver

pour être plus à portée au Printems, de porter la Guerre dans le
cœur du Royaume de Perſe ; la
réputation de ſes Armes, lui ſou-
mit toute l'Aſſyrie & la Meſopo-
tamie, ou pour me ſervir des
noms modernes que le Turc leur
a donnés du Curdiſtan & du
Diarberk ; enſorte qu'il reçut des
Ambaſſadeurs de toutes les grandes Villes qui ſont depuis le Golphe Perſique, juſques à Bagdat ;
Orfa, Aſancefa, Caramide &
Meridinum ſe ſoumirent & reçûrent Garniſon. Tant de ſuccès
ineſperés, mirent une joye ſi parfaite dans la Cour du grand Seigneur, que l'on n'y parloit que
de Fêtes, de Spectacles & de
régals ; mais choſe ſinguliere,
c'eſt que dans le même tems que
Soliman ſe réjouïſſoit à Babylonne, d'avoir augmenté la puiſſance de ſon Empire, par les belles

Provinces qui s'étoient foumifes, l'Empereur Charles-Quint, étoit à Naples avec la plus fuperbe Cour du monde, où il donnoit chaque jour de nouvelles Fêtes, en réjouïflance des Victoires qu'il avoit remportées fur les Turcs en Afrique, & de la Conquête du Royaume de Thunis fur Soliman.

Cependant, quoique cet Empereur Turc aimât le plaifir, il avoit fes heures pour travailler avec fes Vifirs, & donner fes ordres, afin que fon Armée fût en bon état, & que fes Troupes ne manquaffent de rien ; il y étoit fi exact, qu'ayant fçû que le Prêt des Soldats avoit manqué par la faute de Ifchender Zélebis grand Treforier, il le fit étrangler publiquement dans Babylonne. Le Printems arriva, & les fecours que Soliman attendoit d'Egypte

&

& de Syrie, l'ayant joint, il reprit le chemin de la Perse.

Tachmas qui ne doutoit pas de son retour, fit faire des dégâts prodigieux pour lui ôter la subsistance sur tous les lieux de son passage ; mais Soliman qui avoit prévu cet obstacle , donna de si bons ordres , que son Armée arriva à Thaurisfans avoir souffert : à son approche , la Reine de Sanga conseilla au Roi de Perse d'abandonner encore cette Capitale, pour se mettre en état de combattre les Turcs avec moins de risque ; Tachmas suivit cet avis, & se retira du côté des montagnes , ne laissant après lui, Hommes , Femmes, ni Enfans , Bestiaux ni vivres , les faisant tous marcher devant son Armée ; de façon que les lieux par où il passa resterent de tristes deserts, n'étant plus que de vastes solitudes ; ce

Tom. I.   Cc

qui fit que Soliman s'empara de
Thauris fans nulle refiftance ; il
n'y fut pas plûtôt arrivé, qu'il fit
un gros détachement de fon Armée, tant Cavalerie qu'Infanterie, à qui il donna ordre de fuivre les Perfes & de les combattre
en quelque lieu qu'on les pût
joindre : ce Commandement fut
executé avec toute la diligence
poffible ; ce détachement qui pouvoit paffer pour une Armée, s'en.
fonça fort avant dans la Perfe,
fans pouvoir cependant parvenir
à joindre Tachmas.

Mais fi les Turcs fe virent pri-
vés par là d'avoir affaire à des
hommes, ils eurent à combattre
contre la foif & la faim, ennemis mille fois plus terribles que
des Armées entieres, le Pays é-
tant fi défolé, qu'ils ne trouverent feulement pas la fubfiftance
de leurs Chevaux ; les Spahis

commencerent à murmurer, &
toutes les Troupes ayant demandé qu'on les ramenât à Thauris,
les Principaux Officiers après une
mûre déliberation, resolurent
d'en reprendre le chemin, la faim
& la misere ayant fait perir la
moitié de cette Armée.

Soliman ayant sçû le retour
de ses Troupes & le déplorable
état où elles étoient, sans qu'elles
eussent pû joindre Tachmas, entra dans une si furieuse colere
contre Jadygiarbeg, qui ayant été
cause de la perte de la Bataille
l'année précedente, l'étoit par
conséquent des suites, qu'il le livra aux muets, qui l'étran-
glerent à la vuë de l'Armée ; &
voyant qu'il lui étoit impossible
de conserver Thauris, il fit détruire le Palais du Roi de Perse,
qui étoit une des merveilles du
monde, par ses colonnes, ses

peintures & fes riches l'ambris
d'or & d'azur, où le grand If-
maël avoit fait travailler les plus
habiles Artiftes de fon Royaume; il fit emporter auffi tout ce
qu'il trouva de précieux, pour fervir d'embelliffement à fon Serail
de Conftantinople, & fit démolir
de fond en comble tous les Palais
des Seigneurs de Perfe, qui é-
toient fuperbes & en grand nombre. Enfin il imprima toutes les
marques de fa Barbarie dans cette malheureufe Ville, donnant
pleine licence à fes Soldats d'y
faire ce qu'il leur plairoit ; les
pauvres Habitans fe jettoient à
fes pieds, lui promettant une o-
b iffance entiere, mais leur larmes & leur cris, ne furent point
écoutés; le pillage, l'impureté,
le maffacre, l'embrafement, la
captivité, & tout ce que la cruauté peut faire inventer d'affreux,

y fut exercé ; non content de cela , les Villes , les Bourgs , & les Villages de la Province , furent traités de la même forte ; la fureur des Turcs fut fi grande , qu'ils éventroient les Jumens , les Vaches,& les autres Animaux qu'ils ne pouvoient emmener , & paffant jufqu'aux chofes inanimées,ils détruifoient les Champs, coupoient les Arbres , & mettoient le feu dans les Bois & dans les Campagnes.

Ils amenerent toutes les Familles qui avoient quelques talens ou quelque induftrie particuliere pour les ouvrages ; & generalement tout ce qui fe trouva parmi ce grand Peuple,de jeuneffe & de beauté dans les deux fexes, devint la proye du Victorieux, & deftiné pour Conftantinople. Soliman ayant ainfi affouvi fa Barbarie,partit de Thauris, & fe

retira à Cazahemide : mais fe
doutant bien qu'il feroit fuivi par
les Perfes, il mit à fon Arriere-
garde fes meilleures Troupes,
tant en Cavalerie qu'en Infanterie. L'Hiftoire affure, qu'il y a-
voit quarante mille Chevaux,
deux mille Janiffaires, & vingt
mille hommes d'autres corps
d'Infanterie ; en forte, que cette
Arriere - garde compofoit une
groffe Armée ; le Beglierbey d'E-
gypte étoit à la queuë, celui de
la Syrie fur les flancs, & Zilama
avoit ordre de voltiger de part
& d'autre, afin de pourvoir à tous
les accidens qui pourroient arriver : tel fut l'ordre que tint Soliman dans fa retraite,

Cependant, Tachmas inftruit
du départ des Turcs, raffembla
toutes fes Troupes, dont il forma une Armée confiderable, &
marcha droit à Thauris, où voyant

la ruïne de cette puiſſante Ville ,
celle de ſon Palais , & l'embraſe-
ment general de la Province ,
dont on voyoit encore les flammes & la fumée , outré de douleur & de rage , jura de s'en venger. La Reine de Sanga qui ne le
quittoit point , le conſola , & lui
promit de faire bien-tôt repentir
Soliman de ſes cruautés , le priant
ſeulement de lui laiſſer prendre
ſes meilleures Troupes pour joindre aux ſiennes , avec leſquelles
elle ſuivroit ſon Ennemi. Le Roi
de Perſe conſentit à tout ce qu'elle
voulut , & ſur le champ , ayant
fait ſon choix & pris pour Lieutenant General , pour parler ſe-
lon nos termes , un nommé De-
liment Satrape Caramanien , brave & hardi , qu'elle eſtimoit beaucoup , & qui connoiſſoit parfaitement le Pays , elle forma ſon
détachement , qui étant fait & ſe-

paré de l'Armée, elle leur dit, qu'elle les avoit choisis comme les plus vaillans hommes de la Terre, pour suivre & combattre les cruels ,qui avoient détruit leur Pays & volé leurs biens, dont ils emportoient les dépoüilles à leur vuë ; qu'elle s'exposeroit la premiere à tous les dangers qu'ils alloient courir , esperant qu'elle seroit secondée de leur valeur , & qu'elle les assuroit qu'ils reviendroient victorieux , & chargés des richesses dont les Barbares s'étoient emparés.

Ce discours prononcé avec des graces surnaturelles , & cet air de confiance que donne la certitude de la Victoire , produisit un tel effet sur les Perses,qu'ils lui répondirent d'une commune voix, qu'ils la suivroient par tout avec joye , & lui obéïroient avec une entiere soumission ; qu'il n'y avoit point

point de perils aufquels ils ne
s'expofaffent, pour fe rendre dignes de l'honneur qu'elle leur a-
voit fait de les choifir, & qu'elle
pouvoit difpofer de leur vie en
Souveraine, la regardant comme une Heroïne, de qui la valeur,
le courage, & la prudence, pouvoient feuls rétablir leur repos &
leur gloire.

Après ces affurances réïterées
par cette Armée, Crementine y
ayant joint le Corps de Troupes
qu'elle avoit amené au fecours de
Tachmas, fur la valeur duquel
elle comptoit infiniment, fe mit
en marche, Délimant étant à la
tête, & les Habitans du Païs leur
fervant de guides & les conduifant par les chemins les plus
courts. Ce Peuple malheureux,
malgré l'extrême mifere où la
cruauté des Turcs les avoit ré-
duits, portoient à l'Armée de Per-

fe leurs propres fubfiftances pour prouver la haine qu'ils avoient pour les Othomans & l'inviolable fidelitéqu'ils confervoient àTach- mas.

Les Turcs étoient déja arrivés à la vûë de la Ville de Bethlis fi- tuée au pied du Mont-Thaurus, où fe croyant en fûreté, leurs Partis les ayant affuré que les Per- fes ne les avoient pas fuivis, ils commencerent à faire avancer leur Avant-garde dans les Gor- ges du Mont-Thaurus : la Reine qui avoit fait une très-grande di- ligence, ayant paffé par d'autres chemins que ceux que les Turcs avoient pris, fe trouva bien-tôt af- fez près d'eux, pour en fçavoir tous les deffeins, ce qui lui fut fa- cile par le moyen des Habitans du Païs, dont leur zele pour les Perfes, avoit fait autant d'Efpions fideles & difcrets ; mais ce qu'il y

eut de plus furprenant dans l'attachement de ces Peuples , pour
leur Prince , c'eft , que la Reine
étoit arrivée à une journée du
Camp des Ennemis, fans qu'il fe
fût trouvé un feul homme qui
eût donné avis aux Turcs de fon
approche. Fidelité d'un rare e-
xemple , & qui prouve bien que
ce n'eft point l'autorité du pouvoir fuprême, qui fçait affujettir
les Peuples, mais plûtôt la bonté,
les bienfaits & les vertus des Sou-
verains, qui rengeant les cœurs
fous leurs Loix, les contraignent
par une douce violence de leur
être à jamais foûmis. Crementine donna avis au Gouverneur de
la Citadelle de Bethlis de fon arrivée & de fes deffeins, avec ordre que lorfqu'il verroit les fignaux, qu'elle lui feroit donner,
d'attaquer les Turcs avec toute
l'impetuofité qu'il lui feroit poffi-

ble, pour leur perſuader qu'il é-
toit ſoutenu par l'Armée entiere
des Perſes : cette Princeſſe qui
s'avançoit toûjours, apprit par les
Habitans, que les Ennemis las &
recrus d'une route longue & penible, y ayant ſouffert la ſoif &
la faim, étoient dans leur Camp
accablés de fatigue dans une extrême nonchalence, ſe croyant
hors de danger, ayant même negligé de poſter des Gardes avan-
cées, & des Sentinelles, s'abandonnant aux douceurs du repos,
en attendant que le Corps de l'Armée eût paſſé les Montagnes.

Crementine avertie ſur la fin
du jour, qu'elle étoit proche de
l'Ennemi, ſon Armée étant couverte par des Collines qui la ca-
choient aux yeux des Turcs : elle
reſolut de parler encore une fois à
ſes Troupes pour les encourager :
Voicy le moment, leur dit-elle,

où vous allez vous venger de vos
barbares Ennemis; nos forces, à la
verité , ne font pas affez grandes
pour les attaquer en plein jour ;
mais votre valeur fuplera au nombre : d'ailleurs tous les Barbares
feront dans peu d'heures regor-
gés de vin , & foumis aux charmes du fommeil ; je fçai qu'ils
ne font ni guet ni garde , fe
croyant dans une entiere fûreté;
quoique l'entreprife paroiffe ha-
zardée & perilleufe, il n'y en eut
jamais aucune dont le fuccès ait
été plus certain: Enfin, continua-
t-elle, vous aurez l'honneur d'a-
voir vengé votre Nation, & le So-
leil en fe levant vous couronnera
d'une gloire éclatante, & couvri-
ra le vifage de vos Ennemis de
honte & d'ignominie : l'Armée
animée par fes paroles, & plus
encore par fa propre valeur, la
fupplia de la conduire au Camp

des Turcs, où par fes actions, elle efperoit répondre à l'opinion qu'elle avoit de fon zele & de fon courage.

Crementine voulant profiter de cette ardeur, fit à l'inftant environner le Camp des Turcs, qui y paroiffoient auffi tranquilles, que s'ils euffent été aux Portes de Conftantinople: la Reine voyant qu'elle n'étoit point découverte, ne trouvant ni Bateurs d'Eftrade, ni Guet, ni aucune Sentinelle, prit de fi juftes mefures, qu'ayant fait les fignaux dont elle étoit convenuë, au Gouverneur de Bethlis, elle donna une allarme fi generale aux Ennemis, que tout leur Camp fut en un moment dans un défordre furprenant. Les Perfes y entrerent fans oppofition, & pour lors ils n'eurent qu'à tuer de tous côtés: les Turcs étonnés, fatigués, endormis, leur offrirent

un spectacle digne de la fureur
qui les animoit ; les uns couroient aux armes, les autres de-
meuroient immobiles, & d'autres
cherchoient leur salut dans la fuite ; & tout cela avec une telle
confusion, & un trouble si grand,
qu'ils prenoient souvent les Perses pour les Turcs, & les Turcs
pour les Perses : une infinité
d'Hommes de la Campagne qui
avoient suivi la Reine, comme
assurés de la Victoire, entrerent
aussi dans le Camp, où ils firent
un massacre terrible.

Zilama & les deux Beglierbey,
qui commandoient, étant montés
à cheval, & voyant que leurs
ordres n'étoient ni entendus ni
executés, & ne pouvant rassem-
bler un Corps de Troupes assez
considerable pour faire resistance, prirent la fuite. Quelques Sangias, avec un petit nombre de

Soldats , voulurent tenir ferme ;
mais ils furent bien-tôt accablés,
renverſés & maſſacrés : environ
huit cens Janiſſaires s'étant raſ-
ſemblés plûtôt par la routine
de la Diſcipline Militaire , qu'ils
exerçoient continuellement , que
par un deſir de gloire tinrent
bon pendant un inſtant ; mais
la Reine étant ſurvenuë au bruit
de leur Mouſqueterie, les fit environner , & les alloit tailler en
pieces , lorſqu'ils demanderent
quartier, en mettant les armes
bas , ce qui leur fut accordé en
les faiſant Priſonniers.

Cette ſanglante expedition dura
toute la nuit ; & lorſque le jour parut, les Perſes ne purent voir eux-
mêmes, ſans la derniere ſurpriſe,
l'entiere défaite de cette nombreuſe Arriere-garde , où tout fut
tué ou faits Priſonniers : le nombre
& les monceaux des morts & des

mourans , & les Ruiſſeaux de
ſang dont le Camp étoit innon-
dé, laiſſoient à peine entrevoir la
terre qui en étoit couverte ; tous
les Beglierbey, les Baſſas & les
Sangias , qui étoient à cette action, furent tués ou pris , à la reſerve des trois Chefs qui s'étoient
ſauvés.

Cependant malgré la fureur
des Perſes, l'ordre fut ſi bien gardé entre eux , & la Reine fut
obéïe avec tant d'exactitude, qu'il
n'y eut aucun Soldat entraîné par
l'avidité du pillage , attendant
ſans impatience les volontés de
Crementine : cette Princeſſe commença par ôter des fers tous les
Perſes qui ſe trouverent enchaînés , & que les Turcs menoient
à Conſtantinople , dont le nombre étoit infini : enſuite elle fit
tranſporter à Bethlis tous les Canons & le gros Bagage, & com-

me on trouva quantité de Chameaux qui avoient fervi aux Turcs
à tranfporter les richeffes immenfes qu'ils avoient pillé à Tauris,
& dans toute la Province, ils fervirent auffi à les y rapporter : la
Reine les fit charger de tout ce
qu'il y avoit de plus précieux, tant
de ce que Soliman avoit pris dans
le Palais du Roi de Perfe, dans
ceux des Seigneurs du Païs, que
de ce qui appartenoit aux Particuliers, & des propres richeffes
des Turcs, dont leur Camp étoit
rempli, & donna le refte au pillage du Soldat Victorieux, & aux
Habitans qui l'avoient fuivie &
fecourüe dans fa marche, qui y
trouverent de quoi s'enrichir à
jamais.

L'Hiftoire affure que cette
perte eft la plus fignalée que les
Turcs ayent jamais faite ; & que
le jour de cette Bataille, qui fut

le treize Octobre, paſſe encore
parmi eux à preſent, pour un jour
malheureux, & que ces Peuples
pleins de ſuperſtitions, n'entre-
prennent ni affaires ni voyages
en ce même tems. Leurs Anna-
les portent, que l'Armée de Soliman étoit au commencement de
la Campagne de cinq cens mille
Hommes, & qu'on n'en ramena à Conſtantinople que quatre-
vingt mille : cette perte fut en
partie cauſe de celle du Grand
Vizir Hibraïm.

Après que la Reine de Sanga
eut tout reglé pour le tranſport de
tant de choſes rares & précieu-
ſes; que le Soldat & les Habitans
ſe furent emparés des riches dépoüilles qu'elle leur abandonna,
& que l'Armée eut pris quelques
jours de repos, elle ſe remit en
marche avec un train quatre fois
plus conſiderable, qu'elle n'étoit

partie, par le nombre des Perfans
remis en liberté, celui des Prifon-
niersTurcs,&la prodigieufequan-
tité de Bêtes de charges & d'autres
voitures, qui rapportoient tout
ce que les Turcs avoient pris : les
Habitans de chaque endroit par
où elle paffoit, la fuivoient, ou venoient en foule au-devant d'elle,
en chantant fes louanges, & be-
niffant mille fois le jour heureux
qu'elle étoit venuë au fecours de
Tachmas: c'étoit un fpectacle des
plus finguliers & des plus touchans, que de voir fur toute la
route de cette Reine, les Peres reconnoître leurs Fils, les Meres
reprendre leurs Filles, & les Femmes rentrer dans le fein de leur
Familles, attribuant tous leur
bonheur à la haute valeur de l'illuftre Crementine.

Mais quoiqu'elle reçût des honneurs fans nombre, pendant le

cours de sa marche, rien ne fut
comparable à ce qui se fit à Thauris, & aux environs de cette Ville : à la nouvelle de son retour
tous les Peuples vinrent en foule à sa rencontre, & l'affluence
en étoit si grande, que sa marche
en fut plusieurs fois interrompuë,
tous l'appellant leur Bienfaitrice,
leur Support, & leur Mere.

Les nouvelles qui arrivoient
coup sur coup à Tachmas, des par-
ticularités de la Victoire de Crementine, par les Courriers qu'elle lui dépêchoit à chaque instant,
pour l'instruire des richesses qu'elle avoit prise sur les Turcs, du
Trefor de leur Armée, du nombre des Captifs, des superbes Tentes & Pavillons, des Canons, de
labondance prodigieuse des Munitions, & de la quantité des Chevaux & des Chameaux qu'elle a-
voit conquis, dont une grande par-

tie préceda son arrivée à Thauris , firent oublier à ce Monarque
les pertes que Soliman lui avoit
caufées , & lui donnerent une fatisfaction difficile à exprimer , ce
qui produifit un tel effet dans l'efprit des Soldats & du Peuple , qui
porte toûjours fa joie & fa triftef-
fe à l'excès , qu'ils ne ceffoient
point de chanter la gloire & les
loüanges de cette invincible Princeffe.

Tachmas lui envoyoit chaque
jour les plus grands de fa Cour,
pour la complimenter , & lors
qu'il fçut qu'elle approchoit , il
fit dreffer des Tentes & des Pavillons magnifiques pour la recevoir; il fit élever auffi trois Arcs
de Triomphe , l'un à l'entrée du
Camp, l'autre dans le milieu , &
le troifiéme près des Pavillons def-
tinés à cette Reine : les Perfes qui
excellent dans ces fortes d'ouvra-

ges, s'étoient surpassés, & jamais
Monarque ne fut mieux obéi que
dans cette occasion, où la reconnoissance & l'amour qu'ils avoient
pris pour Crementine, qu'ils ap-
pelloient leur Protectrice, con-
couroient également à leur faire
perfectionner les vûës & les des-
sens de leur Souverain.

Le jour de l'arrivée de la Reine, Tachmas rengea son Armée
en Bataille ; Crementine en fit autant de la sienne, marchant les
Armes hautes, lentement & en
bon ordre, au bruit éclatant de
toute l'Artillerie de l'Armée, accompagné des cris & des acclamations du Peuple & des Soldats :
à sa vûë, Tachmas, transporté
de joie & d'admiration, fut au-
devant d'elle, & faisant ceder la
fierté des Rois de Perse à sa reconnoissance & à son estime : Grande
Reine, lui dit-il en l'abordant,

je viens mettre à vos pieds ma
Couronne & mes Eſtats, diſpoſez de mon Empire, tout vous y
fera ſoumis, votre valeur & votre rare conduite m'ont vengé du
cruel Soliman : vous avez delivré
mes Sujets Captifs, & de leurs
propres fers, vous avez enchaîné
ceux de ce barbare Ennemï, je ne
puis aſſez faire pour reconnoître
de pareils ſervices.

Seigneur, lui répondit modeſ-
tement la Reine, je ſuis aſſez ré-
compenſée par le bonheur d'avoir
pû vous être utile : du reſte, c'eſt
à la valeur, au courage & à l'o-
béïſſance de vos Troupes, que
vous devez cette grande Victoire :
elle me paroîtroit encore plus
complette, ſi j'avois pû vous amener le traitre Zilama, mais il s'eſt
ſouſtrait par la fuite, au ſort que
lui préparoit mon bras, & votre
Juſtice. Je n'ai rien à regreter, lui

repar-

repartit Tachmas, puisque je vous revois Victorieuse : en s'entretenant ainsi , ils entrerent dans le Camp où Crementine fut reçuë en Triomphe au son de mille instrumens guerriers.

Ces honneurs , & le contentement universel des Perses , auroient sans doute touché cette illustre Reine , si elle eût été moins occupée de la douleur secrette qui la suivoit en tous lieux , ayant bien moins cherché dans cette occasion , à se couvrir d'une gloire nouvelle , qu'à s'acquerir dans le Roi de Perse un appui contre Badur ; cependant ne voulant pas que Tachmas s'apperçût de ce qui se passoit dans son ame , elle répondit aux hommages qu'il lui rendit avec ses graces ordinaires : ce Monarque donna plusieurs Fêtes dans son Camp, dont la Reine fut toûjours l'objet & le motif ;

Tome I.   E e

enfin on peut dire qu'il n'oublia
rien de tout ce qui pouvoit l'assurer de sa gratitude ; il voulut même qu'elle partageât avec lui les
richesses qu'elle avoit conquises ;
mais cette genereuse Princesse,
s'en défendit si constamment, que
Tachmas reconnut que ce seroit
l'offenser que de l'en presser d'a-
vantage ; mais comme elle avoit
remarqué que la Cavalerie Persane étoit armée d'une façon qui
la rendoit presque invincible, &
qu'elle prévoyoit les Guerres
qu'elle auroit bientôt à soutenir,
elle pria Tachmas de lui premet-
tre d'armer de même les quatre mille Chevaux de ses propres
Troupes, qu'elle avoit ammenées
en Perse avec celles du Mogol :
Tachmas saisit avidement cette
occasion de lui faire plaisir, lui
accordant non-seulement ce qu'elle desiroit, mais ordonnant enco-

re 'que l'on tirât de ses Magasins, les plus belles & les meilleures armes , tant pour les Hommes que pour les Chevaux, & qu'on les lui livrât.

Il fit présent à cette Princesse d'une Armure superbe d'un travail merveilleux , & qui étoit à toute sorte d'épreuve, avec un Sabre , qui malgré la beauté des pierreries dont il étoit garni, lui fut moins recommandable par cet éclat emprunté, que par la finesse & la bonté de sa trempe ; & poussant sa magnificence jusques aux Femmes de la suite de la Reine , il fit armer ses Amazones , ainsi que les quatre mille Chevaux : ces présens flatterent bien plus la grande ame de Crementine, que tous les Tresors qu'il lui avoit offert.

Après lui en avoir marqué sa reconnoissance , & resté près de huit jours dans fon Camp, elle prit congé de lui, pour reprendre la route du Mogoliftan : ce ne fut pas fans chagrin que Tachmas fe fépara de cette grande Princeffe, à qui il réïtera en partant, les promeffes qu'il lui avoit faites, de lui aider à la venger de Badur. Crementine partit de la Cour de Perfe, accompagnée de nombre de Satrapes, à qui Tachmas avoit commandé de faire executer les volontés de cette Princeffe comme les fiennes, en lui faifant rendre tous les honneurs imaginables, voulant que tous les Gouverneurs des Places en reçûffent l'ordre, & lui portaffent les clefs des Villes de fon paffage, ce qui fut ponctuellement executé.

L'Empereur du Mogol, averti de fon retour, fut l'attendre fur la Frontiere : ce Monarque ad-

mirateur zelé de cette illustre
Reine , ne pouvoit trouver des
termes assez forts pour lui marquer la joye qu'il avoit de la revoir. Que ne vous dois-je point ?
lui dit-il ; vous avez vaincu les
Othomans par votre valeur , &
les Perses par votre sage politique ; cependant c'est moi seul
qui recüeille le fruit de toutes vos
Victoires : mon Empire , & tout
ce que je possede , devroient être
le prix de ces services importans : Reine disposez-en , vous
y êtes plus Souveraine que moi-
même.

Crementine répondit à des offres si magnanimes , avec sa rete-
nuë accoutumée : ensuite ils prirent le chemin de Dely , où Miramud la supplia de prendre quelques jours de repos ; on lui fit
une entrée triomphante dans cette Ville , où les Peuples toûjours

plus empreſſés que jamais à la voir, accoururent de toutes parts, ce qui faiſoit d'autant plus de plaiſir à Miramud, qu'il avoit pour elle une eſtime & une conſideration des plus parfaites.

Il eſt certain que ſi cet Empereur eût crû poſſible de faire accepter à Crementine la Couronne du Mogoliſtan, en s'uniſſant à lui, qu'il n'auroit pas balancé un moment à la lui offrir, quoi qu'il fût d'un âge où les feux de l'amour n'ont plus aucun Empire : ſon admiration pour cette illuſtre Reine, lui tenoit lieu dans ſon cœur, de tous les traits de cette paſſion ; mais Crementine portoit dans l'ame un deüil ſi conſtant de la perte de Zamora ; & l'on remarquoit ſi bien ſur ſon viſage, & dans toutes ſes actions, la douleur profonde dont elle étoit penetrée, que Miramud auroit crû l'outrager, en lui découvrant de pareils sentimens, & son respect pour elle étoit trop grand, pour qu'il s'y hasardât.

Mais cherchant les moyens de se l'attacher par des liens indissolubles, & de lui marquer en même tems l'étenduë de sa reconnoissance, il prit une resolution digne de son grand cœur, & des mouvemens que les vertus de cette Princesse y avoient fait naître; ainsi ne voulant pas retarder l'execution de ce grand projet, un jour qu'ils se promenoient ensemble avec toute leur Cour, dans les délicieux Jardins du Palais Imperial de Dély, Miramud l'ayant un peu separée de la foule des Courtisans qui les environnoient. Grande Reine, lui dit-il, je suis si penetré des obligations que je vous ai, & je trouve tant de gloire à me dire votre

Allié , que pour rendre ce titre
éternel , auſſi bien que ma reconnoiſſance , j'oſe vous demander pour le Prince du Mogol mon
Fils , l'ainée des Princeſſes vos
Filles , & vous offrir la mienne
pour le Prince de Sanga : par
cette double union, nos deux Empires n'en feront plus qu'un ; &
j'aurai la ſatisfaction d'avoir relevé la grandeur du mien , en
y faiſant regner votre illuſtre
Sang. Heureux, s'il m'étoit permis d'y faire regner Crementine elle-même ; mais ne pouvant
prétendre à ce degré de gloire,
je crois qu'il m'eſt impoſſible de
lui mieux marquer mon eſtime
& mon admiration , qu'en uniſſant mon ſang avec le ſien.

La Reine de Sanga , connoiſſoit trop bien ſes intereſts, pour
negliger une pareille propoſition ;
& rapportant tout à ſa vengeance,
elle

elle vit avec plaifir qu'elle alloit
s'acquerir pour jamais la feule
puiffance de l'Orient, qui pût la
mettre en état de la fatisfaire :
toutes ces confiderations s'étant
préfentées dans l'inftant à fon efprit : Seigneur , répondit - elle à
Miramud, je puis affurer Votre
Majefté, que depuis la perte de
mon cher Zamora, je ne me fuis
trouvée fenfible pour aucune des
chofes de la vie, qu'en ce feul moment, & que je reffens toute la
joye dont je puis être capable,
en voyant l'honneur que vous faites à ma Famille: ouy, Seigneur,
formons ces auguftes nœuds, j'y
confents, mais fongez déformais,
que cette Famille va devenir la
vôtre, & que par cette union,
vous êtes plus engagé que jamais,
à venger un Roi, dont vous adop-
tez les enfans, & qui devient par
là le Pere des vôtres.

Car enfin , Seigneur , ajoûta-
t-elle , les yeux baignés de larmes , je veux bien vous avoüer,
que je ne vis que pour me venger
du cruel Badur ; que l'Image de
Zamora , toûjours prefente à ma
penfée , me preffe d'accomplir un
fi jufte deffein ; & que bien loin
que la mort ait affoibli mon a-
mour pour un Epoux fi cher,
il femble qu'elle en ait ranimé
l'ardeur ; je n'agis, ne refpire, ne
penfe , & ne forme aucun projet,
que pour parvenir à perdre ce
Barbare, qui m'en a feparée : voilà , Seigneur , mon cœur a dé-
couvert ; vos bontés meritoient
cet aveu fincere. Uniffons nos
Enfans , je le veux , & j'en fais
mes defirs les plus doux ; mais pe-
riffe le perfide Badur , & faites
que le flambeau de ce double Hy-
menée, puiffe éclairer à la fois,
la Vengeance & l'Amour.

L'Empereur écoutoit Crementine avec un étonnement, qui lui
auroit laiffé le tems d'en dire davantage : il ne pouvoit affez admirer la vertu, la conftance & le
courage de cette illuftre Reine ;
lorfqu'elle eut ceffé de parler : Je
vous connoiffois déja, lui dit-il,
pour la plus parfaite Princeffe de
la Terre ; mais les fentimens que
vous venez de me découvrir,
ajoutent fi fort à ce que j'en pen-
fois, que je ne puis m'empêcher
de vous regarder comme une Di-
vinité : Oüy grande Reine, continua-t-il, je jure, par ce que nous
avons de plus facré, que nos Enfans ne feront pas plus unis par
les liens que nous allons former,
que je le ferai à vos interêts tout
le tems de ma vie.

Cette nouvelle affurance, ayant
remis une efpece de calme dans
l'ame de la Reine, l'Empereur

& Elle , rejoignirent leur Cour,
à laquelle ils déclarerent les refolutions qu'ils venoient de prendre. Jamais joye ne fut plus fincere , que celle que ces doubles
Mariages excita dans les cœurs :
ils furent proclamés dans tout
l'Empire du Mogol , & dans le
Royaume de Sanga , au contentement de tous les Peuples. Dans
la foule de ceux qui s'empreffe-
rent le plus à le faire éclater ,
le vaillant Cremen , du côté de la
Reine , & le fage Abençara , de
celui de l'Empereur , le témoi-
gnerent avec un zele , qui fit bien
connoître le vif attachement
qu'ils avoient pour leurs Souve-
rains : mais enfin Crementine
impatiente de fe rendre à fes fideles Sujets , prit congé de Miramud. Cet Empereur la conduifit
en grand appareil , jufques fur fes
Frontieres , & ne s'en fepara que

dans l'espoir de la rejoindre bien-
tôt, à la tête de toutes les forces
de son Empire.

Le bruit du retour de la Reine
dans ses Estats, s'étant répandu,
ses Peuples firent mille Fêtes,
pour le celebrer avec éclat : les
chemins étoient bordés d'un
monde innombrable, qui par ses
cris & ses acclamations, marquoient assez les vœux qu'ils faisoient pour sa prosperité. Cette
joye fit plus d'une fois soupirer
cette grande Princesse, ne la par-
tageant pas avec cet autre elle
même, dont l'image la suivoit
partout. Le Prince de Sanga vint
au-devant d'Elle, à quelques
lieuës de Citor, suivi de tous les
Grands de sa Cour ; sa beauté,
son air noble, & le feu dont sa
brillante jeunesse animoit toutes
ses actions, le faisoient déja connoître digne de porter la Couronne.   F f iij

Cette vaillante Reine ne put se refuser à sa vûë une satisfaction interieure, d'être Mere d'un Fils aussi parfait : ils entrerent ensemble dans Citor, où la jeune Princesse, à la tête des Dames les plus qualifiées, la reçut à l'entrée de la Ville. Si les graces du Prince l'avoient charmée, les attraits de la Princesse, la surprirent : elle l'embrassa tendrement, & suivie de cet appareil pompeux, elle traversa la Ville, pour se rendre au Palais, où pour tout triomphe, elle se contenta du cœur & de l'amour de ses Sujets ; & ayant trouvé toutes choses en bon état, par la sage conduite du Satrape Zibin, elle ne s'occupa plus que du soin d'assurer sa vengeance.

Badur qui n'avoit pû profiter de l'absence de Crementine, par les raisons que j'ay rapportées de la Guerre qu'il avoit avec les Portugais, n'avoit pas laiſſé cependant d'augmenter conſiderablement ſes Troupes ; mais ayant ſçu le retour de la Reine à Citor, ſa victoire ſur les Turcs, & la publication des deux Mariages, il en conçut une telle rage, qu'il jura de nouveau la perte de ces puiſſans ennemis ; irrité d'ailleurs par la rupture de ſes Traités avec le Roi de Perſe, qui avoit rappellé ſes Ambaſſadeurs ſans aucun ménagement, & avec une fierté, qui fit bien voir à Badur de quelle main partoit le coup, il n'y eut ſortes de vengeances qu'il ne ſe promit d'en prendre, & pour mieux executer ſes deſſeins;, il renvoya dans le Mogoliſtan, les mêmes Ambaſſadeurs qui avoient été trouver Mirgahan dans le commencement de la Rebellion, avec ordre de découvrir la Retraite de ce Prince, &

F f iiij

de lui fournir tout l'argent neceffaire pour lever une nouvelle
Armée, & faire valoir fes droits
contre Miramud : Ces Ambaffadeurs déguifés en Marchands,
réuffirent au-delà de fes efpe-
rances, ayant trouvé Mirgahan
dans des Montagnes innacceffi-
bles, qui leur promit beaucoup
plus qu'il ne pouvoit tenir ; mais
on fe perfuade aifément ce que
l'on fouhaite avec ardeur ; ils firent tout fçavoir à Badur, qui jugea bien que le Mogol, ayant
un tel adverfaire à combattre,
ne fongeroit guerre à donner du
fecours à Crementine ; & pour
rendre fes projets encore plus
folides, il fe refolut de faire la
Paix avec les Portugais, fçachant
par experience, que tandis qu'il
porteroit la Guerre du côté du
Nord, ces Guerriers l'attaque-
roient de celui du Midy ; & quoi-

qu'il eût une repugnance extrême à faire une femblable demande à des Chrétiens qu'il haïf-
foit mortellement, la fureur dont
il étoit animé contre la Reine de
Sanga & l'Empereur du Mogol,
l'emporta fur fa fierté naturelle,
d'autant plus qu'il venoit de perdre la Ville de Daman, qu'Al-
phonfe Soza, General de la Mer
des Indes, avoit prife en fa prefence ; qu'il l'avoit pillée, & rafé
la Citadelle, les Portugais n'ayant
fait grace à pas un de ceux qui
portoient les Armes.

Toutes ces confiderations
l'ayant déterminé, il envoya des
Ambaffadeurs au General Acugna, pour lui demander la Paix.
Les Portugais furent extrêmement furpris de cette Ambaffade, ne croyant pas que l'orgüeil
de Badur lui pût permettre une
telle démarche ; ils reçurent ce-

pendant les Ambaſſadeurs de ce
Monarque, avec les honneurs
dûs aux Envoyés des Têtes cou-
ronnés ; & comme les propoſi-
tions dont ils étoient chargés,
rempliſſoient les plus ardens de-
ſirs de Jean, Roi de Portugal,
le Traité fut bien-tôt écrit, ſigné
& ratifié de part & d'autre.

Par cette paix, Badur abandonnoit aux Portugais, la Ville
de Baçaïm, & les Iſles voiſines ;
le Païs des Salſetes avec de grandes Terres dans le continent.
Toutes ces choſes reglées, il ne
s'appliqua plus qu'à la Guerre
qu'il meditoit, à laquelle il rêvoit
nuit & jour : ce Prince n'avoit un
conſeil que pour la forme, ne
prenant jamais avis que de ſes
paſſions, & ne ſe fiant à perſonne ; il conſultoit quelques fois le
Renegat Zaffer, parce que cet
adulateur qui ne ſongeoit qu'à

l'augmentation de fa fortune, &
qui craignoit toûjours de tomber
entre les mains de Soliman, trouvoit fans ceffe des raifons fpecieu-
fes, pour approuver fes plus in-
juftes refolutions : ce fut dans ces
intentions, & pour mieux capti-
ver fa confiance, qu'il lui reprefenta que dans la Guerre qu'il alloit entreprendre, il ne lui fuffifoit pas d'avoir une nombreufe
Armée, une grande Artillerie,
des munitions en abondance, &
des Trefors immenfes ; qu'il lui
falloit encore de fçavans Ingenieurs ; qu'il connoiffoit la force
des Remparts de la Ville de Citor, dont il vouloit faire le Siege,
qui avoit été fortifiée & mife en
l'état où elle étoit, par un Homme
de fa même Nation, nommé Viany, un des plus habiles Ingenieurs de fon tems, & qu'ainfi il
avoit befoin d'un genie qui pof-

fedât l'Art de fortifier les Places,
& de les attaquer.

Mais, lui répondit Badur, comment trouver de tels Hommes dans nos Régions ? Alors Zaffer qui avoit fes vûës : Seigneur, lui dit-il, depuis le tems que jē fuis attaché au fervice de Votre Majefté, il ne s'eft point paflé de jours ni d'occafions, où toûjours attentif à votre gloire, je n'aye cherché les moyens de l'augmenter; daignez donc vous souvenir du tems que vous me fîtes l'honneur de m'envoyer à Cambaye, pour voir le fuperbe Palais que le Satrape Bogad a fait bâtir fur les bords du Golphe, par les foins & la conduite d'un Efclave Chrétien; dans le rapport que je vous fis de la magnificence de l'Édifice, de la beauté des Jardins & de l'abondance des Fontaines que l'Art de ce Chrétien, y a conftruit en

mille façons differentes , en raſſemblant les Eaux qui ſe per-
doient dans un Vallon ſpacieux ;
je dis à Votre Majeſté, que l'ayant
interrogé ſur les fortifications ,
je l'avois trouvé dans cet Art, le
plus ſçavant Homme qu'il y eût
dans le monde : c'eſt lui , Seigneur , continua t-il , qu'il vous
faut attacher, lui rendre la liberté , le combler de bienfaits , &
vous éprouverez que ſi l'Ingenieur Viany a ſçu ſi bien fortifier Citor, celui dont je vous parle, trouvera les moyens de la détruire , & de vous rendre maître
de cette petite ombre du monde.

Ce diſcours flattoit trop l'ambition du Roi de Cambaye, pour
qu'il n'en profitât pas ; il fit mille
carreſſes à l'artificieux Zaffer, &
ſur le champ il dépêcha ſes Ordres au Gouverneur de Cambaye , pour qu'il lui envoyât ſon
Eſclave Chrétien , & de lui four-

nir tout ce qui lui feroit neceffaire dans fon Voyage. Ce Commandement fut des plus fenfibles
à Bogad , qui avoit pris une fi tendre amitié pour cet Efclave , qu'il
ne put s'en féparer fans un extrême déplaifir : il fallut cependant
obéïr , mais avant qu'il partît , il
lui fit des Prefens confiderables,
& pour derniere marque de fon
amitié , il lui fit connoître le caractere de Badur dans toute fon
étenduë , l'inftruifant de la maniere dont il devoit fe conduire
avec ce Prince fourbe & barbare:
l'Efclave qui ne lui avoit rien caché de fes avantures , le remercia
de fes utiles inftructions , & fe
rendit à Madaban , où Zaffer le
prefenta au Roi de Cambaye, qui
prévenu par ce favori , des fervi-
ces qu'il en pourroit retirer , le
reçut favorablement, & lui ayant
demandé fon nom , fa naiffance ,

son Pays, & sa profession, d'un air,
qui dans sa douceur affectée, ne
laissoit pas de faire voir qu'il vouloit être obéï, le firent d'abord
connoître à l'Etranger, pour être
tel que Bogad le lui avoit dépeint.

Mais instruit par ce Satrape,
il répondit sans hesiter, que son
nom étoit Virgile, son extraction
noble, sa profession les Armes,
son grand Art le genie, & son
Pays la France, qui étoit le plus
puissant Empire de l'Occident,
où regnoit un Monarque, qui par
sa valeur, sa justice, & sa bonté,
étoit le model de tous les Rois ;
qu'étant Ennemi des Espagnols,
& sçachant que cette Nation portoit la Guerre dans les Indes, il
l'avoit exprès envoyé dans ses
Regions, pour lui offrir le secours
de ses Armes victorieuses ; mais
que la Fortune n'avoit pas secon-
dé ses justes intentions, tous les

Guerriers qui étoient avec lui
dans les Navires du Roi son Maître, ayant peri sur les Côtes du
Royaume de Cambaye, sans qu'il
s'en fût échappé que soixante,
qui gemissoient dans les fers de
ses Sujets.

Comme cette réponse étoit
pleine de verité, qu'elle satisfai-
soit à la fois la curiosité de Badur,
en flattant sa vanité, & qu'il étoit
l'homme de l'Univers, qui sçavoit le mieux cacher son naturel
feroce, lorsqu'il s'agissoit de ses
interêts, il parut sensible aux malheurs de Virgile & de ses Com-
pagnons : Je veux te faire voir,
lui dit-il, que je sçai proteger les
malheureux, & recompenser la
vertu, je commence par te rendre la liberté, n'étant pas juste,
qu'un homme tel que toi, que le
seule hazard & la mauvaise fortune ont mis dans les fers, y lan-
guisse

guiſſe davantage; mais c'eſt à condition, que t'attachant à mon ſervice, tu m'aideras de tes conſeils,
de ta valeur & de ton genie, dans
toutes mes Expeditions militaires.
Virgile, remercia Badur dans les
termes les plus reſpectueux , &
quoi qu'il eût quelque regret d'ê-
tre obligé à ſoutenir une cauſe
injuſte , ayant appris de Bogad
toutes ſes cruautés contre Zamora , ne pouvant s'en diſpenſer ,
ni recouvrer ſa liberté qu'à ce
prix, il lui promit de ne rien negliger pour lui prouver ſon zele
& ſon attachement. Badur, charmé de l'avoir en ſa puiſſance, &
content de ſes aſſurances , lui fit
donner une Maiſon magnifiquement meublée, des Eſclaves pour
le ſervir, & lui aſſigna des revenus conſiderables pour ſon entretien.

Enſuite, l'ayant fait conduire

dans ſes Magaſins & dans ſes Ar-
ſenaux, Virgile lui en dit ſon ſentiment, & ſur tout ſur ſon Artillerie, où n'ayant pas trouvé un ſeul
Canonier qui entendît ſon mê-
tier, il conſeilla à ce Monarque,
pour y remedier, auſſi bien qu'à
d'autres défauts qu'il fit remarquer, de faire mettre en liberté
tous les Eſclaves Chrétiens qui
étoient dans ſon Empire, & de
ſe les attacher par des bienfaits,
l'aſſurant qu'il y en avoit beaucoup parmi eux, qui entendoient
parfaitement l'Artillerie, & deſ-
quels, par ſes ſoins, il recevroit
des ſervices eſſentiels à ſes projets.

Le Roi de Cambaye ſuivit cet
avis de point en point, ordonnant
à tous ſes Sujets de quelque rang
qu'ils fuſſent, qui avoient des
Eſclaves Chrétiens, de les faire
conduire à Madaban, & de n'en

retenir aucun, fous peine de la
vie. Ses ordres furent éxecutés
fi ponctuellement & fi promptement, que l'on en vit arriver de
toutes les parties du Royaume; &
Virgile eut la fatisfaction d'avoir
rompu les fers d'un nombre infini de malheureux : il fut chargé
du foin d'examiner leurs talens ;
il en trouva de propres pour les
Fortifications, d'autres pour l'Artillerie, & d'autres pour être mis
dans un corps de Troupes Etrangeres , que le Turc Muftapha
avoit déja formé.

Toutes ces chofes ainfi reglées;
Badur qui fe défioit toûjours du
zele de ceux qui le fervoient, &
voulant que Virgile n'eût rien à
defirer, afin qu'il ne l'abandon-
nât point, l'éleva à la dignité de
grand Maître de l'Artillerie, pour
parler dans nos termes ; le fitChef
des Ingenieurs , & le combla

d'honneurs & de biens : enfin n'ayant rien negligé pour avoir une heureuse réüssite dans ses desseins, il donna rendez-vous à toutes ses Troupes, dans les Plaines de Dorcere. La Relation de Virgile, celles des Portuguais, des Arabes & des Turcs, sont presque toutes d'accord sur cet armement prodigieux ; il étoit composé, selon eux, de cent cinquante mille Chevaux, dont il y en avoit trente mille armés de toutes pieces ; cinq cens mille hommes d'Infanterie, outre quinze mille hommes de Troupes Etrangeres commandées par Mustapha, & qui faisoient cependant les principales forces de Badur ; il y avoit un corps de deux mille Fartaques avec leurs Chefs, Peuple feroce qui ne vit que de vol & de brigandage, & un autre corps de cinq mille Abyssins avec leurs

Chefs;on voyoit dans le parc d'Artillerie , mille pieces de Canon
de tout calibre , montées fur
leurs affuts, entre lefquels il y en
avoit quatre pieces d'une grandeur extraordinaire , dont cha-
cune ne pouvoit être traînée à
moins de cent paires de Bœufs ;
on voyoit cinq cens Charetres
de Poudre & de Boulets , fuivies
de tous les Canoniers & les Officiers neceffaires ; trois cens autres
Charettes remplies de tous les
inftrumens propres pour attaquer
& pour défendre ; il y avoit auffi
deux cens Elephans bien inftruits,
chargés de leurs Tours.

Le Trefor pour le payement des
Troupes , étoit immenfe ; la Garderobe Royale , étoit de cinq
cens Veftes , accompagnées des
autres ornemens ; outre cela ,
il y avoit foixante & dix Satrapes ou Seigneurs, avec leurs Gar-

derobes, & de grands Equipages.
Ce fut avec cet attirail surprenant, que le Roi de Cambaye
entra dans le Royaume de Sanga, où la Reine n'avoit rien oublié de ce qui la pouvoit mettre
en état de se bien défendre ; elle
avoit reçû les secours du Roi de
Décan son Pere, mais elle attendoit encore celui du Mogol, que
le Rebelle Mirgahan occupoit
alors par les soins de Badur , &
voyant que son Armée n'étoit pas
assez forte pour tenir la campagne devant celle de son Ennemi,
elle prit le parti de bien fournir
ses Places , d'y mettre de nom-
breuses Garnisons, & de se renfermer elle-même dans Citor avec
trente mille hommes , afin d'arrêter Badur, & de lui disputer le
terrain le plu qu'elle le pourroit, pour donner le tems à Miramud de venir à son secours,

Non contente d'avoir pourvû à la
confervation de fes Places, cette
prudente Princeffe fit venir Salza, à qui elle remit toute fa Cavalerie, ne fe refervant que mille
Chevaux, en ordonnant à ce General d'inquieter & de fatiguer
les Troupes de Badur autant qu'il
lui feroit poffible, en leur cou-
pant les vivres, en arrêtant leurs
convois, & en leur donnant de
frequentes allarmes, fans en venir jamais à une affaire generale ; & fur tout, de lui donner de
fes nouvelles par des voyes fe-
crettes qu'elle lui indiqua : Salza
qui étoit General de la Cavalerie, & qui joignoit au zele ardent
qu'il avoit pour fa Reine, une
valeur & une prudence confom-
mée, s'acquitta de fes ordres avec
gloire, & fouvent avec fuccès.
Cependant, Badur s'avançoit dans
le Royaume, portant par tout le

fer & le feu, fans épargner âge
ni fexe; la défolation fuivoit l'Armée de ce Barbare, tout periffoit,
jufques aux chofes inanimées.

Il arriva enfin à la vuë de Citor, unique objet de fon ambition,
& la premiere caufe de fa haine
pour l'infortuné Zamora ; mais
avant que d'y pouvoir camper,
Crementine lui dreffa plufieurs
embûches, où fes partis tombe-
rent & furent défaits en differentes occafions. Salza de fon côté,
le harcellant fans ceffe, lui donnoit une occupation continuelle,
& lui fit perir nombre des fiens :
mais Badur reparant bien-tôt ces
pertes par d'autres Troupes, campa autour de cette grande Ville,
qui avoit pour lors douze mille
pas de circuit. Ce Monarque la
trouva encore plus forte qu'il ne
fe l'étoit figurée ; l'Art & la Nature, ayant contribué à la rendre

la

la meilleure Place de l'Orient,
les endroits même les plus fomp-
tueux, fervant à fes fortifications;
fes murailles d'une épaiffeur pro-
digieufe bien terraffées, ainfi que
fes baftions entourés de doubles
Foffés à fond de cuve; la beauté
de fes Remparts & le nombre de
fes ouvrages exterieurs, caufe-
rent de la crainte à Badur & de
l'admiration à Virgile. Cet habile Ingenieur commença à affurer le Camp contre les fecours
étrangers & les attaques de la
Garnifon, par de bonnes lignes
de circonvallations & de contre-
vallations, exactément fortifiées;
enfuite, on ouvrit la tranchée,
qui fut fouvent comblée par les
frequentes forties de Crementine, où Badur perdit beaucoup de
monde.

Le feu de la Place fut long-
tems fuperieur, mais fes ouvra-

ges exterieurs ayant été empor-
tés, & la Garnison resserrée, les
défenses furent rasées, la plûpart
des Batteries démontées, & les
Travaux conduits sur les bords
du premier Fossé, que l'on sécha
par de grandes saignées : alors on
commença à battre en brêche le
corps de la Place, mais après avoir
tiré huit cens volées de Canon,
sans que ses fortes Murailles en
pussent être ébranlées, Virgile fit
connoître à Badur, que c'étoit perdre le tems en s'obstinant à faire
des brêches, & que quand la force de l'Artillerie en auroit faites,
il faudroit donner un assaut qui
coûteroit une perte infinie, la
Reine de Sanga étant trop habile,
pour n'avoir pas fait des coupu-
res dans la Ville, où l'on trouve-
roit de nouvelles Fortifications ;
& qu'il n'y avoit qu'un moyen
de le rendre maître de la Place

en peu de tems & fans trop s'expoſer.

Badur qui craignoit la valeur
de la Reine , & d'une Garniſon
compoſée des meilleures Troupes de l'Orient, troublé d'ailleurs
par la longueur du Siége, & des
attaques hazardées, exhorta Virgile d'employer tout ſon Art pour
réüſſir , & le rendre poſſeſleur
de cette ſuperbe Ville , l'aſſurant
que rien ne lui manqueroit pour
l'execution de ſes deſſeins , & d'u-
ne reconnoiſſance éternelle : a-
lors , Virgile fit faire des retranchemens fort élevés , le plus près
du corps de la Place qu'il lui fut
poſſible , qu'il fit revêtir de troncs
d'arbres joints enſemble par de
groſſes chaînes de fer maſſonnées
& entrelaſſées de façon que le
Canon ne pouvoit y rien faire ;
il y plaça douze batteries, dont le
feu continuel empêchoit la Gar-

nison de paroître, & à l'abri de
ces retranchemens, il fit jetter les
fondemens de deux Forts, à qui il
donna cent pieds de diametre.

Le nombre des ouvriers qui y
furent employés, étoit infini, cependant par les foins de Virgile,
il n'y eut ni trouble ni défordre,
& quoique Crementine pût faire
pour les retarder, prévoyant bien
que le fuccès du Siége, dépendoit
de la perfection de ces deux Forts,
malgré le feu de la Place, les mines, les forties & les allarmes
qu'elle donnoit à Badur, les ouvrages furent élevés au deffus des
Forts & des Remparts de la Ville; ils étoient bâtis fi folidement,
que rien ne pouvoit les ébranler.
Virgile y fit placer de bonnes
batteries, qui furent fi bien fer-
vies par des Canoniers Européens, que perfonne ne paroiffoit
à leur oppofite, fur les Remparts,

les Places, & dans les ruës, qu'aussitôt on ne tirât dessus.

Outre ces batteries, il y avoit encore deux cens Européens, à qui Badur avoit fait donner des mousquets, que les Portugais lui avoient cherement vendus ; ces Mousquetaires tiroient au blanc tous ceux qu'ils voyoient paroître. Badur, charmé de ces effets, voulut monter lui-même dans ces Forts, où Virgile avoit pratiqué deux grands Escaliers, l'un pour monter & l'autre pour descendre, afin d'éviter la confusion. Ce Monarque examina tout avec un soin extrême, & comprit aisément que la Place ainsi resserrée, tomberoit bien-tôt en sa puissance : la joye que cette esperance donnoit à ce Prince, étoit inexprimable, mais ce qui la lui faisoit porter à l'excès, étoit l'idée de tenir Crementine dans ſes fers , & de faire perir à ſes yeux toute la Famille Royale, ou de la forcer à lui donner la main : il entretenoit ſans ceſſe Zaffer , des violens projets qu'il formoit contre cette grande Princeſſe , ſi elle oſoit refuſer l'honneur qu'il croyoit lui faire ; & cet intereſſé favori, applaudiſſant ſans relâ- che à ſes cruelles penſées , y ci- mentoit encore l'orgüeil & la bar- barie.

Cependant, Virgile faiſoit fai- re un feu ſi terrible , qu'il n'y eut point de Temples , ni d'Edifi- ces , que l'effet des Boulets n'é- craſaſſent. Cette grande Ville étoit dans une déſolation qu'on ne peut décrire ; mais ce qu'il y avoit d'étonnant dans cette cala- mité publique , étoit de voir ce Peuple immenſe , ne craindre que pour ſa Reine , & la Reine , ne craindre que pour ſon Peuple ;

comme elle étoit fans ceffe occupée à la défenfe de la Place, elle
étoit à chaque inftant entourée
d'un nombre infini d'Hommes &
de Femmes, qui tous la fup-
plioient, les larmes aux yeux, de
ne fonger qu'à fa confervation ;
leurs biens, leurs Familles, &
leurs vies, ne leur étant pas fi
chers qu'Elle.

Des marques d'amour fi tou-
chantes, ne faifoient qu'exciter
cette grande Princeffe à fecourir
des Sujets fi fideles, & les perils les
plus certains, ne lui paroiffoient
rien en comparaifon de ce qu'elle croyoit leur devoir; cependant,
le deffein de Virgile en élevant
ces deux Forts au deffus des Fortifications de la Ville, étant de
pouvoir, à l'abry de fon Artillerie, remplir le fecond Foffé, & le
mettre à niveau des Remparts &
des Forts de la Place, y réüffit en-

fin, à force de travail ; les chofes
étant en état, on ne fongea plus
qu'à donner l'affaut. Badur commanda fes meilleures Troupes,
& deux heures avant le jour, tout
fut prêt pour les deux attaques ;
le Satrape Alucant commandoit
la premiere, Zaffer la feconde,
& Badur étoit fur la platte forme
d'un de ces forts, d'où il donnoit
fes ordres avec une tranquillité,
qui partoit bien plus du barbare
plaifir qu'il fe faifoit de mettre
tout à feu & à fang, que de la
grandeur de fon courage, quoiqu'il n'en manquât pas. Le fignal
donné, Alucant marcha fiere-
ment droit aux Remparts, & Zaffer en fit de même.

La Reine, qui de fon côté, s'é-
toit preparée à faire une vigoureufe défenfe, avoit fait pofter
des batteries chargées de chaînes
& de mitrailles, donna fes ordres

ſi fort à propos, lorſque les Cambayens commencerent à s'ébranler, que leurs premiers rangs furent détruits ; mais Badur faiſant
toûjours filer de nouvelles Troupes, qui prenoient la place des
morts, on en vint aux mains avec
la Garniſon. Jamais combat ne
parut plus terrible & plus extraordinaire, n'ayant point encore été pratiqué ; la Reine à la tête
de ſes Troupes, armées de Faux,
de Piques, & de Dards, faiſoit le
devoir de Soldat & de Capitaine,
portant partout & la mort & l'effroy.

Cremen & Zibin, qui défendoient l'attaque de Zaffer, y firent
des merveilles ; le combat dura
huit heures, ſans que les Troupes de Badur puſſent parvenir à
penetrer, ni ſe loger ſur le Rempart : Ce Monarque, voyant le
carnage des ſiens, & le peu de

fuccès de fes attaques, fit fonner
la retraite, qui fut des plus fanglante ; car la Reine profitant de
tous les momens, fit jouer fes batteries chargées de mitrailles, qui
firent un fi grand effet fur les
fuyards entaffés les uns fur les
autres, qu'il y en eut très-peu qui
fuffent en état de regagner les
Forts : Badur perdit vingt mille
hommes à cet affaut; mais cette
perte n'étoit rien pour lui, fon
Armée fe recrutant tous les
jours par les Troupes fraîches qui
lui arrivoient à chaque inftant,
ayant cette difference avec la
Reine de Sanga, qui toute victorieufe qu'elle étoit, fe trouvoit
très affoiblie par la perte de fes
meilleurs Soldats, & dans l'im-
poffibilité de la reparer.

Cette fituation, où le courage
intrepide de Crementine, l'empêchoit de faire attention, attira

toute celle des Generaux Zibin
& Cremen, qui jugeant des chofes fans paffion, éclairés des feu-
les lumieres de leur zele pour la
Reine, firent de ferieufes reflexions fur le rifque qu'elle couroit, prévoyant bien qu'il étoit
impoffible, malgré leur refiftance, que Citor pût tenir encore
long-tems contre Badur: ces deux
fages Indiens, s'étant communi-
qués leurs penfées, ils conclurent
qu'il falloit tout employer pour
obliger la Reine à fe retirer &
d'abandonner la Place, puifqu'il
étoit certain que quand Badur
s'en rendroit maître, cette Princeffe feroit bienplus en état de l'en
chaffer à la tête de fon Armée
& de celle du Mogol, à laquelle
les Cambayens ne refifteroient
pas ; ils refterent d'accord qu'il
n'y avoit pas à balancer à lui faire entendre des raifons fi puiffan-

tes : le feul embarras de Zibin,
étoit de trouver les moyens de les
lui dire : J'approuve votre idée,
difoit-il à Cremen, je vois comme vous, non-feulement la perte
de la Reine, mais encore celle de
toute la Famille Royale, fi elle
s'obftine à vouloir refter dans Citor ; je fremis au Tableau que je
me fais en fecret, des cruautés
que Badur exercera fur ces illuftres malheureux ; & cependant
malgré mes juftes craintes, je ne
puis me réfoudre à parler de Retraite à la Reine ; trop fenfible à
la gloire, trop animée de fa vengeance, elle prendra pour un
outrage des confeils fi falutaires,
& je doute que vous trouviez
dans pas un de ceux qui peuvent
lui parler avec liberté, quelqu'un
qui veüille fe charger d'une Com-
miffion fi délicate ; car enfin qui
voudra s'expofer aux couroux
d'une Reine ? ...

Moy, lui répartit Cremen, en
l'interrompant , il vaut mieux
exciter dans son ame un inftant
de colere, que de la hafarder à
fe voir dans les fers de Badur :
ce fera la premiere chofe que je
propoferai au Confeil ; c'eft là
que je veux lui faire concevoir,
que ce qui feroit dans un autre
tems, une marque de courage,
ne peut être aujourd'hui qu'un
excès de temerité. Alors Zibin
l'affura que pourvû qu'il en parlât le premier , il appuiroit fon
fentiment de toutes fes forces,
perfuadé que perfonne n'y feroit
contraire.

Crementine après avoir donné
fes Ordres pour faire panfer
les bleffés , & examiné l'état de
fes Troupes, qui furent recru-
tées par les Habitans, qui s'y offrirent volontairement , affembla le Confeil, pour décider de

ce que l'on devoit faire : Cremen
rempli de son juste dessein, & de
l'ardeur de son zele, prit aussi-
tôt la parole, & s'adressant à la
Reine, avec toutes les marques
du plus profond respect : Votre
Majesté, lui dit-il, est trop habile
dans l'Art de la Guerre, pour ne
pas voir que dans la situation où
cette Place se trouve, les travaux
que Badur a fait faire pour l'emporter, son Armée toûjours re-
nouvellée par les Troupes qui lui
arrivent continuellement, le retardement de celle de Miramud,
occupée à poursuivre le Rebelle
Mirgahan, le défaut des Vivres
& des Munitions, qui diminuent
tous les jours, & le grand peuple
qu'il faut nourrir, font autant
de considerations qui la doivent
porter à faire de sérieuses reflexions sur les malheurs dont elle
est menacée ; si la Place vient à

être emportée d'affaut, ce qu'il
eft prefque impoffible d'empêcher, c'en eft fait du Royaume
& de la Famille Royale : le cruel
Badur exterminera vous & vos
Enfans, au lieu que fi Votre Majefté, fort de la Place pendant
qu'il en eft encore tems, & qu'elle aille preffer l'Armée de Miramud, de s'avancer, j'efpere que
la Victoire qu'elle remportera
fur le Tyran, la mettra en état
de le chaffer de fon Empire,
& de faire fur lui de nouvelles
Conquêtes : vous devez tout
attendre de votre valeur & de
votre prudence ; ainfi je conclus
que l'interêt de la Famille Royale, celui de l'Eftat, & de votre
gloire, demandent que vous for-
tiez promptement de la Place, en
confiant fon fort à tant de braves
Guerriers, qui la défendront jufqu'à la derniere goutte de leur
fang.

La Reine écouta Cremen sans l'interrompre; & lorsqu'il eut cessé de parler , ayant demandé le sentiment du Conseil sur cette proposition , toutes les voix furent pour l'affirmative : les Ministres & les Satrapes, se mirent à genoux , la suppliant de suivre un avis si sage : Zibin qui avoit promis à Cremen , de l'appuier ; le fit d'une maniere si pathetique, qu'il n'y eut personne qui n'en fût touché , & son discours animant encore l'Assemblée , elle réïtera ses prieres à la Reine, de se mettre en sûreté : alors cette Princesse élevant sa voix : De quelle crainte , leur dit-elle , vous laissez-vous saisir , & quels conseils osez-vous me donner ? est-ce vous Cremen, que je viens d'entendre ; vous qui dès ma plus tendre enfance , avez pris soin de m'inspirer des sentimens si grands,

grands , fi genereux ? vous me
conſeillez ſur des perils incer-
tains , de me couvrir d'infamie :
moi ! fuïr , continua-t-elle avec
des regards qui marquoient ſon
indignation ; moi , ceſſer de venger Zamora , abandonner ſes Sujets & les miens , pour les livrer
à la cruauté du plus inhumain
de tous les hommes; non ne m'en
parlez plus , je les défendrai juſqu'à mon dernier ſoupir ; & s'il
nous faut perir , m'enſeveliſſant
moi-même ſous les ruïnes de Citor , je leur montrerai du moins
l'exemple de mourir.

Et ſur le champ , ayant levé le
Conſeil , elle fit tout préparer ,
pour reſiſter au ſecond aſſaut que
Badur devoit donner : le Conſeil
admira en ſoupirant cette genereuſe reſolution, ne doutant point
que cette grande Princeſſe ne
courût à une perte certaine, étant

impoſſible que la Place pût reſiſter aux forces de l'Ennemi ; &
cette illuſtre Aſſemblée, ne ſe
ſépara que pour ſe préparer à perir glorieuſement, en ſuivant les
traces de ſon intrepide Souveraine.

Quoique Cremen fût vivement
touché des reproches de la Reine, & qu'il connût ſa fermeté
ſur ce qui paroiſſoit intereſſer ſa
gloire, il ne ſe rebuta point ; &
comme le peril preſſoit, il ſe hâ-
ta d'y mettre le remede : ce ſage
& prudent Miniſtre, introduiſoit
toutes les nuits auprès de la Reine, l'Iſman d'une Moſquée qui
étoit au fond d'un Bois, hors les
lignes du Camp de Badur ; il ar-
rivoit au Palais par des Soûter-
rains pratiqués depuis pluſieurs
ſiécles, & dont les détours n'é-
toient connus que de lui & de
quelques perſonnes de confiance,

étant un secret de l'Estat ; l'entrée de ces voûtes , étoit dans la
Mosquée parmi les tombeaux des
Rois de Sanga , & venoit abou-
tir dans un endroit caché du
Palais de Citor : l'Isman étoit
un vieillard respectable par son
grand âge, son esprit & sa fidelité pour le Sang de ses Rois ; il
venoit avertir la Reine, de tout
ce qui se passoit dans le Camp
ennemi , & lui donner des nouvelles des frequentes attaques du
Satrape Salza , à qui elle avoit
confié sa Cavalerie.

C'étoit encore par lui, qu'elle
étoit instruite des affaires du Mogol : tous les Courriers ayant eu
ordre de s'adresser à lui : Cremen
qui sçavoit qu'elle avoit une entiere déference pour cet Homme venerable , fut l'attendre à
son passage, pour l'engager à porter la Reine à ce qu'il souhai-

toit : il ne lui fut pas difficile ;
car auffi-tôt qu'il lui eut expofé
l'état où fe trouvoit la Place , &
le danger que la Famille Royale
alloit courir , il fut de fon avis,
& lui promit de déterminer cette
Princeffe , à fuivre un confeil fi
raifonnable : la Reine qui faifoit
fes Rondes , ne revint que très
tard ; elle fut charmée de trouver l'Ifman , qui l'attendoit : il
l'affura que Miramud avoit défait une bonne partie de l'Armée
de Mirgahan , au paffage d'une
petite Riviere, appellée Guemid;
que le Rebelle s'étoit encore une
fois retiré dans fes Deferts ; &
que l'Empereur, à la tête de fon
Armée victorieufe , marchoit à
grandes journées, pour venir à fon
fecours : qu'ainfi il étoit de fa
prudence & de fes interêts, qu'elle fût au devant de lui , de raf-
fembler toutes fes Troupes , &

d'en former une Armée pour la joindre à celle de Miramud , & venir enfuite fondre fur Badur : car enfin continua-t-il, vos forces feparées , ne pourront tout au plus que retarder les projets de votre ennemi , au lieu qu'étant raffemblées , vous le pourrez détruire entierement ; & par votre prefence , vous animerez vos Alliés à une plus prompte execution : rendez - vous donc, grande Reine, aux juftes follicitations de vos Sujets , qui vous conjurent tous par ma voix , de vous mettre en fûreté avec les Princes vos Enfans , en fortant de cette Place , tandis que vous le pouvez encore : ce n'eft point une fuite , c'eft une action de prudence , qui hâtera votre vengeance & le repos de votre Peuple.

Les raifons de l'Ifman , celles

de Cremen, l'amour qu'elle avoit
pour les Enfans, dont on lui faifoit fans cesse envifager la perte,
& le defir ardent de joindre Badur dans une Bataille, la déterminerent enfin à ce que l'on de-
firoit : elle manda le Conseil fur
le champ, à qui elle fit part de la
réfolution qu'elle venoit de prendre ; & s'adreffant à Zibin : Je
pars, lui dit-elle, & je vous confie
encore une fois le falut de cette
grande Ville ; temporifez, retar-
dez autant qu'il vous fera poffible, les travaux & les attaques
de nos ennemis ; je ferai mes efforts pour vous fecourir promptement, fi l'Armée de Miramud
arrive dans le tems que je l'efpere ; & fur tout, continua-t-elle,
en jettant les yeux fur les uns &
les autres, fouvenez-vous que
vous me contraignez à la démarche que je fais.

Le Conseil l'assura qu'il n'y
avoit que cette seule occasion,
où son absence fût capable de
leur donner de la joye ; qu'ils la
remercioient avec transport, d'a-
voir bien voulu se rendre à des
avis, qui ne partoient que du vif
attachement qu'ils avoient pour
elle : Zibin se jetta à ses pieds
pour lui rendre graces de sa confiance, en lui promettant de ne
rien negliger pour répondre à
l'opinion qu'elle avoit de lui.

Après cela, on ne songea plus
qu'à tout préparer, pour le départ de la Reine ; ce qui se fit avec
un secret surprenant : pendant
que cette Princesse, faisoit le tour
de la Place, on commença par
enlever les Tresors, & tout ce
qu'il y avoit de plus précieux dans
le Palais, que Cremen & l'Isman,
firent conduire dans le Soûter-
rain : le lendemain Crementine,

donna ſes dernieres Inſtructions à
Zibin, & ſur le ſoir dans un profond ſilence, toute la Famille
Royale entra ſous ces ſuperbes
Voûtes. Le ſage Iſman les conduiſoit, & la Reine accompagnée
de ſes Amazones, les ſuivoit avec
Cremen : le Trajet ſe fit ſans
bruit, ſans confuſion, & ſans accident, quoique la Reine eût une
nombreuſe Suite, tant en Hommes, qu'en Femmes : les principaux Officiers de ſa Maiſon, & les
Dames attachées par leurs charges à ſa Perſonne, & au ſervice
des Princes ſes Fils, & des Princeſſes ſes Filles, étant du nombre.

Cette illuſtre Troupe, arriva
à la Moſquée, dont l'Iſman qui
prit les devans, avoit éloigné tout
le monde : au ſortir de la Voûte,
la Reine ſe trouvant parmi les
Tombeaux des Rois de Sanga,
ſentit

fentit renouveller dans fon ame,
la douleur dont elle étoit fans
ceffe dévorée : ce trifte afpect,
le filence que chacun obfervoit,
les tenebres , la lueur des flam-
beaux , & cette longue Suite de
monumens , entre lefquels elle
marchoit à pas lents, la frappe-
rent, & lui infpirerent cette forte de terreur, qui fans rien tenir
de la crainte, émeut le cœur, &
le tient comme en fufpens, entre le refpect & l'effroy : Grands
Rois ! Heros ! s'écria-t-elle ; vous
dont j'occupe aujourd'hui l'Empire, recevez le Serment que je
fais fur vos reftes précieux, de ne
prendre aucun repos que je n'aie
vengé votre illuftre Succeffeur :
puifliez-vous, Manes facrées, me
refufer ma place en ces lugubres
lieux! Puiffent vos ombres irritées,
en exclure à jamais la mienne,
fi je manque à de fi faints engage-

Tom. I.   K k

mens ! Oüy mon cher Zamora,
continua-t-elle , c'est en ce lieu
terrible, où reposent tes augus-
tes Ayeux, que je te renouvelle
mon amour & ma foi ; & c'est
par eux que je te jure une vengeance égale à tes vertus, ainsi
qu'à ma constance.

Crementine prononça ces paroles avec une fermeté, qui prou-
voit celle de son ame , & la grandeur de son courage : tous ceux
qui l'accompagnoient , en furent
touchés & remplis d'admiration ;
& chacun, à l'imitation de cette
Princesse, donna des marques de
veneration à ce lieu respectable :
La Reine, au sortir de la Mosquée, envoya avertir Salza, qu'elle alloit arriver , avec ordre de
s'avancer à la tête d'un Corps de
sa Cavalerie, jusques sur les bords
de la Riviere de Milkou , après
quoi l'on se remit en marche à

travers les Bois, sous la conduite
de l'Isman, & sans se reposer un
moment, dans la crainte de rencontrer les Partis de l'Armée de
Badur, qui couroient la Campagne ; mais enfin ces illustres fu-
gitifs, arriverent sur les bords
du Milkou, & la passerent sans
aucun danger, où le Satrape Salza reçut la Reine, & la conduisit à Nifa, Ville fortifiée sur les
Frontieres du Mogolistan.

De là, Cromentine envoya des
Ordres à tous les Satrapes &
Gouverneurs des Provinces du
Royaume de Sanga, de lui a-
mener toutes ses Troupes à Nifa ;
& à tous ses fideles Sujets, capables de porter les Armes, de la
venir joindre dans la même Ville : ses Ordres furent executés,
avec tant de diligence, & ses Sujets étoient si disposés à lui obéïr,
qu'en très-peu de tems, elle as-

sembla une Armée considerable.

Cette grande Princesse, fit sçavoir à Miramud, sa sortie de Citor, & sa Retraite à Nifa, où elle l'attendoit : l'Empereur qui avoit craint que le courage de Crementine, ne fût cause de sa perte, fut charmé de sa prudence ; & lui manda qu'il marchoit à grandes journées pour la joindre : cependant Badur pressoit toûjours le Siege de Citor ; il fut encore repoussé dans deux assauts qu'il donna à cette Place, depuis la sortie de la Reine, par le courage & la sagesse du Satrape Zibin : il fit même plusieurs tentatives, pour faire sauter les deux Forts de Badur par des mines.

Virgile toûjours attentif, les éventa, & tout tourna au désavantage des Assiegés ; mais ce qui leur fit perdre entierement l'es-

poir, fut la mort de Zibin, qui
fut emporté d'une volée de Canon, en faifant élever une nouvelle Batterie ; le Satrape Jédot,
fut mis à fa place : Badur ayant
été averti de la défaite de Mirgahan, & que Miramud mar-
choit jour & nuit au fecours de
Citor, fit redoubler fes attaques
& fes batteries, fans donner aucun relâche à la Garnifon : les
Habitans voyant qu'il n'étoit plus
poffible de tenir contre ce cruel
ennemi, n'écoutant plus que leur
defefpoir, imiterent la fureur
de ceux de Betele : ils affemblerent leur or, leur argent, & tout
ce qu'ils avoient de plus précieux,
y mirent le feu, & s'y précipite-
rent eux-mêmes volontairement:
c'étoit un fpectable terrible, de
voir les jeunes & les vieux, les
Hommes & les Femmes, s'em-
preffer à fe jetter dans les flam-

mes : Badur informé de cette refolution , entra dans la Place ,
fans aucune refiftance de la part
des Habitans : toute la Garnifon
ayant prefque peri dans les attaques.

Le Roy de Cambaye fit cef-
fer l'Incendie , qui avoit dé a
confumé foixante & dix mille
Perfonnes de tout âge & de tout
Sexe : le premier mouvement de
cet impitoyable Monarque , fut
d'exterminer ce qui reftoit dans
la Place , d'y mettre le feu , &
d'en faire fauter les Fortifications ; mais Zaffer & Virgile ,
s'oppoferent fortement à ce deffein barbare : Zaffer pour le feul
interêt de ce Prince , & Virgile
par un principe de compaffion ;
ainfi ils lui firent comprendre,
que le Mogol s'approchant , il
lui étoit de toute neceffité , de faire de Citor , une Place d'Armes,

qui lui feroit d'un grand fecours ;
& que bien loin de la détruire, il
falloit la repeupler de fes Sujets
de Cambaye, afin de s'en affurer
la poffeffion.

Ces raifons & fon intérêt, pré-
valurent pour cette fois fur fa
cruauté naturelle ; il défendit à
fes Troupes de piller, & fit publier qu'il pardonnoit à tous les
Habitans de Citor, à condition
qu'il lui prêteroient Serment de
Fidelité ; enforte qu'il remit le
calme dans cette Ville, où ce qui
reftoit d'Habitans, fçachant que
leur Reine, ne les laifferoit pas
long-tems fous ce Joug abomi-
nable, fe refolurent à feindre
un zele & une foumiffion, où la
vanité de Badur fut trompée :
il fit combler les Retranchemens,
réparer les défenfes de la Place,
& démollir les deux Forts de
Virgile, & ayant diftribué fes

K k iiij

Troupes en quartiers de rafraîchiſſemens , il ne ſongea plus
qu'à ſe livrer à la joye d'avoir
ſi bien rempli ſa vengeance.

Il carreſſa & gratifia ſes Amis
de nouvelles faveurs ; il augmenta les revenus des uns , donna
des poſſeſſions aux autres , & fit
doubler la ſolde de ſes Soldats :
Zaffer & Virgile , eurent la meilleure part dans le nombre de ſes
bienfaits : il avoüa que c'étoit
à l'habileté de ce François , qu'il
devoit une ſi belle conquête ;
Mais comme ſon orgüeil étoit
exceſſif , il prétendit arracher
à la Ville qu'il venoit de prendre, le nom glorieux de la petite
ombre du Monde, pour ſe l'ap-
proprier à lui-même , extrava-
gance , que toutes les raiſons
qu'on lui put dire , ne furent pas
capables d'empêcher : cependant
il fit publier un Edit, par lequel il

déchargeoit les peuples du Roïaume de Sanga, de certains droits, que la necessité des tems avoit obligé les Rois de leur imposer : il affecta de paroître clement & désinteressé; mais comme ces vertus n'étoient point en lui, & que la seule politique le faisoit agir, il revint bien-tôt à sa cruauté naturelle : Depuis son Entrée dans Citor, il avoit employé tous ses soins, pour sçavoir comment la Reine avoit pû se sauver à travers son Camp, sans être reconnuë.

Comme il croyoit que les Officiers que cette Princesse avoit laissés dans Citor, pourroient le sçavoir, il les fit venir, & les menaça de leur faire souffrir les tourmens les plus affreux, s'ils ne lui déclaroient pas ce qu'il vouloit apprendre; ces gens qui ignoroient ce qu'il demandoit, lui

apprirent le jour que Crementine étoit difparuë ; mais qu'ils
ne fçavoient comment , ni par
quel endroit elle étoit fortie de
la Ville , ni la route qu'elle a-
voit prife : Badur mécontent de
cette réponfe , les fit prendre &
lier, ordonnant qu'on les fît mourir dans les plus cruels fupplices,
s'il n'avoüoient pas la verité.

La chofe fut executée avec la
derniere rigueur , fans que ces
malheureufes victimes fatisfiffent
en rien ce Monarque inhumain:
cette barbare execution remplit
d'horreur & de haine , ceux des
Habitans qui étoient reftés dans
la Ville , veillant fans ceffe à
pouvoir trouver quelque occafion favorable de fe fouftraire à
l'obéïffance de ce cruel. La Reine
apprit avec la derniere douleur,
la perte de cette importante Place , la mort du fidele Zibin , &

la funefte refolution d'une partie des Habitans , qui s'étoient
dévoüés à la mort ; mais revenuë
à elle même , le defir de fa vengeance , en reprit de nouvelles
forces; fa prudence & fon activité, redoublerent, s'occupant fans
relâche de l'unique foin de rétablir & de difcipliner fon Armée,
& à faire des Magafins de tous
côtés.

Ses Sujets toujours fideles , &
n'ayant point d'autre attention
que celle de l'aimer & de lui plaire, lui portoient volontairement
leur or & leur argent ; leur empreffement à la fecourir, lui donnoit une fatisfaction difficile à exprimer : Rien n'étoit plus admirable à voir que le concours , &
l'amour de tous les ordres de l'E-
tat, qui fe rendoient près d'elle ;
les uns lui fourniffant des Hommes pour fon Armée , les autres

lui facrifiant leurs Biens ; & tous,
felon leur pouvoir , lui prouve-
rent leur vif attachement.

Pour Badur, charmé de fa Victoire , & fe croyant déformais
invincible , il s'abandonna à tous
les défordres que la débauche la
plus effrenée , peut fuggerer : fes
Troupes , à l'exemple de leur
Chef, en firent de même ; tout
contribuoit à les fatisfaire , un
Païs fertille , abondant dans les
chofes les plus délicieufes , & leur
temperamment porté au plaifir &
à la molleffe , les firent aifément
fuccomber ; ce n'étoit que Fêtes
& que Feftins, où Badur fe livrant aux paffions qui le domi-
noient , y faifoit regner la licence & le vice dans toute leur étenduë. Si ce Prince eût été moins
prévenu de fa puiffance , ou qu'il
eût été plus prudent , la faine politique vouloit qu'il fût chercher

la Reine jufqu'à Nifa, pour é-
carter ou détruire les forces
qu'elle y raffembloit, fans lui
donner le tems de refpirer.

Mais il étoit arrivé au dernier
periode de fa grandeur, & le Ciel
qui préparoit le châtiment dû à
l'énormité de fes crimes, ne lui
permit pas de refléchir fur les
malheurs qui le menaçoient; &
quoiqu'il fût informé que la Reine étoit à Nifa, où elle avoit déja affemblé fes Troupes, & qu'elle y attendoit l'Empereur du Mogol, qui marchoit à la tête d'une
Armée formidable, rien ne put
le retirer des indignes plaifirs,
dans lefquels il étoit plongé.

Cependant l'Armée de l'Empereur du Mogol, arriva à Nifa, compofée de trois cens mille
Hommes, tant Cavalerie, qu'Infanterie, avec un train d'Artillerie confiderable : Miramud

qui avoit crû la Reine, dépour-
vûë de tout, fut extrêmement
furpris de trouver fon Armée
en très-bon état ; mais ce qui
l'étonna le plus, fut de voir cette Princeffe, dont les cruels revers n'avoient pû abbattre un
inftant, le courage & la fermeté :
Les deux Armées jointes enfem-
bles, ne ceffoient point de céle-
brer fes rares qualités, les uns
loüoient l'étendüe de fon genie,
la beauté de fon efprit, la grandeur de fon ame, & cette capa-
cité qui s'étendoit generalement
fur tout ; les autres ne parloient
que de fon activité, faifant tout
par elle-même, s'informant des
moindres détails, & de fon Art
à pourvoir aux befoins d'une Armée ; d'autres lui donnoient l'intrepidité, la magnanimité & la
generofité d'Alexandre, leur an-
dien Conquerant; d'autres la pru-

dence, la politique & la valeur
du fameux Timurbec ; & tous
déteftant le barbare Roi de Cambaye, demandoient qu'on les menât à cet Ennemi, pour le détruire & la venger.

La Reine & Miramud, vou-
lant profiter d'un fi beau feu, donnerent les ordres pour partir ;
mais avant que de quitter Nifa,
la Reine eut un Combat à foutenir, qui fit l'étonnement de l'Empereur du Mogol & des deux Armées, en préfence defquelles il fe
paffa. Le jeune Prince de Sanga,
qui avoit été témoin de tous ces
préparatifs de Guerre, & qui fe
fentoit un courage au-deffus de
fon âge, ne vit pas plûtôt donner l'ordre de marcher, qu'il courut fe jetter aux pieds de la Reine fa Mere, pour la fupplier de
lui permettre de la fuivre.

Vous partez, Madame, lui dit

il, vous allez combattre celui qui m'a ravi mon Pere, & vous me laissez oisif, dans un tems où je dois montrer à vos Alliés, à vos Sujets, & à vous-même, que je suis digne d'être le Fils de l'illustre Crementine & du grand Zamora ; n'ayez point égard à mon âge, n'en ayez que pour mon courage, il ne démentira point le Sang dont je suis sorti ; guidé par votre valeur, animé par votre exemple, je ne puis rien faire que de glorieux ; puis - je mieux essayer mon bras, que pour la vengeance d'un Pere, dont vous m'excitez sans cesse à suivre les traces ? Ne souffrez donc pas, qu'enfermé dans les murs de Nifa, je ne partage point les perils que vous allez courir : que diront tant de braves Guerriers ? que pensera l'auguste Miramud ; lui qui veut m'honorer de son allance,

liance, si je reste tranquille spec-
tateur d'une Guerre, où je suis si
fortement interessé ?

Jamais surprise, ne fut égale à
celle de la Reine; ses yeux se remplirent de larmes ; Miramud ne
put retenir les siennes ; les Chefs
& les Soldats, étoient aussi dans
une admiration, qu'ils témoigne-
rent par un murmure confus de
loüanges & d'applaudissemens :
ces premiers mouvemens étans
passés, & Crementine s'étant re-
mise : Mon Fils, répondit - elle,
en embrassant cet aimable Prince, & le faisant relever, les pleurs
que je repans, vous sont un témoignage de ma tendresse & de
la joye que me donnent vos sentimens heroïques : vous pouvez aisément connoître, ceux qu'ils ont
inspirés à l'Empereur, & aux braves Guerriers qui nous suivent,
par les marques qu'ils vous don-

nent du plaisir que leur fait votre genereuse demande ; mais,
mon Fils, il n'eft pas tems encore,
d'écouter l'ardeur de votre courage ; votre jeuneffe vous difpen-
fe fans honte des dangers de la
Guerre ; je rends trop de juftice
au Sang de Zamora, pour douter
de votre valeur , mais vous êtes
un bien qu'il m'a confié, & dont
mes Sujets & les vôtres , m'ont
renduë refponfable ; ainfi je ne
dois, ni ne puis expofer vos jours
dans une occafion, où ne refpi-
rant que Sang & que carnage,
je ne fonge uniquement qu'à détruire & renverfer ceux que
nous allons attaquer ! Ciel quel
feroit mon défefpoir, fi fuccom-
bant fous les coups de nos Ennemis, j'allois perdre en vous, un
Trefor qui m'eft mille fois plus
précieux que la vie : Prince, fou-
venez - vous que vous m'avez

feul forcée à vivre , & que vous
cauferiez ma mort , fi le perfide
Badur m'arrachoit encore le feul
bien qui me refte. Enfin , mon
Fils , continua - t - elle , en l'em-
braffant une feconde fois , ne
m'enviez pas la gloire de venger
votre illuftre Pere , & refervez
votre ardeur heroïque pour un
tems plus heureux ; c'eft ce qu'e-
xige de votre tendreffe & de vôtre obéiffance , une Mere qui ne
vit que pour vous.

Ce difcours prononcé avec une
majefté furprenante , fit fur le
jeune Prince , l'effet qu'elle en
attendoit , & quoiqu'il fût vivement touché du refus de la Reine , il fit tout ceder à la foumiffion profonde qu'il avoit pour
fes volontés : Miramud l'embraffa avec tendreffe , en l'affurant
qu'il n'avoit pas befoin des marques de courage qu'il venoit

L l ij

de donner, pour le trouver digne de remplir le Trône de ſes Ayeux, & d'épouſer la Princeſſe ſa Fille, pour laquelle il le prioit de conſerver une vie, ſur qui ſes Sujets & ſes Alliés fondoient toute leur eſperance.

Le jeune Prince obéït, & rentra dans Niſa, aux acclamations des deux Armées ; & comme tout étoit prêt, elles ſe mirent en marche : celle de Crementine, faiſoit l'Avant-garde ; & celle de Miramud, ſuivoit ; jamais il n'y eut de préſages plus certains de la victoire ; les Soldats marchoient, & ſupportoient la fatigue ſans ſe plaindre ; point de tumulte ni de confuſion ; animés du même eſprit, rien ne leur faiſoit de peine : la confiance & l'obéïſſance, étoient leurs guides ; & les ordres de la Reine, étoient executés ſi à propos, que

la subsistance se trouvoit à point
nommé : d'ailleurs , les Peuples
s'empressoient à porter sur les
passages , tous les rafraîchissemens necessaires à cette grande
Armée. Badur ayant appris la
jonction des Troupes de Miramud, avec celles de Crementine,
parut se reveiller alors d'un long
assoupissement : il donna ses ordres , rassembla son Armée, qu'il
fit camper sur les bords de la Riviere de Milkou , dans le dessein
d'en disputer le passage à ses Ennemis ; il ne fut pas long-tems
sans recevoir la nouvelle de leurs
approches : Virgile avoit marqué le Camp de Badur , & fait
fortifier , l'ayant situé avantageusement , pour la commodité
de l'eau & des fourages , autant
qu'il lui fut possible par la pré-
cipitation du tems.

L'Armée de Miramud & celle

de la Reine , parurent presque
aussi-tôt : Crementine ayant remarqué une hauteur , qui s'élevant dans la Plaine , aboutissoit
au bord du Milkou, qui mettroit
les Armées à couvert de l'Artillerie ennemie , y marqua son
Camp ; fit d'abord travailler aux
Lignes , & s'attacha uniquement
à chercher des passages , & les
Guez , pour aller attaquer Badur : on fit plusieurs tentatives
inutiles, où il y eut quelques pertes du côté des Troupes Imperiales , qui furent repoussées par
tout : ces succès enflerent l'orgüeil du Roi de Cambaye , qui
croyant que rien ne pouvoit lui
resister, fit passer la Riviere à
de gros Partis de Cavalerie , partie à la nage, & partie sur des
especes de Radeaux : la Reine
qui connoissoit le caractere audacieux de Badur , fut charmée

dé fon deffein, & ne cherchant
que les moyens de l'animer, elle
détacha plufieurs Corps de Cavalerie, avec ordre de fe prefen-
ter aux Troupes ennemies; mais
d'affecter fans défordre de fuïr
& de regagner le Camp ; & fur
tout d'éviter toutes fortes d'en-
gagement, quand même les occafions leur paroîtroient favorables; ce qui fut executé fi parfaitement, que Badur perfuadé
que ces fuites & ces rétraites é-
toient des effets de la crainte;
fit encore paffer la Riviere à d'autres Troupes de Cavalerie, qui
venoient braver l'Empereur & la
Reine, jufques dans leur Camp.

L'Armée de Miramud, qui
venoit de remporter la Victoire
fur le rebelle Mirgahan, ne pouvant fouffrir cette infolence, demandoit hautement qu'on la menât à l'Ennemi, pour le faire ré-

pentir de son arrogance ; mais
Miramud qui sçavoit les intentions de Crementine , laissa murmurer ses Troupes , ne permettant à personne de sortir du
Camp , excepté aux Partis com-
mandés exprès , pour se montrer
aux Cambayens , & les animer
toûjours davantage : en effet,
Badur prévenu de la fausse idée
qu'on ne pouvoit plus lui resister , passa la Riviere en Personne
avec de l'Infanterie & toute sa
Cavalerie , & deux cens Pieces
de Canon , sur des Ponts & des
Radeaux , qu'il fit construire ;
& forma un second Camp sur les
bords opposés au premier , qu'il
fit fortifier , dans la resolution
d'aller attaquer & forcer le
Camp de Miramud : lorsque tout
fut en état , il fit sortir ses Troupes , les rangea en Bataille , &
vint offrir le Combat à ses Ennemis :

mis ; la Reine examinoit avec
foin, fes moindres mouvemens,
mais fans fortir de fon Camp :
Badur continua plufieurs jours
cette même manœuvre, fes fol-
dats lançant mille traits piquans
contre l'Armée de l'Empereur &
de la Reine, leur reprochant leur
lâcheté, de n'ofer fortir de leurs
Retranchemens.

Lorfque Crementine & Miramud eurent reconnu que Badur
étoit convaincu que c'étoit la
crainte qui les avoit retenu dans
leur Camp, ils affemblerent un
Confeil, où ils appellerent leurs
Miniftres, & tous les Officiers
Generaux des deux Armées, dans
lequel la Reine leur découvrit le
deffein qu'elle avoit eu de divifer
l'Armée du Roy de Cambaye,
par la manœuvre qu'elle avoit
faite, qui, ayant perfuadé ce Prince de leur foibleffe, l'avoit enfin

Tom. I   **M m**

obligé de paffer la Riviere, & de
feparer fon armée, plus forte encore, à la verité, que la leur,
mais que celle de l'Empereur
étant compofée de Troupes excellentes ; & de plus, victorieu-
fes, qui demandoient jour & nuit
qu'on les menât à l'Ennemi, elle
étoit d'avis de profiter de cette
belle ardeur, puifqu'elle avoit
conduit Badur au point où elle
le fouhaitoit ; que connoiffant
l'audace & la préfomption de ce
Prince, elle pouvoit les affurer
que fes propres fureurs l'avoient
livré entre leurs mains ; qu'elle
prévoyoit que fa Grandeur & fes
cruautés alloient être, à jamais,
terminées, & que cet ennemi du
Ciel & de la Terre, alloit perir
par les Armes du Puiffant Empereur, à qui la Juftice divine
avoit refervé la gloire de venger
le grand Zamora fon Epoux, &
leur Allié.

Miramud & le Conſeil, ap-
plaudirent, tout d'une voix, au
Diſcours de Crementine, & la
Bataille fut reſoluë. Pendant ce
grand Conſeil, les Soldats crioient
autour des Pavillons où il ſe tenoit, qu'il ne falloit plus balancer à fondre ſur Badur; qu'ils
étoient aſſurés de la Victoire, &
de la deſtruction de ce Prince,
qu'ils chargeoient de mille im-
precations. Le Conſeil entendant
ces cris, & ſçachant la haute opinion que le Soldat avoit de la
valeur & de la prudence de la
Reine, la pria de vouloir ſortir,
& de leur parler, pour mieux
animer leur ardeur, & cependant
les maintenir dans l'obéïſſance.
Crementine, qui avoit déja projetté de haranguer l'Armée, fut
charmée de cette déference, qui
la mettoit en état d'executer ſon
deſſein : elle chargea Cremen,

d'avertir les Soldats qu'elle vouloit leur parler ; & fur le champ,
ayant fait élever une Eſtrade aſſez
haute pour être vûë & entenduë
de loin, elle ſortit des Pavillons,
accompagnée de l'Empereur &
de tout le Conſeil, qui voulurent
être preſens à ſon Diſcours. Cette
Princeſſe monta ſur l'Eſtrade,
ayant à ſes côtés, mais beaucoup
plus bas qu'elle, les Princeſſes
Alaſinde & Zoradine, dont l'une
tenoit ſon Caſque, & l'autre ſon
Bouclier, couverts d'un voile :
Tous les Soldats, les Officiers, &
les Chefs s'étant approchés avec
empreſſement, le plus qu'il leur
fut poſſible, & prêtant un ſilence
extraordinaire parmi un ſi grand
nombre de monde, Crementine
élevant la voix, en adreſſant la
parole, tantôt aux Mogoliens, &
tantôt à ceux de Sanga :

» Braves Chefs, leur dit-elle,

vaillans Soldats, chers Alliés, «
& vous, fermes foûtiens de mon «
Empire, c'eft à prefent qu'il «
vous eft permis d'écouter votre «
ardeur ; c'eft à prefent qu'il faut «
vaincre ou mourir : c'eft à pre-«
fent, Victorieux Mogoliens, «
que votre illuftre Empereur «
vous excite à venger le plus »
cher de fes Alliés : Et vous, «
mes fideles Sujets, c'eft aujour-«
d'hui, que rappellant à votre «
fouvenir, les Vertus & les Ex-«
ploits de votre augufte Maître, »
vous devez le venger ou perir : «
ce n'eft point à la Gloire que «
vous allez courir, c'eft au meur-«
tre & au carnage que Cremen-«
tine vous invite. «

Ce que nous avons fait juf-«
ques ici, n'a été que pour di-«
minuer les forces de nos Enne-«
mis, en les obligeant à divifer «
leur Armée, & vous la rendre «

M m iij

» moins formidable ; mais quand
» elle feroit encore plus confide-
» rable que la nôtre, reprefen-
» tez-vous l'illuftre Zamora ex-
» pirant dans les tourmens les plus
» affreux, & vous deviendrez in-
» vincibles ; que ce funefte objet,
dit-elle, en faifant découvrir fon
Bouclier, où la tête de Zamora
» mourant étoit gravée, vous ex-
» cite à la vengeance.

Cette vûë produifit un effet fi
grand fur les efprits, que tous
s'ébranlerent, comme pour voler
au combat ; mais la Reine ayant
fait figne qu'elle avoit encore à
parler, chacun reprit fa place,
& lui prêta filence.

» Que j'aime à voir, continua-
» t-elle, les mouvemens dont vous
» venez d'être faifis ; qu'il m'eft
» doux de trouver dans un fi
» grand nombre de têtes, un con-
» fentiment unanime à mes plus

Bonnart del.   Scotin

chers defirs ; auffi, braves Guer- «
riers, & vous, vaillans Sujets, «
je ne vous engage dans aucun «
peril, que je ne veüille partager «
avec vous ; fi le grand Zamora «
fut votre Maître, il étoit mon «
Epoux, mais un Epoux fi cher, «
que la mort même n'a pû triom- «
pher de mon fidele amour ; & «
c'eft pour le prouver aux yeux «
de fes Alliés & de fes Sujets, «
qu'aujourd'hui je me voüe à la «
Mort, dit-elle en prefentant fa «
tête à la Princeffe Zoradine, qui,
d'un impitoyable cifeau, lui coupa fes beaux cheveux, tandis
qu'elle achevoit de parler : Re- «
çois, cher Zamora, continua- «
t-elle, en laiffant couler quelques
larmes, ce foible facrifice, qui «
fera bientôt fuivi de celui de ma «
vie, fi je ne puis l'arracher à ton «
lâche ennemi : Et vous, braves «
Soldats, que ma fureur vous «

Mm iiij

»anime, que ce Bouclier guide
» vos coups ; renverfez, ravagez,
» maffacrez , portez par-tout la
» terreur & l'effroi ; vengez-moi,
» vengez-vous, ou mourons.

Le defir de la vengeance, & le
fouvenir de Zamora, firent éclater en ce moment fur le vifage de
Crementine, un mêlange de tendreffe & de fureur, qui infpiroit
à la fois la crainte & la pitié ; ma-
jeftueufe dans fa fierté, refpecta-
ble dans fa douleur ; terrible &
tendre ; inflexible & fenfible, jamais elle ne parut plus belle &
plus redoutable.

Son action & fon difcours firent une impreffion fi vive fur les
cœurs, qu'il y eut grand nombre
de Soldats de l'Armée du Mogol
& de celle de Sanga, qui fe voüe-
rent à la Mort, en promettant de
ne quitter les armes qu'après celle
du cruel Badur. Mais rien ne fut

comparable à l'étonnement de
Miramud, des Grands de fa Cour,
du Confeil, & des Generaux des
deux Armées, qui ne s'atten-
doient en aucune maniere à ce
qu'ils venoient de voir ; il n'y en
eut pas un qui n'eût voulu tenir
en ce moment le perfide Roy de
Cambaye, pour lui faire fouffrir
les plus cruels fupplices : & la
Reine defcendit de l'Eftrade, au
bruit confus des proteftations que
lui fit ce monde innombrable, de
la feconder avec ardeur dans fes
juftes deffeins.

Cette Princeffe rejoignit Miramud, ne fongeant plus qu'aux
chofes neceffaires pour livrer la
Bataille à Badur. Elle étoit informée par les avis que lui donnoient
à tous momens les Efpions qu'elle
avoit dans l'Armée de ce Prince, que prévenu de la crainte
des Troupes Imperiales qui lui

avoient laiffé piller & ravager le
Païs fans y mettre d'obftacle, s'a-
bandonnant à fes débauches ordinaires, negligeoit jufques au foin
de la garde du Camp. Ainfi, fans
attendre davantage, l'Empereur
& elle firent la difpofition de leurs
Troupes, & à deux heures de la
nuit, l'Armée fortit du Camp
Imperial par plufieurs barrieres,
s'étendit dans la Plaine, où elle
fe trouva rangée en bataille au
milieu de la nuit : la Reine leur
avoit fait prendre des flocons de
Cotton pour fe pouvoir reconnoître, & fans perdre un moment,
les fit marcher contre le Camp
de Badur.

Tout y étoit dans une fi grande
fecurité, qu'il fut forcé avant que
les Cambayens s'en fuffent apper-
çûs. Aux premieres allarmes,
Badur monta à cheval, mais le
maffacre des fiens, & la peur qui

les faifit, les empêcherent d'entendre fes ordres : les Troupes de la Reine fe répandirent par tout le Camp ; les cris des mourans & des bleffés, joints aux tenebres d'une nuit obfcure, y jetterent une telle horreur, que les Officiers de Badur, qui portoient fes ordres de tous côtés, ne purent jamais fe faire obéïr, ni former un corps de Troupes affez confiderable, pour arrêter l'ardeur de leurs Ennemis, chacun ne fongeant qu'à repaffer le Milkou fur les Ponts, les Radeaux, & même à la nage.

Crementine qui avoit prévû cette confufion, avoit laiffé Cremen avec un gros corps de Troupes à l'entrée du Camp, pour exterminer tout ce qui échaperoit par la fuite, à la fureur de fes Soldats ; en effet, les malheureux qui étoient fortis du Camp pour gagner le Milkou, succomberent sous les coups des Troupes de Cremen. La Reine qui avançoit toujours du côté des Pavillons de Badur, en exterminant tout ce qui s'oppofoit à son paffage, y pénetra enfin, croyant y trouver son barbare ennemi ; mais elle apprit qu'il en étoit forti avec un gros d'Officiers, pour tâcher de former un corps de Cavalerie hors du Camp, afin de la venir attaquer à dos : cette Princeffe qui sçavoit que Cremen étoit posté de façon, qu'il falloit que Badur le combattît auparavant que de pouvoir rentrer dans le Camp, envoya avertir ce General, du deffein du Roy de Cambaye, & continua de porter la terreur & la mort par toute cette miserable Armée, ne ceffant point de tuer & de maffacrer : il n'y eut pas jufques aux Amazones de cette Reine, qui s'excitoient les unes les autres, à qui extermineroit le plus de Cambayens. L'Empereur du Mogol qui étoit entré du côté opposé à Crementine, & qui y avoit eu un semblable succès, la joignit au milieu du Camp.

Cependant Badur fit si bien, qu'il assembla un corps considerable de sa meilleure Cavalerie, & ne doutant point que l'Armée ennemie ne fût occupée au pillage, il marcha du côté par où elle étoit entrée dans son Camp, dans le dessein de balancer encore la Victoire: Mais Cremen, qui, sur l'avis de la Reine, l'attendoit de pied ferme, lui disputa le passage avec vigueur, & l'ayant repoussé à plusieurs reprises, il l'attaqua enfin, si vertement, qu'il l'obligea de prendre la fuite. Le jour parut, & fit voir au Roy de

Cambaye le carnage & la désola-
tion de son Armée : alors la crainte le saisit, il eut peur de tomber
entre les mains de la Reine de
Sanga , & cette idée le frappa si
fort, que sans dire un seul mot
aux Officiers qui étoient autour
de lui, il piqua droit à la Riviere,
qu'il fut assez heureux de passer
à la nage sans accident, n'ayant
pas voulu s'engager sur les Ponts,
où la presse des fuyards étoit si
grande, que la plûpart se précipi-
toient dans la Riviere, ou étoient
étouffés par la foule.

Le Roy de Cambaye ayant
regagné son premier Camp, y
trouva un désordre si surprenant,
la crainte ayant saisi l'Armée
qu'il y avoit laissée, que voyant
qu'il lui étoit impossible de se faire
obéïr, il ordonna qu'on abandon-
nât le Camp, & de marcher droit
à Citor ; mais craignant d'être

fuivi de près, il fit rompre les Ponts & les Radeaux qui étoient fur le Milkou, laiffant ce qui lui reftoit de Troupes de l'autre côté, en proye à la fureur de l'Ennemi. Zaffer, plus prudent & plus fage, informé des mouvemens de Badur, raffembla, à travers mille perils, tout ce qu'il trouva de Cavalerie & d'Infanterie de cette Armée délâbrée, dont il forma un corps affez confiderable, qu'il pofta avantageufement fur les bords de la Riviere, où il fit ferme, pour donner le tems au Roy de Cambaye, & à fon Armée, de fe retirer ; & paffant avec ce débris la Riviere, fur des Radeaux & à la nage, il fit l'arriere-garde de Badur, & lui fauva par là une partie de l'Artillerie & des Munitions de fon premier Camp. La Reine détacha plufieurs corps de Cavalerie pour donner fur ces

fuyards, mais Zaffer fit si bonne
contenance, & se défendit si bien,
qu'il ne put être rompu, & rejoignit Badur sous les murailles de
Citor.

Ce Monarque fut consolé de
ses pertes, à la vûë de ce favori,
comptant bien que son Armée seroit bientôt reparée : cependant
l'Empereur du Mogol s'applaudissoit de cette Victoire, & ne
cessoit point d'en feliciter la Reine, qui comptoit pour rien ces
avantages, puisque Badur lui étoit
échappé avec une partie de son
Armée. Miramud & elle, par-
coururent le Camp désolé ; le
spectacle en étoit terrible : on
donna les deux au pillage, où le
Soldat fit un butin considerable.

On trouva dans l'un & dans
l'autre, plus de trois cens pieces
de Canons, un amas prodigieux
de

de Munitions, quantité de Chameaux, de Bœufs & de Chevaux;
la Garderobe de Badur , & fa
Caflette , où étoient enfermés
tous fes projets contre le Mogol,
& les Lettres de Mirgahan. Après
avoir fait prendre quelques jours
de repos aux Troupes , l'Armée
paffa le Milkou , & marcha à
Citor.

Le Roy de Cambaye, qui avoit
prévû que la Reine le fuivroit ,
mit une forte Garnifon dans cette
Ville, qu'il munit de toutes fortes de Munitions, & y laiffa pour
commander, le Satrape Montach,
brave & experimenté dans l'Art
de la Guerre, & fe mit en marche vers les Plaines de Dorcere ,
ravageant par le fer & le feu,
tout ce qui avoit échappé à fa rage
dans fon premier paffage : les Peuples éperdus, fuïoient de tous côtés, abandonnant leur foyer pour

ſe mettre à couvert de la fureur
de ce Barbare.

La Reine qui conduiſoit l'a-
vant-garde de l'Armée Imperiale, arriva ſur les hauteurs, d'où
elle découvrit la déſolation de la
Ville de Citor, ſes Palais renverſés, ſes Temples détruits, & les
Maiſons fracaſſées, par la quantité de boulets de canon que Badur y avoit fait tirer. Tous les
Satrapes qui étoient autour d'elle,
ne purent retenir leurs larmes,
en voyant la plus puiſſante Ville
des Indes, réduite dans un état ſi
déplorable ; Crementine ſeule,
marqua une fermeté heroïque à
cet aſpect, diſant que ces acci-
dents étant inſeparables d'une
Guerre injuſte, on ne devoit regarder ce funeſte ſpectacle, que
pour y puiſer un courage nouveau, & pourſuivre, à ſon exemple, le cruel qui l'avoit entrepriſe

contre toutes fortes de Loix :
cette moderation fut encore un
fujet d'admiration pour ceux qui
entendirent cette Princeffe. Elle
fçut bien-tôt que Badur avoit pris
la route de Dorcere, & l'ayant
fait fçavoir à Miramud, il la joignit le lendemain, & fut d'avis
qu'on allât attaquer Citor ; mais
la Reine au contraire, fut du fen-
tîment de pourfuivre l'Ennemi
jufques dans fon Païs, difant que
Citor romberoit d'elle-même,
lorfqu'elle n'efpereroit plus de fecours du Tyran, & que fes Troupes épouvantées, ne tiendroient
pas contre une Armée victorieufe.

L'Empereur & les Generaux
convinrent tous, que c'étoit le
moyen le plus fûr : Ainfi, après
que Crementine eut garni & fortifié plufieurs Poftes autour de Citor, pour refferrer la Garnifon,

N n ij

& avoir fait défenses à tous ses
Sujets de porter aucuns vivres
dans la Place, sous peine de la
vie, l'Armée suivit les pas de Badur ; & malgré le ravage que ses
Troupes avoit fait sur leur paffage, les Peuples venoient en
foule des lieux les plus éloignés,
apporter des rafraîchissemens à
l'Armée Imperiale, & tous ceux
qui étoient propres à porter les
Armes, s'y engageoient volontairement : la Reine reçut encore de
nouveaux secours du Roy de Décan, & de plusieurs Rois des Indes, qui la vinrent joindre sur sa
Route. Badur, de son côté, en reçut de puissans à Dorcere, de toutes les parties de son Royaume,
ce qui rétablit son Armée si parfaitement, qu'il ne paroissoit pas
qu'elle eût eu aucun échec. Il ha-
ranguoit sans cesse ses Soldats,
leur faisant entendre, que les

lâches qui les avoient attaqués
pendant leur sommeil, n'ose-
roient pas mesurer leurs Armes
contre eux en plein jour, & qu'un
pareil accident n'arriveroit plus,
par les bons ordres qu'il avoit
donnés.

Il s'efforçoit ainsi de rassurer
ses Troupes allarmées, lorsque
l'avant-garde de l'Armée Imperiale parut sur les hauteurs, &
découvrit cette agréable & grande Plaine de Dorcere. Badur s'é-
toit campé avantageusement, &
croyant que sa Cavalerie, qu'il
nommoit invincible, feroit un
plus grand effet dans ce terrain
uni, que sur les bords du Milkou,
il l'exerçoit tous les jours, & n'ou-
blioit rien pour se procurer la Victoire. Les Troupes Imperiales s'a-
vancerent en bon ordre de celles
des Ennemis, dans le dessein de
les attaquer jusques dans leur

Camp. Mais ce n'étoit pas l'inten-
tion de Badur de les y attendre ;
il fit fortir l'Armée de fon Camp,
& la rangea en Bataille ; il donna
l'aîle droite à Zaffer, la gauche
au Turc Muftapha ; & lui, avec
Alucant étoient au centre.

Celle de l'Empereur & de la
Reine, fut aufſi rangée à peu-
près dans le même ordre ; l'aîle
droite étoit commandée par le
Prince Mocapant, qui avoit fi bien
défendu Agra contre les Perſes ;
la gauche l'étoit par Cremen, &
le centre par l'Empereur : Crementine fe réfervant pour porter
les fecours neceſſaires où le peril
preſſeroit le plus. Ces difpofitions
étant faites, les deux Armées s'é-
branlerent fur les fix heures du
matin, prefque en même tems,
& avec une égale ardeur.

L'Action commença par le
Prince Mocapant, qui, avec un

courage intrepide, attaqua l'aîle
gauche de l'Armée de Badur, où
le Turc Muftapha le reçut en brave Guerrier, & lui refiíta fans fe
rompre ; mais les efforts redoublés que fit le Prince, ayant ébran-
lé la première Ligne, elle fut
bien-tôt rompuë, & le défordre
alloit s'y mettre, fans la prudence
de Muftapha, qui lui oppofa la
feconde Ligne fi à propos, qu'il
fut impoffible à Mocapant de pé-
netrer plus avant.

Cremen avoit Zaffer en tête,
fecondé par Virgile ; ils eurent
plufieurs fois l'avantage, mais ce
fage General fçut fi bien réparer
les pertes qu'il avoit faites au
combat, qu'il ne perdit point de
terrain, en fe défendant toujours vaillamment. L'Empereur
du Mogol brûlant du defir de
combattre le centre, où il fçavoit
que Badur étoit en perfonne,

l'attaqua avec vigueur, fans pouvoir le rompre : ainfi, les deux
Armées étoient engagées, & com-
battoient avec courage, fans que
la Victoire parût fe déterminer.

La Reine qui examinoit attentivement l'état de la Bataille, jugeant que fon fuccès ne dépendoit que de celui qu'on pouvoit
avoir fur l'aîle gauche, commandée par Muftapha, où il y avoit
quelques Moufquetaires Européens qui faifoient un feu continuel fur les Troupes du Prince
Mocapant, prit fon parti fur le
champ, & fuivie de fes Amazones
& de fa Cavalerie armée à la Perfane, joignit le Prince, & s'avançant comme un foudre, en faifant faire un demi-cercle à fa
Troupe, au-deffus de l'aîle droite,
elle prit les Eennemis en flanc, &
les enfonça. Muftapha n'épargna
rien pour s'oppofer à cette vaillante

te Princesse ; mais ne pouvant re-
sister à ses coups terribles , toutes
ses Troupes furent rompuës , mises en désordre, & prirent la fuite,
malgré les soins de Mustapha.

Badur informé de ce malheur,
envoya Alucant , avec un Corps
de Cavalerie considerable , qui
n'avoit pas encore combattu, mais
il ne fut pas plus heureux que
Mustapha ; cette indomptable
Reine, qui faisoit briller sans cesse
son fatal Bouclier aux yeux des
Siens , & à ceux de ses Ennemis,
animoit les premiers par ce funeste objet, & faisoit trembler
les autres ; elle attaqua Alucant
avec tant de bravoure , que ses
Troupes furent bientôt battuës &
mises en fuite. Badur pressé vivement par l'Empereur du Mogol,
ne douta point que tout ne fût
perdu , si la Reine, qui menoit
battant son aîle gauche , parve-

noit jufqu'à lui : mais la nuit qui arriva heureufement pour lui, arrêta l'impetuofité de Cremen- tine, efperant qu'elle auroit le lendemain une pleine victoire.

Badur profitant des tenebres, envoya ordre à Zaffer, de faire filer fes Troupes à petit bruit, du côté de Mandao, & d'aller fe camper fous le Canon de cette Place : la chofe fut executée, les Troupes du Corps de referve pri- rent la même route ; Badur & Alucant les fuivirent, faifant l'ar- riere-garde, avec un Corps de Troupes qui n'avoit pas combat- tu. Cremen ayant été le premier à s'appercevoir que les Ennemis fe retiroient, en donna avis à la Reine & à Miramud ; mais l'un & l'autre craignant les embûches, refterent fermes dans leur Pofte. A la pointe du jour, on découvrit que l'avis de Cremen étoit jufté ;

l'on écrafa quelques Troupes que
Badur avoit facrifiées pour faci-
liter fa retraite ; & fans s'amufer
au pillage du Camp, qui fut
abandonné par la fuite de ceux
que le Roy de Cambaye y avoit
laiffé, fe contentant de le faire
garder, la Reine & l'Empereur,
avec toute l'Armée, marcherent
en bon ordre fur les pas de Badur,
qui s'étoit pofté fous le Canon de
la Ville de Mandao.

Fin du Tome premier.

www.ingramcontent.com/pod-product-compliance
Lightning Source LLC
Chambersburg PA
CBHW061037030726
47504CB00002B/414

* 9 7 8 2 0 1 9 6 0 0 6 5 5 *